HEYNE BÜCHER

SCIENCE FICTION

Herausgegeben
von Wolfgang Jeschke

Vom gleichen Autor erschienen außerdem
als Heyne-Taschenbücher

Der Mann von drüben · Band 3004
Geliebter Roboter · Band 3066
Der Tausendjahresplan · Band 3080
Der galaktische General · Band 3082
Am Ende der Ewigkeit · Band 3088
SF-Kriminalgeschichten · Band 3135
Ich, der Robot · Band 3135
Lunatico · Band 5126
Die nackte Sonne · Band 3517
Der Zweihundertjährige · Band 3621
Isaac Asimovs Science Fiction Magazin 1. Folge · Band 3608
Isaac Asimovs Science Fiction Magazin 2. Folge · Band 3636
Isaac Asimovs Science Fiction Magazin 3. Folge · Band 3664
Isaac Asimovs Science Fiction Magazin 4. Folge · Band 3695
Isaac Asimovs Science Fiction Magazin 5. Folge · Band 3735
Isaac Asimovs Science Fiction Magazin 6. Folge · Band 3748
Isaac Asimovs Science Fiction Magazin 7. Folge · Band 3761
Isaac Asimovs Science Fiction Magazin 8. Folge · Band 3776

ISAAC ASIMOVS SCIENCE FICTION MAGAZIN

9. Folge

ausgewählt und herausgegeben
von
Birgit Reß-Bohusch

Deutsche Erstveröffentlichung

WILHELM HEYNE VERLAG
MÜNCHEN

HEYNE-BUCH Nr. 3789
im Wilhelm Heyne Verlag, München

Deutsche Übersetzungen von
Birgit Reß-Bohusch und Keto von Waberer

Redaktion: Friedel Wahren

Printed in Germany 1981
Umschlagbild: Karel Thole
Umschlaggestaltung: Atelier Heinrichs & Schütz, München
Gesamtherstellung: Mohndruck Graphische Betriebe GmbH, Gütersloh

ISBN 3-453-30690-2

Inhalt

VORWORT

Hilfe, lieber Leser, wir ertrinken! Unsere Ankündigung in Band 7 des ISAAC ASIMOV MAGAZINS, in Zukunft jeweils ein deutsches SF-Talent im Rahmen dieser Story-Sammlung vorzustellen und darüber hinaus Raum für das Urteil des Lesers und eine SF-Börse zu schaffen, löste eine wahre Flut von Briefen aus. Wir bitten um Ihr Verständnis, wenn wir nicht alle Schreiben persönlich beantworten können, aber wir werden jeweils die wichtigsten Anregungen aufgreifen und besprechen.

Vor allem danken wir Ihnen für das gewaltige Echo, mit dem wir nun wirklich nicht gerechnet hatten und das uns beweist, wie groß die Schar der SF-Anhänger ist.

Begeistert aufgenommen wurde die Absicht, je ein deutschsprachiges SF-Talent neben den Autoren des ASIMOV-MAGAZINS vorzustellen. (In diesem Zusammenhang suchen wir übrigens noch gute deutsche Erstlingswerke, die etwa einen Umfang zwischen fünf und fünfzehn Druckseiten haben sollten!)

Vielen Briefen entnahmen wir auch die Bitte um ein regelmäßiges Vorwort. Dagegen sträubt sich allerdings die Herausgeberin, die, wie vielleicht bekannt, aus dem Übersetzerlager stammt und an einem typischen Berufs-Syndrom leidet: Sie ist der Meinung, daß die Autoren im Vordergrund stehen und die Stories für sich sprechen sollten. Vielleicht könnten wir uns auf ein ›un‹-regelmäßiges Vorwort einigen?

Auch der Wunsch nach einer Leserbrief-Ecke klang des öfteren auf. Das ist jedoch schon aus urheberrechtlichen Gründen nicht möglich, weil es sich bei dem Magazin um eine Übernahme aus den Vereinigten Staaten handelt und der Vertrag in erster Linie eine Verwertung der dort publizierten Erzählungen vorsieht, deren Anteil am Gesamtumfang festgelegt ist. Wir fürchten auch, daß dies den Rahmen des Magazins sprengen würde, versprechen aber, Leserpost genau zu studieren, und haben ein offenes Ohr für Fan-Tips.

Noch einmal ein herzliches Dankeschön für Ihre Mitarbeit, die uns Mut macht und uns gezeigt hat, daß unser Bemühen um gute SF-Literatur Ihre Anerkennung findet.

Die Herausgeberin
Birgit Reß-Bohusch

Die Redaktion
Friedel Wahren
Wolfgang Jeschke

Sydney J. Van Scyoc

Silbervögel

Kirsa erwachte sofort, als Geva sie anstupste, und blinzelte verschlafen aus dem warmen Kokon von Umhang und Wolldecke. Das Tageslicht schob graue Finger durch die Mauerritzen der Berghütte. Die Mutterschafe draußen rührten sich bereits; sie hörte ihr klagendes Morgengeblöke und das Scharren zierlicher Hufe auf dem Felsgrund. Kirsa setzte sich auf und gähnte, immer noch in ihren Umhang gewickelt. Ihr Atem bildete eine Dampfwolke. »Kalt heute«, stellte sie fest.

»Kalt wie immer und rauh«, entgegnete Geva feierlich. Sie kuschelte sich in ihr doppelt gefüttertes Cape, das graue Haar rupfig, die früher einmal blauen Augen von einem milchigen Schleier überzogen. »Kind meiner Tochter«, sagte sie ängstlich, und wieder berührte die abgearbeitete Hand Kirsa, diesmal, um das Ausmaß des Zögerns zu übermitteln. »Die Geräusche, die wir hörten, als der erste Mond aufstieg – wir müssen die Herde zählen.«

Der Hinweis reichte, Kirsa schüttelte die letzten Spuren des Schlafes ab. Eine Falte zerfurchte ihre Stirn. Die Geräusche waren deutlich gewesen: ein schweres, stöhnendes Atmen gleich irgendwo hinter der Hütte. Steine rollten unter Schleichschritten, das verwirrte Blöken erst eines, dann noch eines Schafes, Blöken, das überging in schrilles Angstgeschrei:

Kirsa und Geva hatten die Herde erst vor sechs Tagen auf die Frühjahrsweide getrieben und doch schon drei von achtunddreißig Schafen verloren.

Vielleicht hatte der Räuber diesmal eine Spur hinterlassen. Rasch erhob sich Kirsa und murmelte einen Morgengruß an den Berg, dessen herbe Macht sie bereits durch ihre Fußsohlen aufsteigen spürte. Dieses war das letzte Jahr, da sie mit der Herde auf Terlaths Grasalmen hinauszog. Sie zählte jetzt fünfzehn, und obgleich sie schmal wirkte, würde man ihr im nächsten Sommer die schwierigeren Aufgaben der Frauen im Tal übertragen.

Es war auch für Geva das letzte Jahr, da die Macht des Berges durch ihre Fußsohlen in den Körper strömte. Sie war Kirsa schwach und gebrechlich den steilen Pfad nach oben gefolgt, die Lippen oft weiß vom Schmerz. Knapp vier Jahre zuvor war sie eine kraftstrotzende Frau gewesen. Dann hatten sich die Knoten ausgebreitet, ihre Gelenke schwellen lassen und das Kreuz verkrümmt. Bald darauf fielen andere Körperorgane dem Alter und der Plackerei zum Opfer. Kirsa wußte, daß sich unter den langen Wollärmeln der Großmutter die feuerroten Krater von Todesmalen verbargen. Sie fanden sich überall auf Gevas ausgezehrten Armen. Geva aß immer weniger, nur eben soviel, daß ihre Kraft noch den Sommer über reichen würde. Wenn sie am Ende der Weidezeit ins Tal zurückkehrte, würde sie gar nichts mehr essen. Sie würde am Feuer ihrer Tochter niederkauern, bis der Geist aus dem Körper floh.

Doch im Moment betrachtete Geva ihre Enkelin Kirsa in stummer Sorge. Kirsa schritt quer durch das Halbdunkel der Hütte, brach ein Stück Brot ab und nahm einen Brocken Käse von dem großen gelben Rad. Sie gab Geva von allem die Hälfte. »Du mußt essen. Wenn ich zu den Klippen aufsteige, um nach dem Herdenräuber Ausschau zu halten, bist du allein mit den Schafen. Bersch bringt Boden-Nüsse herauf, sobald sie gelesen und getrocknet sind. Es gibt genug Essen den Sommer über.«

»Nein, Kind meiner Tochter«, wehrte Geva ab und versuchte ihren Anteil zurückzugeben. Aber Kirsa wich ihr aus und stieß die schwere Tür auf. Vor der Schwelle blieb sie stehen, holte tief Luft und sandte ihre Gedanken in die Morgenkühle. Die Sonne stieg hinter Terlaths vielzackigem Gipfel herauf und warf blasse Lichtspeere gegen das Dämmergrau. Bald würden die Zinnen in goldener Helle erstrahlen und die harten, schroffen Felsen aus dem Dunst tauchen. Selbst jetzt, da die Schatten noch schwer gegen den Hang drückten und die Luft frostig-kalt war, spürte Kirsa die ungebändigte Kraft des Berges rings um sie. Die Augen zum Grat erhoben, sprach sie ein zweites Gebet. Während sie die altbekannten Worte vor sich hinmurmelte, suchten ihre Blicke den Gipfel mechanisch nach Silbervögeln ab.

Kein Glitzern hoch über den Zinnen. Einen Moment lang dachte Kirsa an ihre Freunde, die mit den eigenen Herden auf die Almweiden gezogen waren, und atmete erleichtert auf. Dann lief sie hinter die Hütte und begann die Herde zu zählen.

Kirsa kannte jedes einzelne Mutterschaf an der feinen Zeichnung des Fells – schwarz auf weiß oder grau auf weiß. Als sie sich durch die Herde drängte, gingen die Schafe in die Knie und rieben die frostweißen Stirnlocken gegen ihre Knöchel. Als sie noch jünger war, hatte sie geglaubt, die Tiere verehrten sie, so wie sie den Berg verehrte. Später hatte sie erfahren, daß die Schafe ihre Knöchel und Füße mit Duftmarken aus winzigen Drüsen oberhalb der Brauenbüschel besprühten, um sie jederzeit als ›ihre‹ Hirtin zu erkennen. Nun, da sie beinahe über die herandrängenden Tiere stolperte, griff sie mit fester Hand in die wolligen Nacken und schob sie beiseite.

Bis Geva sich langsam um die Hütte getastet hatte, wußte Kirsa das Schlimmste bereits. »Wieder zwei verschwunden. Und schau!«

Steif drehte Geva sich um und blinzelte in die Richtung, die Kirsa ihr wies, hoch oben an Terlaths schroffer Schulter. Über zwei Felsblöcke waren die Felle der beiden verschwundenen Schafe gespannt. »Ein Breeterlik«, wisperte Geva und wandte sich wieder Kirsa zu. Der Schneepanther schleppte seine Beute immer ganz in die Höhle, um sie dort ungestört zu verzehren. Die Gipfelstürmer verloren überall Wollfetzen ihrer Opfer. Nur der Breeterlik häutete die Lämmer säuberlich, ehe er sie verschlang.

Das allerdings war der einzige Punkt, in dem der Breeterlik ›säuberlich‹ vorging.

Geva ließ die Schultern sinken und raffte den Umhang zusammen. Ihre Worte kamen heiser, zögernd. »Wir haben jetzt fünf Schafe verloren.«

»Und besitzen noch dreiunddreißig«, setzte Kirsa hinzu. Sie bemühte sich, die Angst aus der Stimme zu verbannen. Das hier war nicht der Moment, da sie der Furcht nachgeben durfte. Hatte sich ein Breeterlik erst für eine bestimmte Herde entschieden, ließ er nicht nach, bis alle Tiere getötet waren, Schaf um Schaf, Lamm um Lamm. Und Kirsas Familie würde den nächsten Winter ohne Käse und Wolle nicht überleben.

Vor eine Entscheidung gestellt, die keine echte Entscheidung war

– wann hatte ein Hirte je die Flucht ergriffen, wenn der Herde Gefahr drohte? –, spähte Kirsa mit zusammengekniffenen Augen zu den hohen Klippen hinauf. Letzten Sommer waren Bina, Essian und Pahl da hinaufgestiegen, um ihre Herden zu verteidigen, einer nach dem anderen; und danach hatten, für alle gut zu sehen, Silberschwingen hoch über der Gratlinie geschimmert. Aber nun war der Himmel leer, und Kirsas Blick wanderte zögernd zurück zur Almweide, zur Herde. »Ich muß hinauf«, erklärte sie leise, aber ruhig.

Gevas Blick hielt den ihren einen Moment fest und senkte sich dann. »Rauh ist diese Welt«, murmelte die alte Frau.

»Kalt und rauh«, ergänzte Kirsa das Ritual. »Aber Schwingen erwarten uns, silberne Schwingen, die uns in die Ewigkeit tragen werden.«

»Und Mammutschwingen, die uns für immer von hier fortholen...«

»Mammutschwingen, die uns erlösen«, sprach Kirsa den Refrain. »Wenn du morgen einen Silbervogel aufsteigen siehst, wirst du wissen, daß ich die Macht des Berges anrief, um den Räuber zu töten. Dann geh zurück ins Tal und hol Bersh, denn jemand muß die Herde bewachen.«

Plötzlich zitterten Tränen in Gevas matten Augen, flüssige Kristalle, die über welke Wangen rannen. »Wenn ich einen Silbervogel sehe, Kind meiner Tochter – wenn ich einen Silbervogel sehe, werde ich seine Unsterblichkeit preisen und mich über seinen Sommerflug freuen.«

Kirsa ballte die Hände. Sie wandte sich ab, wischte beinahe zornig über ihre Augen und lief in die Hütte, um Fäustlinge, Rucksack und Proviant für einen Tag zu holen. Es kam nicht in Frage, bei der Herde zu bleiben, nicht jetzt, da sie wußte, daß ein Breeterlik Schafe und Lämmer riß. Ihre Familie hatte noch mehr Töchter, drei insgesamt, dazu fünf Söhne. Aber es gab nur eine Herde, und die würde der Breeterlik in erschreckend kurzer Zeit töten, wenn sie nichts unternahm.

Silbervögel, Mammutvögel, sagte sie lautlos vor sich hin, und die Vorstellung von Flügeln, die sich weit ausspannten, dämpfte ihre

Furcht. *Wenn ich die Macht des Berges anrufen muß, um den Breeterlik zu töten, werden mir silberne Flügel wachsen und mich forttragen von Schmerz und Hunger, fort vom Tode selbst. Silberne Flügel werden mich zu Bina und zu Pahl tragen.*

Aber Tränen verschleierten ihren Blick, und sie konnte einen letzten Gedanken nicht unterdrücken: *Sie werden mich forttragen vom Leben und allem, was ich liebe.*

Sie nahm den Rucksack auf, nickte der Großmutter noch einmal zu und ging quer über die Weide, um von dort aufzusteigen in das Felsgelände, wo sie die Höhle des Breeterliks vermutete.

Der Berg hieß ihre flinken Sohlen willkommen, und bereits in der ersten Stunde fand sie die Häute der drei anderen Schafe über Felsblöcke gespannt, wie sie es erwartet hatte. Sie berührte die Wolle mit bloßen Fingerspitzen und schwor den toten Tieren: Ich will dafür sorgen, daß er, der euch meinem Schutz entriß, den Tod findet. Dann setzte sie ihren Anstieg fort.

Terlaths Felsenflanken jenseits des Grasgürtels waren durchsetzt von Höhlen. Kirsa erforschte sie vorsichtig. Sie fand welche, die kaum tiefer als zehn Schritt ins Gestein führten. Andere verschwanden im Innern des Berges, gewundene Korridore, in denen Minerale wucherten. Eine Reihe der Kavernen schloß sie sofort als mögliche Schlupfwinkel des Breeterliks aus, da sie den Eingang nicht aufrecht betreten konnte. Der Räuber war sicher ein gutes Stück größer als sie.

Einmal im Laufe des Vormittags machte sie Rast und aß etwas Käse und Brot, dann setzte sie ihre Suche fort. Die Sonne näherte sich dem Zenit, als sie endlich vor einem breiten Höhleneingang hoch über dem Tal stand. Sie starrte in das finstere Loch und spürte instinktiv etwas in sich aufsteigen. Rasch zog sie die Fäustlinge aus und streifte mit bloßen Händen die Stiefel ab. Als sich ihre nackten Zehen gegen den harten Boden stemmten, schloß sie die Augen und tastete nach dem lautlosen Energiestrom, der unter ihren Füßen floß. Die Macht des Berges lebte in den Felsen rund um sie, ein rätselhafter Fluß, stets bereit. Sie konnte ihn jetzt nur fühlen; anzapfen ließ er sich nicht. Aber im Augenblick der größten Krise würde er hochschäumen und sie mit seiner stummen Kraft lenken.

Ob sie es heute abend wagte, die Macht anzurufen? Besaß sie den Mut, das Opfer zu bringen, das mit dem Ansturm jener lautlosen und doch donnerbrausenden Kraft verbunden war?

Hatte sie überhaupt eine Wahl? Denn irgendwie wußte sie: dies war die Höhle, die sie suchte. In ihren dunklen Tiefen schlief der Breeterlik.

Rasch zog sie die Stiefel wieder an, legte Fäustlinge und Rucksack in eine schmale Rinne zwischen den Felsen und betrat die Höhle. Das Felsenmaul verschluckte Licht und Schall, schuf ein Vakuum der Sinne. Einen Moment lang verlor Kirsa die Orientierung. Erst als ihre suchenden Finger den beruhigenden Fels ertasteten, wagte sie sich voran. Ihr Puls schlug so hart, daß er das leise Scharren ihrer Schritte übertönte.

Schon bald wehte ihr Raubtiergestank entgegen. Und nach ein paar weiteren Schritten hörte sie einen schwachen Laut. Sie blieb stehen und hielt den Kopf schräg. Jetzt war das Geräusch deutlicher – ein dumpfes Schnarchen. Kirsa kämpfte die kalte Furcht nieder, die ihren Magen in einen Stein verwandelte, und zwang sich zum Weitergehen. Ihr Gegner schlief sicher fest, nachdem er sich mit frischem Schaffleisch vollgeschlagen hatte. Sie mußte die Gelegenheit nützen, um seine Größe abzuschätzen.

Sie drang in die Höhle vor, bis ihr der Gestank des Breeterliks fast den Atem nahm; seine Körperwärme schlug ihr entgegen. Sie hielt an, sog vorsichtig die faulige Luft ein und tastete dann umher, bis ihre Hände zottiges Fell spürten. Ein zitternder Atemzug, dann berührte sie eine riesige Tatze. Sie erkannte rasch, daß es die Hinterpfote war. Der Raubtierdunst war jetzt ekelerregend, und Kirsas Puls hämmerte in einem Wahnsinnsrhythmus.

Aber die Bestie rührte sich nicht. Vorsichtig maß Kirsa die schlaffe Pfote bis hinunter zu den Klauen. Sie bückte sich und versuchte das mächtige Knöchelgelenk mit beiden Händen zu umspannen, doch es gelang ihr nicht. Die Klauen allein, stellte sie fest, waren so lang und dick wie ihre Finger.

Ihre Hände zitterten jetzt, als sie das Rückgrat des Räubers bis zum Kopf nachzeichnete, immer darauf bedacht, nicht zu stolpern. Dann griff sie nach den Ohren. Die Schlappohren, ein eindeutiges

Indiz für die Größe des Tieres, waren mindestens so lang wie ihr Unterarm. Und sie waren nicht alterskahl, sondern mit dichten Fellbüscheln besetzt. Sie seufzte, ein halberstickter Laut. Selbst für seine Rasse war der Breeterlik groß, ein Männchen im kräftigsten Alter.

Und dieser Breeterlik schlachtete ihre Herde.

Während Kirsa die Ohrlänge maß, rührte sich das Tier, knurrte tief in der Kehle. Sie wich zurück, angewidert von dem fauligen Gestank, der aus seinem Rachen drang. Sie wagte nicht, den Feind schon jetzt zu wecken. Ihre Nägel waren noch nicht zugefeilt, und die Bestie schlief instinktiv so zusammengerollt, daß die einzig verwundbare Stelle, der Ringmuskel am Bauch, durch die angewinkelten Pfoten geschützt wurde. Aber am Abend, wenn Mondlicht über die Bergflanke floß und Hunger den Breeterlik erneut aus seiner Höhle trieb, würde er aufrecht gehen, die Körperöffnung ihr zugewandt.

Leise huschte sie aus der Höhle und suchte sich einen Ruheplatz in einer Felsenmulde, den Umhang fest um die Schultern gewickelt. Die Sonne brannte auf ihre helle Haut, während zugleich die Kälte der Bergwelt ihr Gesicht in Marmor verwandelte. Es war ein großes Schweigen auf Terlaths Höhen um die Mittagszeit. Hätte sie nicht gewußt, daß Jungen und Mädchen aus dem Tal auf Dutzenden weit verstreuter Almwiesen ihre Herden hüteten, sie wäre sich als einzig lebendes Geschöpf auf dem Berg vorgekommen.

Wie magisch angezogen, wanderten ihre Blicke von neuem hinauf zu den Gipfelzacken, suchten den Schimmer silberner Schwingen. Würde sie morgen selbst glitzernde Flügel ausbreiten und in den Luftströmen segeln? Würde Geva zurückkehren ins Tal und ihren Eltern verkünden, daß sie aufschauen sollten zu den Höhen, wo Kirsa in glänzendem Gefieder kreiste, nicht länger eine der ihren, sondern für immer im Bann des Berges?

Kirsas Lippen begannen zu zittern. Wie oft hatte sie voll Ehrfurcht und Bedauern hinaufgestarrt zu den ersten Silbervögeln des Sommers! Es war eine bittersüße Zeit im Tal, wenn die Bewohner jene Glitzerschwingen erspähten. Dann wußten sie, daß einer ihrer jungen Hirten im Kampf gegen einen Herdenräuber die Macht des

Berges angerufen und dafür die Verwandlung hingenommen hatte, welche den Quell der Energie begleitete.

Das Gefühl des Verlustes ließ sich weder leugnen noch verdrängen. Doch auch Freude keimte auf. Das Leben im Tal war hart. Der Sommer verging rasch, die Ernte fiel oft karg aus. Ernährungsmängel und Plackerei ließen die Jungen viel zu früh altern. Geva hatte knapp vierzig Winter gelebt; sie würde keinen weiteren überdauern. Aber ein junger Mensch, der sich in einen Silbervogel verwandelte, lebte ohne Ende – einen ganzen Sommer in der Gestalt eines Vogels, eine ganze Ewigkeit gestaltlos, eingefangen im Netz der Bergmacht.

Eine ganze Ewigkeit. Und doch zögerte sie bei dem Gedanken, die Macht des Berges anzurufen. Statt dessen erwog sie, ihre armselige Menschenkraft einzusetzen gegen die Bestie, die um ein Vielfaches größer war als sie, riskierte einen brutalen, endgültigen Tod. Konnte sie eine Begegnung mit dem Breeterlik überleben, ohne die Macht des Berges anzurufen?

Am Nachmittag würgte sie ein Stück trockenes Brot und etwas Käse herunter. Dann döste sie ein. Aber helle Schwingen flatterten gegen ihre Lider, ließen sie erschauern, manchmal vor Furcht, dann wieder in Vorfreude. Wie fühlte man sich, wenn man mit vollem Flügelschlag die Luft zerteilte? Wenn man die höchsten Gipfel schwerelos umkreiste? Wenn man von einem wolkengepeitschten Himmel herabspähte auf das Tal?

Wie fühlte man sich, wenn man ewig lebte, während im Tal eine Generation um die andere starb? Sie wußte wie jeder Bewohner des Tales, daß in ferner Zukunft noch andere Schwingen als die der Silbervögel harrten. Da war jene schemenhafte Verheißung der Mammutschwingen. Keiner kannte ihr wahres Ausmaß, und keiner wußte, wann sie kommen würden und wie. Aber kommen mußten sie. Dieser Glaube beherrschte das ganze Tal. Und wenn sie kamen, würden sie alles Leben von dieser harten, grausamen Welt erlösen.

Eingeflochten in das Netz der Bergmacht, würde sie jenen Tag erleben. Sie würde die Mammutvögel sehen, wenn sie kamen, würde mit anschauen, wie ihr Volk in ein Leben ohne Not und Sorge geführt wurde.

Hin und her gerissen, verbrachte sie den Rest des Nachmittags in unruhigem Schlaf. Endlich ging die Sonne unter; Nindra und Zan stiegen herauf, leuchteten in weißem Glanz. Steif erhob sich Kirsa, zog die Fäustlinge aus und starrte ihre nackten Hände an. Sie hatte ihre Schwestern immer um die kurzen, kräftigen Finger beneidet, die so tüchtig zupacken konnten. Nun war sie froh, daß ihre eigenen Finger lang und schmal waren. Damit stieß sie durch den Ringmuskel weit in den Leib des Breeterliks vor. Und selbst wenn ihre Finger zitterten – es gab keine bessere Waffe als die bloßen Hände gegen den lederhäutigen Feind.

Mit gerunzelter Stirn holte sie die Feile aus ihrem Rucksack und begann ihre Nägel zu schärfen. Dann nahm sie den Umhang von den Schultern und versteckte ihn zusammen mit dem Rucksack in der Felsenrinne. Nur mit ihrem langärmeligen Kittel, der Hose und Stiefeln bekleidet, bezog sie Stellung in der Nähe des Höhleneingangs, um das Auftauchen des Breeterliks zu erwarten.

Die Monde starrten herunter, stumme, weiße Gesichter, und ihr Licht verlieh dem Berghang etwas Unwirkliches. Endlich vernahm Kirsa ein dumpfes Grollen aus der Höhle. Unwillkürlich wich sie einen Schritt zurück und duckte sich zwischen das Gewirr von Felsbrocken. Ihre Wadenmuskeln verkrampften sich von der Anspannung. Das Knurren und Schnauben des Breeterliks wurde lauter, bis die Bestie endlich im Schatten des Höhleneingangs auftauchte, mindestens doppelt so groß wie Kirsa.

Sie erschauerte, als das Tier nähertrottete. Es ging aufrecht auf zwei säulendicken Hinterbeinen, während die langen Vorderpranken zu beiden Seiten des Körpers herabbaumelten. Einmal hielt es an und spähte umher. Das Doppelgelenk des Unterkiefers klackte, und die tiefliegenden Augen blinzelten unter wulstigen Brauen hervor. Halb verborgen vom schmuddeligen Fell, zuckte der Ringmuskel am Bauch.

Sie erstarrte, drohte an ihrem eigenen Atem zu ersticken. Mit verdrießlichem Gemurre tappte der Breeterlik an ihrem Versteck vorbei, ohne sie zu sehen. Sie unterdrückte einen Brechreiz bei dem widerwärtigen Gestank, der ihr entgegenströmte, und richtete sich langsam auf.

Ein Gefühl der Sprödigkeit, des Traumhaften überkam Kirsa, als sie lautlos hinter dem Geschöpf herschlich. Ein kurzes Stück von der Höhle entfernt blieb es stehen und wetzte sich die Krallen an einem gerieften Felsbrocken, dann drehte es sich um und rieb den Buckel gegen einen zweiten Felsen. Hin und wieder spritzten Verdauungssäfte aus der Bauchöffnung und rieselten durch das Zottelhaar. Mondlicht verfing sich in den Tropfen.

Kirsa zitterte. Sie stand reglos da. Es gab Worte, die jeder Hirte lernte, ehe er auf die Almweide ging, Worte zum Anrufen der Bergmacht, Zauberworte, die man nur im äußersten Notfall sprach. Nun flüsterte Kirsa sie vor sich hin wie im Fieber, um sicher zu sein, daß sie noch in ihrem Gedächtnis hafteten. Der Breeterlik trampelte weiter den Berg hinauf und feuchtete seine Zunge mit Schneeresten an, die noch nicht getaut waren.

Unvermittelt, wie von einer fremden Kraft getrieben, begann sie hinter der Bestie herzurennen. Sie holte das Tier ein, jagte an ihm vorbei, ohne auf sein entrüstetes Knurren zu achten, und lief weiter den holprigen Höhenpfad entlang. In sicherer Entfernung blieb sie stehen und drehte sich um.

Der Breeterlik starrte sie an, die plumpen Züge zu einem Ausdruck clownhaften Staunens erstarrt. Langsam hoben sich die krallenbewehrten Vorderpfoten. Mit verzerrter Fratze schnellte er vor, ein hungriger Koloß. Sein Brüllen zerfetzte die dünne Luft.

Instinktiv beantwortete Kirsa das Röhren mit einem hohnerfüllten Schrei, dann wirbelte sie wieder herum und rannte weiter. Die Bestie stolperte hinter ihr drein, wachsam jetzt und gereizt. Eine beizende Flüssigkeit quoll aus dem Ringmuskel am Bauch.

Der Pfad war steil, übersät von Felsbrocken. Bald brannte Kirsa der Atem in den Lungen. Aber es war ihr Vorteil, wenn sie das Tier ermüdete, ehe es zum Kampf kam. Und so lief sie weiter, rutschte gelegentlich aus, wäre einmal um ein Haar gestürzt. Die Bestie hechelte hinter ihr her, trotz der mächtigen Pfoten kaum in der Lage, sie einzuholen.

Der Pfad verengte sich zu einer dünnen Spur zwischen Felsbrokken, begrenzt von einer senkrecht abfallenden Schlucht auf der einen und einer Steilwand auf der anderen Seite. Endlich merkte Kirsa, daß der Breeterlik zurückgeblieben war. Sie lehnte sich gegen die rauhe Wand des Berges, rang nach Luft, die Beine ohne jedes Gefühl.

Aber noch durfte sie nicht ausruhen. Wenn das Tier erschöpft war, mußte sie vielleicht nicht die Macht des Berges anrufen. Statt dessen konnte sie den Pfad hinunterjagen und den Breeterlik angreifen, während er noch seine Kräfte sammelte.

Ihre Lungen brannten, und die Kehle schmerzte, als sie sich, am ganzen Leib zitternd, den Felsenpfad hinuntertastete. Sie hörte den pfeifenden Atem des Breeterliks, ehe sie ihn selbst sah. Er lag quer über dem Weg, ein häßliches Bündel; seine massige Brust hob und senkte sich heftig. Sie hielt an und musterte ihn noch einmal. Obwohl er müde wirkte, glitzerte sein Blick aufmerksam, ja triumphierend.

Kirsa schob sich vorsichtig weiter. Sie traute der Erschöpfung ihres Gegners nicht, war sich der eigenen Verwundbarkeit voll bewußt. Und noch während sie zögerte, halb hinter der Felskante verborgen, beruhigte sich der Atem des Tieres. Ihr wurde klar, daß sie ihren Vorteil selbst zunichte machte, wenn sie noch lange wartete. Kirsa richtete sich auf und spannte die zitternden Muskeln an. Dann streckte sie den Arm aus und schnellte vor. Das Rauschen des eigenen Blutes klang wie Insektensummen in ihren Ohren.

Mit einer Triumphgrimasse sprang der Breeterlik auf und verstellte den Weg, ein drohendes Hindernis. Er entblößte die Fänge zu einem genüßlichen Knurren und hieb mit den Pranken spielerisch nach Kirsa.

Sie hielt an, wippte auf den Fußballen. Einen erstarrten Moment lang, als die Krallen ihr entgegenfuchtelten, schaute sie in die Augen des Todes. Dann, ohne es zu wollen, wirbelte sie herum und rannte wieder den Pfad hinauf, verfolgt von irrer Furcht. Sie lief und konnte keinen klaren Gedanken fassen, lief wie ein gehetztes Tier.

Sie lief, bis sie einen zerklüfteten Felsvorsprung hoch über der Bergflanke erreichte. Und dort endete der Pfad. Zu ihrer Linken stieg die Klippe senkrecht in die Höhe. Hinter ihr lag der schmale Weg. Vor ihr und zur Rechten fiel der Berg in eine Schlucht ab. Das Mondlicht umriß mit seinem harten Glanz scharf die armseligen Alternativen, die sie hatte.

Sie saß in der Falle. Kirsa drehte sich um, geschüttelt von wilder Angst. Wie ein Gespenst tauchte der Breeterlik auf, jeder seiner gequälten Atemzüge ein Hohnrasseln. Sein Schatten huschte hinter ihm her, ein stummer Komplize. Er kam schwerfällig den Pfad herauf, siegessicher, genoß die letzten Augenblicke der Jagd.

Kirsa bemerkte kaum, daß sie rascher atmete und ihr Herz wie rasend klopfte, als der Koloß auf sie zutappte. Seine Sohlen stießen gegen loses Geröll. Wenige Meter vor ihr richtete er sich zu seiner vollen Größe auf. Ein überwältigender Gestank hüllte sie ein.

Kirsa zog sich, ohne zu denken, Schritt für Schritt zurück, bis an den Rand des Abgrunds. Dort stand sie und spürte das ungeduldige Aufwallen der Bergmacht, die nur auf ihre Worte zu lauern schien. Und sie gestand sich endlich ein, daß sie keine Aussicht hatte, den Breeterlik allein mit ihren schwachen Kräften zu besiegen. War das je mehr als eine vergebliche Hoffnung gewesen?

Erstarrt jenseits der Zeit, durchlief Kirsa einen rasenden Wechsel der Gefühle: Panik, Zögern, Bangen, das Aufkeimen einer süßen Hoffnung – und dann Ekstase. Sie würde die Macht und mit ihr die Transformation annehmen. Sie würde ihre Menschensterblichkeit für den Glanz silberner Flügel aufgeben. Sie warf den Kopf zurück und breitete die Arme aus, freute sich auf die Schwingen, die in ihr Bewußtsein rauschten, sie auf weitgespannten Tragflächen hochhoben.

Sie war nicht allein mit dem Breeterlik, und sie war nicht schwach. Sie war so stark wie der Fels unter ihren Füßen, so stark wie der vielzackige Terlath selbst. Sie hatte sich vor Jahrmillionen aus dem Innern des Planeten geschoben. Sie hatte Eis und Stürme überlebt, hatte die Zeit selbst überdauert, welche letzten Endes alles in Staub verwandelt. Kein Tier konnte sie mit seinen Krallen zerfetzen, denn sie war Fels. Sie war Fels und würde bald ein Vogel sein. Sie lachte, spürte, wie die Macht des Berges durch ihren Körper pulste.

Allerdings, da war auch Bedauern. Sie konnte nie mehr ins Tal zurückkehren, nie wieder ihre Herde hüten oder die Fertigkeiten der Frauen erlernen. Aber Silberflügel warteten darauf, sie gegen die Ströme der Ewigkeit zu tragen. Rasch wisperte sie die Zauberworte und sog den Strom der Bergmacht in ihre Glieder. Blut schoß durch ihren Körper, als der Adrenalinspiegel anstieg, doch das merkte sie kaum. Die Arme immer noch weit ausgebreitet, das Haar vom Mondlicht silbern gefärbt, so trat sie dem verblüfften Breeterlik entgegen.

Verwirrt durch ihr Vordringen, zog sich das Tier einen Schritt zurück. Seine Augen glommen mißtrauisch und böse. Beute kam nicht auf den Verfolger zu; Beute rannte schreiend davon und roch nach Angst. So verlangte es die Ordnung der Dinge. Aber nun geriet diese Ordnung zum erstenmal durcheinander. Das verfolgte Wild drang auf ihn ein und verströmte dabei einen unerklärlichen Geruch, einen beängstigenden Geruch, nicht den Geruch von Beute, sondern den eines Raubtieres. Das angriffslustige Schnaufen des Breeterliks verstummte. Entsetzen und Unsicherheit lähmten das Tier.

Kirsa lachte über sein Unbehagen. Es war so leicht, schnell und mutig zu sein, wenn man sich im Besitz der Macht befand.

»Du bist ein dummes Geschöpf!« sagte sie. Dann – ehe der Breeterlik sich wieder fassen konnte – streckte sie die Rechte vor und rannte mit einem schrillen Aufschrei den engen Pfad hinunter. Ihre Attacke versetzte den Herdenräuber einen Moment lang in Panik. Er trat einen zweiten stolpernden Schritt zurück und preßte sich dann gegen die Felsflanke des Berges. Seine Pranken baumelten nutzlos herab.

Und ehe der Breeterlik wußte, was geschah, war er tot. Kirsas Finger stießen in den Ringmuskel vor, krallten sich durch die Bauchdecke und zerrissen das Bündel von Blutgefäßen, das zum Herzen des Untiers führte. Im Nu hatte sie drei Hauptarterien durchtrennt und die Hand wieder zurückgezogen. Sie lief den Hang hinauf.

In sicherer Entfernung wartete sie geduckt, die Hand heiß vom Blut des Breeterliks. Das verwundete Tier krümmte sich und preßte die Pfoten an den Bauch, konnte aber nichts gegen die heftigen inneren Blutungen tun. Mit einem schwachen Zornschrei wankte es auf Kirsa zu. Aber seine Schritte waren unkoordiniert, und es kam der Wegkante immer näher.

Der Breeterlik taumelte mit einem letzten Schrei in die Tiefe. Als Kirsa das Aufklatschen hörte, rannte sie zu der Stelle, von der er abgestürzt war. Sie konnte den zerschmetterten Körper zwischen den Felsblöcken weit unten kaum ausmachen. Mit einemmal fror sie. Sie schlug die Arme um den Oberkörper, schwankte einen Moment lang am Rande des Abgrunds. Dann trat sie zurück und lehnte sich gegen die schroffe Klippe, die Arme immer noch eng verschränkt. Ihre Finger zitterten.

Finger – nicht Krallen. Sie sog scharf den Atem ein, hob die Hände vor die Augen, die linke hell und kalt, die rechte dunkel von Blut. Rasch schaute sie an ihrer schmalen Gestalt herunter. Sie hatte die Macht des Berges angerufen, sie hatte den Breeterlik erschlagen, aber keine Schwingen sprossen von ihren Schultern, keine Silberfedern bedeckten ihren Leib. Sie war genau wie zuvor: ein dünnes, hellhaariges Menschenkind. Während sie verständnislos ihre Arme und Beine anstarrte, bemerkte sie, daß sie in harten Stößen atmete. Sie hatte sich nicht verwandelt.

Spielte der Berg mit ihr? Ließ er sie zappeln? Aber das war nicht seine Art. Soviel wußte sie.

Wieder schlug sie zitternd die Arme um den Körper, drehte sich um und blickte hinauf zu Terlaths Steingesicht. So wartete sie minutenlang, und das Blut des Breeterliks verkrustete auf ihrer Hand. Dann wandte sie sich ab, immer noch wie betäubt, und stolperte den Pfad entlang, rechnete damit, daß die Verwandlung sie jeden Moment einholen würde.

Nichts dergleichen geschah. Sie schaffte den Abstieg auf Menschenfüßen, erfüllt von Menschengefühlen, die sie erschauern ließen.

Als sie die halbe Strecke zur Höhle des Breeterliks zurückgelegt hatte, vernahm sie den zornigen Schrei von den Felsen oberhalb des Pfades, eine heisere Warnung, nachgeahmt von einem halben Dutzend piepsiger Stimmchen. Verwirrt blieb Kirsa stehen, hielt den Atem an. Der Schrei und sein schwaches Echo wiederholten sich. Sie nagte an ihrer Unterlippe, spähte hinauf zu den Felsen und entdeckte eine Reihe von Simsen, die ihren Zehen vielleicht Halt bieten konnten.

Noch ehe sie die Wand erklommen hatte, wußte sie, was sie auf dem schmalen Vorsprung finden würde: einen windzerzausten Horst zwischen Felsblöcken; einen zornigen Silbervogel, dessen Flügel im Mondlicht glitzerten; und, im Schutz des Nestes, sechs Jungvögel in den verschiedensten Stufen der Entwicklung. Einer sprang gerade vom Nestrand auf einen Stein in der Nähe und schlug mit den Flügeln, ahmte das wütende Gekreisch seiner Mutter nach. Seine Schwingen waren breit, beinahe voll ausgewachsen. In ein paar Tagen konnte der Kleine sicher fliegen.

In ein paar Tagen kreiste er über dem Berggipfel. Und die Leute im Tal würden hinaufschauen, voller Trauer, da sie annahmen, daß am Ende des Sommers einer der Junghirten nicht mehr zurückkehrte. Voller Trauer, aber auch voller Freude über die Transformation.

Kirsa begann von neuem zu zittern, diesmal nicht vor Entsetzen oder Angst, sondern weil ein unbändiger Zorn sie überkam. Er wallte auf und machte ihr heiß, trotz der Kälte der Bergnacht. Sie hielt sich mit einer Hand am Sims fest und griff mit der anderen nach einer zerbrochenen Eierschale, die der große Silbervogel aus dem Nest geworfen hatte. Dann kletterte sie hinunter zum Pfad. Die Vögel kreischten ihr nach, untermalten ihre Bitterkeit.

Sie rannte in die Tiefe, und der Berg lag tot unter ihren Sohlen. Die Macht, die noch Minuten vorher von ihm aufgestiegen war, eine Macht, die alles verwandelte, hatte sich in Lügen aufgelöst. Der Berg, der ein lebender Gott für sie gewesen war, hatte sich in Staub und Stein verwandelt, in tote Materie. Sie war allein, völlig allein, auf einem steilen Weg weit weg von ihrem Tal, weit weg von ihrer Herde – weit weg von dem Vertrauten und dem Glauben ihrer Kindheit. Sie war allein, und die ganze Schöpfung zerfiel in ihrer Hand zu Asche.

Sie erreichte die Almweide kurz nach Tagesanbruch. Immer noch hielt sie das Stück Eierschale umklammert. Die Schafe bemerkten ihre Ankunft lange vor Geva und umdrängten sie mit eifersüchtigem Geblöke. Sie sprach scharf auf die Herde ein, bahnte sich einen Weg durch ihre Mitte.

Die erste Freude in Gevas Zügen erlosch, als Kirsa ihr die Eierschale vor die Füße warf. »Ich weiß jetzt Bescheid«, sagte Kirsa hart, ehe die alte Frau sie in die Arme schließen konnte. »Ich habe den Breeterlik getötet, und nichts geschah. Auf dem Rückweg fand ich dann einen Horst mit Silbervögeln. Nun durchschaue ich all die Lügen, mit denen ich aufwuchs.« All die Lügen, mit denen man sie geblendet hatte. »Ich weiß jetzt, daß der Berg keine Macht besitzt – das ist ein Märchen. Ich weiß jetzt, daß die Silbervögel aus Eiern schlüpfen wie alle ihre Artgenossen. Ich weiß jetzt, daß sie einen Sommer lang den Berg umfliegen und danach zu den Klippen zurückkehren, um Nester zu bauen, nicht etwa, um mit der Macht des Berges zu verschmelzen. Denn diese Macht gibt es nicht. Der Berg ist tot. Und ich weiß jetzt, daß Bina nicht in einen Silbervogel verwandelt wurde, als sie letzten Sommer einem Schneepanther nachspürte. Sie kam um. Ihre Knochen verfaulen irgendwo da droben in der Höhle des Panthers; sie ist tot. Tot wie Essian und Pahl...«

Während sie sprach, gruben sich tiefe Kummerfalten in Gevas Züge. »Sie sind von uns gegangen, Kind meiner Tochter«, sagte sie. »Tot – du hast recht«, fügte sie hinzu.

Ihre ruhige Stimme bremste einen Moment lang Kirsas Zornausbruch. Das Mädchen blinzelte und glättete die Stirn mit Fingern, die immer noch zitterten. »Und ein Jahr zuvor, Leni und Dema...«, fuhr sie weniger heftig fort.

»Auch sie sind umgekommen«, gab Geva zu. »Verschwunden wie Jina und Tallen aus meiner Jugend, wie mein Bruder Cam und Kusine Rafi – fort, alle fort. Einigen gelang es, ihre Gegner zu töten, doch sie starben an den Wunden, die sie im Kampf erlitten hatten. Andere fielen sicher den Herdenräubern zum Opfer, und wieder andere stürzten ab oder verhungerten. Man wird nie erfahren, was mit den einzelnen geschah.«

Kirsa warf wütend den Kopf zurück. Einen Moment lang hatte sie sich fast einlullen lassen. Aber die Enttäuschung war zu groß, das Gefühl des Verlustes unerträglich. Nun schürte sie wieder die Flammen ihres Zorns. »Aber als sie starben, habt ihr uns die Wahrheit verschwiegen. Mehr noch, ihr habt uns angelogen. Ihr habt uns erzählt, sie seien verwandelt, würden als silberne Vögel den Berg umkreisen. Auf diese Weise also schützen die Erwachsenen des Tales ihre Herden! Auf diese Weise sorgen sie dafür, daß sie den Winter über genug Käse und Wolle haben. Sie belügen uns, ihre eigenen Kinder, und schicken uns weiter den Berg hinauf, in den Tod!«

Geva wich Kirsas anklagendem Blick kurz aus. Sie zerrte an ihrem Umhang. Als sie wieder sprach, klang ihre Stimme sehr leise. »Was können wir euch sagen, Kind meiner Tochter, da unser aller Geschick von euch abhängt? Von euch, den jungen Hirten. Ihr besitzt genug Kraft, die widerspenstigen Schafe und ihre Lämmer in Zaum zu halten. Ihr allein seid gewandt und mutig genug, die Herdenräuber zu vernichten – den Breeterlik, den Schneepanther oder den Gipfelstürmer. Andererseits fehlt euch noch die Erfahrung, voll am Leben und an der Arbeit im Tal teilzunehmen.

Was können wir euch sagen, da wir wissen, daß ihr eines Tages den Berg besteigen und einer Bestie gegenüberstehen werdet, die euch an Kräften weit überlegen ist? Was können wir euren jüngeren Brüdern und Schwestern sagen? Und was können wir einander sagen, wenn ihr nicht zurückkehrt?«

Kirsa suchte wütend nach einer Antwort. »Müßt ihr denn lügen? Müßt ihr uns unbedingt zum Narren halten?«

Geva schüttelte den Kopf. »Begreifst du denn nicht? Es ist für die wenigsten eine Lüge. Selbst die Erwachsenen im Tal glauben an die Geschichte von den Silbervögeln. Wer sieht denn je ein Nest mit jungen Silbervögeln – und überlebt den Anblick? Es gibt viele da drunten, die nie erfahren, daß ein Silbervogel aus dem Ei schlüpft. Die Leute gehen durchs Leben, sehen ein Opfersymbol über dem Berg – und glauben daran.«

Nur Kirsa konnte nie wieder im Leben glauben. »Aber die unter uns, die einen Horst sehen...«, beharrte sie. Sie versuchte den Zorn festzuhalten, weil sie wußte, daß der Schmerz, der ihn verdrängte, unerträglich war. »Die unter uns, die Bescheid wissen...«

»Wir behalten die Wahrheit für uns. Überleg doch, Kind! Überleg, wie deine Freunde sterben würden, wenn du mit dieser Eierschale in der Hand zu Tale gehst und den Bewohnern erzählst, wo du sie gefunden hast! Dema, Leni, Essian, Pahl, Bina – ich weiß, wie sehr du Bina geliebt hast. Ihr ward unzertrennlich, ihr beiden.

Jetzt lebt sie, lebt in der Macht des Berges. Wenn du erzählst, was du gesehen hast, wird sie hundertmal sterben, ehe die Sonne wieder aufgeht. Sie wird sterben im Herzen ihrer Mutter, sterben im Herzen ihres Vaters, sterben in den Herzen ihrer Geschwister, Tanten und Onkel. Sie werden sterben...«

»Nein...«

»Doch. Und Dema wird den gleichen sinnlosen Tod erleiden – gelöscht aus den Herzen, in denen sie jetzt lebt, jetzt und in alle Ewigkeit. Ähnliches gilt für Leni und Pahl und all die anderen.

Und denk an jene, die den Kampf mit den Herdenräubern noch vor sich haben! Die kurz aufflackernde Kraft des Glaubens ist oft ihre einzige Waffe. Sie wird manchen retten, so wie sie mich und dich gerettet hat. Sie wird anderen helfen, die Bestie mit in den eigenen Tod zu nehmen. Und es ist nicht so wenig, wenn man im Glauben an ein Weiterleben stirbt.«

Es war nicht wenig. Wenn das Leben nur noch nackte Momente zählte, konnte es alles sein. Sobald sie sich das eingestanden hatte, ließ Kirsa den Kopf zwischen die hochgewachsenen Schultern fallen, und Tränen strömten ihr über die Wangen. »Ich werde nichts sagen«, flüsterte sie, und ihr Zorn war endlich verflogen. Die Wahrheit, die hinter der Legende der Silbervögel steckte, war schließlich keine boshafte oder häßliche Wahrheit. Es war eine Wahrheit des menschlichen Geistes, der sich abmühte, auf einer unwirtlichen Welt zu überleben. Die Werkzeuge, die ihm dabei halfen, waren spärlich: Symbole, Legenden, Hoffnung, irgendwie immer wieder von neuem entfacht. »Ich werde nichts sagen«, wiederholte sie. Sie konnte jene, die gestorben waren, nicht noch einmal töten. Und sie konnte auch nicht die Hoffnung jener zerschlagen, die ihr eines Tages auf den Berg folgen mußten, weil sie die Stütze ihrer Familien waren.

Da umarmte Geva sie, drückte sie an ihre Schulter und strich ihr das Haar glatt. »Ich wußte, daß du nichts sagen würdest. Ich wußte, daß du die Wahrheit nie, nie verraten würdest.« Sie wiederholte die Worte, bis sie einen sanften hypnotischen Zwang ausübten.

Doch als die Tränen getrocknet waren, merkte Kirsa, daß sich in ihrem Innern immer noch Fragen stauten. »Aber ich habe die Macht gespürt«, sagte sie und schaute die alte Frau zum erstenmal an. »Ich habe gespürt, wie sie mich vorwärtstrieb.« Wie konnte jene Kraft, die Kirsa in jedem angespannten Muskel gefühlt hatte, jene Kraft, die sie verwandelt und zum Angriff gedrängt hatte, eine Lüge sein?

Ein Lächeln verlieh Gevas zerfurchtem Gesicht einen Hauch von Jugend. »Die Silbervögel – das ist eine Legende, ja. Aber die Macht des Berges nicht, zumindest nicht in einem gewissen Sinn. Die Kraft wohnt in uns, ist ein Teil unseres Menschseins. Wir weihen sie dem Berg, und in dem Moment, da wir sie am notwendigsten brauchen, gibt der Berg sie uns zurück. Und wenn du jetzt empfindest, daß der Berg tot ist – so wie ich es damals empfand –, dann sei beruhigt. Er wird wieder zu Leben erwachen, wenn du ihm von neuem deine Kraft weihst.«

»Und die Mammutvögel?« fragte Kirsa weiter, mit angehaltenem Atem und argwöhnischem Blick. Wahrheit oder Lüge? Im Moment war ihr Wissensdrang größer als die Furcht vor der Antwort. »Die Mammutvögel, die uns erlösen sollen?«

»Sie werden kommen«, sagte Geva ruhig. »Vögel brachten uns hierher, Vögel so groß und mächtig, daß sie für uns heute, so viele Generationen, nachdem sie versagten und hier strandeten, unvorstellbar sind. Aber es gibt viele Menschen im Universum, und eines Tages wird uns jemand finden. Eines Tages wird man uns erlösen. Wir werden zu Welten reisen, wo die Sonne den ganzen Winter scheint und der Boden noch vor dem Spätfrühling taut. Wo wir mit bloßen Armen umhergehen können, ohne uns den Tod zu holen. Welten, wo wir leben können, ohne ständig Entbehrungen und Not zu leiden. Die Mammutvögel werden kommen und uns erlösen.«

Kirsa seufzte tief. Sie glaubte Geva, schöpfte neue Hoffnung. »Ja, denn dies ist eine rauhe Welt«, murmelte sie die Worte, die sie als Kind gelernt hatte.

»Rauh und kalt«, ergänzte Geva. »Aber schau hinauf zu den Bergen, und eines Tages wirst du Mammutvögel sehen, große Schatten am Himmel. Eines Tages wirst du mit ihnen ziehen.«

»Und wenn nicht ich, so die Meinen«, entgegnete Kirsa. Mit neuer Zuversicht nahm sie die Eierschale aus der Hand ihrer Großmutter, zerbrach sie in winzige Stücke und streute sie erleichtert über die Weide.

Aus dem Amerikanischen übersetzt von Birgit Reß-Bohusch

Alan Dean Foster

Das Geschenk eines Taugenichts

Pearson war der gleiche ausgeflippte Typ wie das Schiff.

Er hatte das nicht gewußt, als er den Kahn mietete (übrigens ohne die leiseste Absicht, ihn je wieder zurückzubringen, und auch nicht im mindesten beunruhigt deswegen, da sowohl die Kreditkarte als auch der passende Ausweis, den er vorgelegt hatte, getürkt waren), aber er war so in Eile gewesen, daß er ohnehin nicht wählerisch sein konnte.

Das Schiff hatte den Hyper-Sprung in einem Stück geschafft; als es jedoch wieder im normalen Raum auftauchte, merkte er, daß sich ein paar kleine, nicht unwesentliche Bestandteile aufgelöst hatten.

Nun waren von dem Ding nur noch etwas Schlacke übrig und eine Rauchsäule, die sich in den blaßblauen Himmel kräuselte. Er brachte es nicht mal fertig, das Schiff zu verwünschen. Er kannte das Gefühl. Immerhin hatte der Sicherheitsmechanismus funktioniert und ihn rechtzeitig herausgeschleudert – was immer ›Sicherheit‹ in diesem Zusammenhang bedeuten mochte. Er lebte, und das war nicht viel. Alles was er im Moment fühlte, war eine überwältigende Müdigkeit, eine Schlaffheit des Geistes. Eine Taubheit der Seele.

Zu seiner Überraschung spürte er keine Schmerzen. Pearsons Verstand funktionierte wie gewohnt. Was den Körper betraf, so konnte er Augen und Lippen bewegen, mit der Nase zucken und – allerdings nur mühsam – den rechten Arm vom flachen Sandboden abheben. Sein Gesicht war nicht wie früher ein winziger Teil seines Ich-Ausdrucks – es stellte alles dar, was ihm geblieben war. Wie der Rest seines Äußeren aussah, umhüllt von den Fetzen des Raumanzugs, konnte er nur ahnen. Genau wollte er es gar nicht wissen. Daß sein rechter Arm intakt war, wußte er, weil er ihn bewegen konnte. Alles was darüber hinausging, blieb morbide Spekulation.

Wenn er Glück hatte – wenn er Schweineglück hatte –, konnte er sich vielleicht mit dem rechten Arm aufstützen und zur Seite drehen. Er versuchte es gar nicht erst. Endlich, endlich spukten keine

Illusionen mehr durch Pearsons Bewußtsein. An der Schwelle des Todes hatte er sich in einen Realisten verwandelt.

Es war eine winzige Welt, der er sich aufgedrängt hatte, eigentlich nicht mehr als ein großer Asteroid. Im stillen entschuldigte er sich für den Schaden, den seine Bruchlandung angerichtet hatte. Er entschuldigte sich immer für den Schaden, den er anrichtete.

Er atmete, also war die dünne Atmosphäre weniger dürftig, als sie ihm vorkam. Keiner würde ihn hier vermuten. Selbst die Polizei, die sich an seine Fersen geheftet hatte, würde die Jagd abblasen. Pearson war nur ein kleiner Verbrecher. Eigentlich gar kein richtiger Verbrecher. Um diese Bezeichnung zu verdienen, mußte man wenigstens eine bescheidene Schandtat verübt haben. ›Verbrecher‹ – das schmeckte nach Gefahr und Bedrohung. Pearson stellte für die Gesellschaft keine Gefahr dar, höchstens eine Belästigung – ein störender kleiner Pickel, mehr nicht.

Na endlich, abgekratzt, dachte er und entdeckte zu seinem Staunen, daß er noch die Kraft und die Fähigkeit zum Lachen besaß.

Allerdings verlor er gleich darauf das Bewußtsein.

Als er wieder zu sich kam, wurde es gerade hell. Er hatte keine Ahnung, wie lange der Tag auf dieser Mini-Welt dauerte. Deshalb wußte er auch nicht, wie lange er ohnmächtig dagelegen hatte. Es konnte ein Tag oder eine Woche gewesen sein – nach der Zeitrechnung der Menschen. Obwohl er sich nicht mehr als Mensch betrachtete. Die vollständige Muskellähmung – Gesicht und rechter Arm ausgenommen – hatten ihn zu einem lebenden Kadaver gemacht. Er konnte sich nicht vom Fleck rühren und somit auch nicht den Notproviant erreichen, der vielleicht – vielleicht auch nicht – in der Schenkeltasche seines Anzugs steckte. Er konnte lediglich die dünne Atmosphäre einatmen, die ihn im Moment noch am Leben hielt. Wäre fast einfacher gewesen, mit dem Schiff zu explodieren.

Nun, verhungern mußte er nicht. Weil er vorher sicher verdurstete. Lebender Leichnam Pearson. Gehirn in einer Flasche. Sein Zustand gab ihm eine Menge Zeit, über das Leben nachzudenken.

Eigentlich war er von Anfang an eine Art lebender Leichnam gewesen. Er hatte nie starke Gefühle für irgendwas oder irgendwen entwickelt, nicht mal für sich selbst. Hatte nie jemandem was Gutes getan und war kaum fähig gewesen, jemandem was ernsthaft Böses anzutun. War einfach so rumgehängt, hatte anderen Leuten den Platz und die Luft gestohlen.

Als Baum hätte ich es vielleicht zu was gebracht, überlegte er müde. Pearson sann nach, ob er ein starker Baum geworden wäre. Schon möglich, aber nicht absolut sicher. Er sah sich als jungen Kerl, rotzfrech und doch irgendwie feige. Sah, wie er sich an die coolen Profis rangewanzt hatte, in der Hoffnung, bei ihnen hochzukommen, ihre Freundschaft zu gewinnen.

Nein, er war nicht mal als Wasserträger gut gewesen. Und das Ehrlich-währt-am-längsten hatte erst recht nicht geklappt – obwohl er ein paarmal Anlauf dazu nahm. Die Anständigen hatten ihn mit der gleichen Verachtung behandelt wie die weniger Anständigen. So hatte er in einem düster-zähen Vakuum seiner eigenen Fantasie gelebt, im geistigen Sinne tot und im physischen nur so gerade am Leben.

Wenn nur – *nein,* unterbrach er sich scharf. Er lag im Sterben. Da konnte er zur Abwechslung auch ehrlich sein, wenigstens mit sich selbst. Sein Unglück war stets durch eigene Schuld entstanden, nicht durch die anderen, wie er sich gern einzureden pflegte. Es hatte durchaus mitleidige Seelen gegeben, die sich bereitfanden, ihm zu helfen. Aber irgendwie hatte er diese Ansätze meist vermasselt. Wenn schon sonst nichts, vielleicht gelang es ihm, ehrlich zu sterben.

Er hatte gehört, daß Verdursten gar nicht so angenehm war.

Die Sonne ging unter, und kein Mond zog herauf. Natürlich nicht, eine so kleine Welt konnte sich den Luxux eines Mondes nicht leisten. Es war ein Wunder, daß sie eine eigene Atmosphäre besaß. Pearson spielte mit der Frage, ob in dem flachen, feinen Erdreich um ihn herum Leben gedeihen könnte. Pflanzen vielleicht. Er war zu schnell und überstürzt heruntergekommen, um seine Aufmerksamkeit auf solche Details zu richten. Und da er den Kopf nicht drehen konnte, blieb die Frage unbeantwortet.

Luft fächelte an ihm vorbei, eine kühle Nachtbrise, angenehm nach der milden, dunstigen Wärme des Tages. Er spürte sie prikkelnd auf dem Gesicht. Die übrigen Körpersensoren waren tot. Er hielt es für möglich, daß er schwere Brandwunden davongetragen hatte. Wenn ja, dann spürte er wenigstens keinen Schmerz. In dieser Hinsicht war die Lähmung ein Segen. Daß ein Teil der Körperfunktion weiter ablief, wußte er. Er konnte sich riechen.

Als die Sonne das zweitemal aufging, war er immer noch hellwach. Er schätzte die Tagesspanne dieser Welt auf drei bis vier Erdstunden, gefolgt von einer Nacht der gleichen Länge. Die Information hatte keinen praktischen Wert, aber solche Überlegungen halfen den Geist beschäftigen. Er gewöhnte sich allmählich an seine Lage. Es heißt ja, daß sich der menschliche Geist an alles gewöhnen kann.

Nach einer Weile entdeckte er, daß der Gedanke an den Tod ihn nicht mehr erschreckte. Er bedeutete sogar eine Art Erleichterung. Keine Flucht mehr, weder vor anderen noch vor dem mitleidvollen Ich. Keiner würde um ihn trauern. Keiner würde ihn vermissen. Mit dem Ableben würde er die anderen vom Makel seiner Gegenwart befreien. Die ersten Anzeichen von Durst, schwach aber unverkennbar, ergriffen Besitz von seiner Kehle.

Kurze Tage vergingen, und ein paar Wolken tauchten auf. Er hatte sich nie um Wolken und selten um das Wetter gekümmert. Nun gab es Zeit und Grund genug, beides zu beobachten. Er konnte sonst nichts sehen. Ihm kam die Idee, daß er versuchen könnte, mit Hilfe des gesunden Armes den Kopf zur Seite zu drehen und so sein Blickfeld zu verändern. Aber er merkte rasch, daß der Arm nicht beweglich genug war, um das schwierige Manöver durchzuführen.

Komisch, sein Gefühlsleben. Er entdeckte, daß die Gefahr, auch dieser eine gesunde Arm könnte von der Lähmung befallen werden, ihn mehr ängstigte als das sichere Näherrücken des Todes.

Immer mehr Wolken ballten sich über ihm zusammen. Er betrachtete sie gleichgültig. Regen konnte sein Leben um ein paar Erdentage verlängern, aber letzten Endes mußte er verhungern. Die Konzentrate in seiner Notausrüstung hätten ihn ein paar Monate ernährt – eher noch länger, da er sich nicht bewegte. Aber er kam nicht an den Proviant heran. Er wußte nicht einmal, ob die Riegel mit dem Schiff explodiert waren.

Seine Gedanken beschäftigten sich mit möglichen Methoden des

Selbstmords. Wenn sein Arm intakt blieb und ein scharfes Metallstück in der Nähe herumlag, ein Blechfetzen des Schiffes, konnte er sich vielleicht die Kehle durchschneiden. Wenn... wenn...

Es begann tatsächlich zu regnen. Sanft und gleichmäßig, einen halben Tag lang. Sein offener Mund fing genug Flüssigkeit auf, um den Durst zu stillen. Die Wolken zogen weiter und lösten sich auf, und die ferne Sonne kehrte zurück. Er spürte, wie sie ihm das Gesicht trocknete, und konnte nur vermuten, daß ähnliches mit dem Rest seines Körpers geschah. Er gewann ein ganz neues Bild vom Wunder des Regens und dem Prozeß, durch den sich Wasser in Blut, Lymphe und Zellen verwandelte. Verblüffende, verwirrende Abläufe; und er hatte das bis jetzt als selbstverständlich hingenommen. Er verdiente nichts anderes als den Tod.

Ich werde philosophisch, dachte er. Oder verrückt.

Kurze Tage wechselten mit kurzen Nächten. Er hatte das Zeitgefühl vollkommen verloren, als ihn der erste Käfer fand.

Pearson spürte ihn lange, ehe er ihn sah. Er kroch seine Wange herauf. Es machte den Liegenden halb wahnsinnig, daß er ihn weder verscheuchen noch abstreifen konnte. Das Ding überquerte sein Gesicht, hielt an und starrte ihm ins rechte Auge.

Er blinzelte.

Das Kitzeln kam wieder. Er hatte den Störenfried also nicht abgeschüttelt. Das Insekt war jetzt auf seiner Stirn. Nach einer kleinen Pause krabbelte es über die linke Wange nach unten und nahm den Weg von vorhin wieder auf. Aus dem Winkel des linken Auges sah Pearson, wie sich das Ding auf seine Schulter fallen ließ. Es war blauschwarz und so klein, daß er keine Einzelheiten erkennen konnte. Aber es hatte starke Ähnlichkeit mit einem Käfer.

Auf seiner Schulter blieb es sitzen und betrachtete die Umgebung.

Vielleicht ist es besser so, dachte er. Wenn Käfer ihn fraßen, ging alles schneller. Sobald er genug Blut verloren hatte, würde er sterben. Und wenn sie unterhalb des Kopfes anfingen, spürte er möglicherweise gar keinen Schmerz, ehe er das Bewußtsein verlor.

Schweigend ermutigte er das Insekt. »Los, Freund! Hol deine Onkel, Tanten und Vettern und haltet ein Festmahl ab – mit freundlicher Genehmigung von Pearson. Es wird ein Segen für mich sein.«

»Nein, das können wir nicht.«

»Ich bin im Delirium«, dachte er nüchtern und fügte im Reflex an: »Warum nicht?«

»Du bist ein Wunder. Wir könnten ein Wunder nie und nimmer verzehren. Eine solche Gunst verdienen wir nicht.«

»Ich bin kein Wunder!« dachte er mit Nachdruck. »Ich bin ein Nichtsnutz, ein Versager, ein gründlicher Irrtum der Natur. Und nicht nur das«, schloß er. »Ich liege hier und unterhalte mich per Telepathie mit einem Käfer.«

»Ich bin Yirn, einer vom Volke«, informierte ihn der Kleine sanft. »Ich bin nicht das, was du einen Käfer nennst. Sag mir, Wunder, wie kann ein so gigantisches Wesen überhaupt leben?«

Pearson erklärte es ihm. Er nannte dem Käfer seinen Namen und erzählte ihm von den Menschen und seiner eigenen elenden Existenz, die nun, nach dem Absturz und der Lähmung, bald zu Ende sein würde.

»Ich empfinde Trauer für dich«, meinte Yirn vom Volke schließlich. »Leider können wir dir nicht helfen. Wir sind ein sehr armer Stamm, einer von vielen, und das Gesetz bestimmt, daß wir uns nur begrenzt vermehren dürfen. Auch fällt es mir schwer, all die Dinge zu begreifen, die du mir über Raum, Zeit und Größe zu erklären versuchst. Mir will kaum in den Sinn, daß dieser Berg, der dich umgibt, sich einst fortbewegen konnte. Aber du sagst, daß es so war, und ich muß dir glauben.«

Pearson kam mit einemmal ein beruhigender Gedanke. »He, paß mal auf, Yirn. Glaub ja nicht, daß ich ein Gott oder so was wäre! Ich bin ein Stück größer als du – aber darin liegt der einzige Unterschied. Mein Wert ist weit geringer als der deine. Ich hab' nicht mal als Strichjunge was getaugt.«

»Der Begriff sagt mir nichts.« Yirn gab sich sichtlich Mühe, jedes seiner Worte zu verstehen. »Du bist das herrlichste Geschöpf des ganzen Alls.«

»Einen Dreck bin ich. Sag – wie kann ich mit dir ›sprechen‹, obwohl du so klein bist?«

»In unserem Volke kennt man einen weisen Satz: Nicht die Größe an sich ist von Belang, es zählt allein die Größe des Intellekts.«

»Ja, das hat was für sich. Paß auf, es tut mir leid, daß dein Stamm so arm ist, Yirn, und ich weiß es zu schätzen, daß du meinetwegen Trauer empfindest. Bisher habe ich keinem außer mir selbst was bedeutet. Da tut selbst das Mitgefühl eines Käfers gut.« Er lag eine Weile still da und betrachtete das Insekt, das seine winzigen Fühler putzte.

»Ich – ich wollte, ich könnte etwas für dich und deinen Stamm tun«, meinte er dann. »Aber ich kann mir nicht mal selbst helfen. Ich werde bald verhungern.«

»Wir würden dir so gern beistehen«, kam der Gedanke von Yirn. Pearson gewann den Eindruck einer Trauer, die in keinem Verhältnis zur Winzigkeit des Geschöpfes stand. »Doch selbst wenn wir alles herbeischleppen, was wir mit vereinten Kräften finden können – es reicht nicht aus, um dich auch nur einen Tag sattzumachen.«

»Tja. Dabei wäre genug Proviant in meinem Notpaket...« Er schwieg. Dann: »Yirn, sag – ist der untere Teil meines Körpers von einem dünnen, glänzenden Metall bedeckt?«

Eine Weile verging, während das Insekt auf den Gipfel seines Fingerknöchels wanderte und Ausschau hielt. »Ich sehe, was du beschreibst, Pearson.«

»Wie viele Angehörige hat dein Stamm?«

»Woran denkst du, Pearson?«

Pearson erklärte es ihm, und Yirn vom Volke entgegnete: »Genug.«

Es dauerte Tage lokaler Zeit, bis der Stamm von Yirn die Verschlüsse der Notrationen geöffnet hatte. Als sich dann herausstellte, daß das Volk Menschennahrung vertrug, erfüllte Jubel Pearsons Gehirn; und er freute sich mit dem Stamm.

Ein ganz und gar demütiger Yirn kam eine Weile später, um ein Gespräch mit ihm zu führen. »Zum erstenmal seit vielen, vielen Generationen hat mein Stamm genug zu essen. Wir können uns nun nach Wunsch vermehren, da die Gesetze der Hungersnot nicht mehr für uns gelten. Einer der großen Blöcke, welche du Konzentrate nennst, kann den Stamm lange Zeit ernähren. Die Naturstoffe, die nach deinen Angaben in dem größeren Paket enthalten sind, haben wir noch nicht angerührt. Aber wir werden es wagen.

Nun müssen wir nicht mehr in Furcht vor den starken Stämmen leben, die ihre armen Nachbarn berauben. Und das alles verdanken wir dir, Großer Pearson!«

»Nur ›Pearson‹, hörst du? Nenn mich noch einmal den großen Pearson, und ich...« Er machte eine Pause. »Nein, ich würde euch nichts tun. Selbst wenn ich dazu in der Lage wäre. Schluß mit den Drohungen – für alle Zeiten! Aber ich *bitte* dich – Pearson reicht mir. Und ihr habt mir überhaupt nichts zu verdanken. Deine Leute sind ganz von selbst an die Nahrung gelangt. Wenn du wüßtest, wie sehr ich mich vor diesen Konzentraten immer geekelt habe!«

»Wir haben eine Überraschung für dich, Pearson.«

Etwas kroch unendlich langsam seine Wange herauf. Er spürte, daß es mehr Gewicht hatte als ein Angehöriger des Volkes. Allmählich rückte es in sein Blickfeld. Ein winziger brauner Brocken. Dutzende von blauschwarzen Insekten zerrten daran. Er spürte ihre Anstrengung.

Der Brocken erreichte seine Lippen, und er machte den Mund auf. Einige vom Volk erschraken heftig über den dunklen Abgrund, der sich auftat. Sie drehten sich um und flohen. Yirn und andere Führer des Stammes nahmen ihre Plätze ein.

Der Brocken schob sich über den Lippenrand. Die Stammesangehörigen schoben und hievten mit letzter Kraft. Einige starben von der Anstrengung. Der Brocken rutschte in den Abgrund.

Pearson spürte, wie sich Speichel in seiner Mundhöhle sammelte, aber er zögerte. »Ich weiß nicht, was mir das auf lange Sicht bringen soll, Yirn – aber trotzdem, vielen Dank. Schaff jetzt die Leute weg von hier, denn gleich wird ein gewaltiges Beben mein Gesicht erschüttern.«

Erst als sie in sicherer Entfernung waren, begann er zu kauen.

Am nächsten Morgen regnete es. Die Tropfen hatten die gleiche Größe wie auf der Erde. Sie stellten für das Volk eine echte Gefahr dar, wenn es im Freien von einem Guß überrascht wurde. Ein paar Tropfen konnten ein Geschöpf von Yirns Größe glatt erschlagen.

Aber der ganze Stamm fand genügend Schutz unter Pearsons rechtem Arm.

Viele Wochen später saß Yirn auf Pearsons Nase und starrte in die Augenmeere. »Die Konzentrate werden nicht ewig reichen, und die Naturnahrung, die wir in einem der Pakete fanden, verdirbt rasch.«

»Das macht nichts. Das Zeug wollte ich ohnehin nicht essen. Ich glaube, es sind zwei Karotten dabei – und auf dem Sandwich dürften Salatblätter und Tomatenscheiben liegen, vielleicht sogar Champignons. Dann ein paar Nüsse. Das Fleisch und das Brot könnt ihr verzehren, aber hebt ein paar Rindenreste auf. Vielleicht vertragt ihr die Schimmelpilze, die sich darauf bilden werden.«

»Ich verstehe deine Worte nicht, Pearson.«

»Auf welche Weise sorgt ihr für Nahrung, Yirn? Ihr seid Sammler, nicht wahr?«

»Ja, das stimmt.«

»Dann nehmt die Karotten und die Tomate und all das andere ... ich beschreibe gleich näher, was ich meine ... dazu Exemplare aller eßbaren heimischen Pflanzen.«

»Und was fangen wir damit an, Pearson?«

»Hol die Stammesältesten her! Wir beginnen mit dem Bewässerungssystem ...«

Pearson war kein Experte in Sachen Pflanzenanbau. Aber er wußte auf seine primitive Art, daß bestimmte Dinge wuchsen, wenn man sie in den Boden setzte, goß und von Unkraut freihielt. Die Stammesangehörigen lernten rasch. Lediglich der Gedanke, an einem Ort zu bleiben und das Lebensnotwendige selbst anzupflanzen, war ihnen neu gewesen.

Ein Auffangbecken entstand; sein Bau forderte Hunderte von winzigen Leben. Aber die Konzentrate verliehen dem Volk große Energie. Schmale Gräben begannen sich nach außen zu schlängeln, fort von dem schützenden Berg, der Pearson hieß. Als es zu regnen aufhörte, waren das Becken und die fadendünnen Kanäle gefüllt, und das Volk begriff den Nutzen der Miniaturdämme. Noch ein Becken wurde gegraben und noch eines.

Ein Teil des Menschenproviants schlug Wurzeln und wuchs. Ein

Teil der einheimischen Pflanzen schlug Wurzeln und wuchs. Das Volk gedieh. Pearson erklärte den Vorteil fester Behausungen. Das Volk hatte nie an etwas Derartiges gedacht, weil es von einem künstlichen Bauwerk, das den Regen abhielt, keine Vorstellung besaß. Pearson beschrieb A-Stützen und Rahmen.

Es kam der Tag, da die Konzentrate zu Ende gingen. Pearson hatte das vorausgesehen und zeigte sich nicht betrübt über die Nachricht. Ihm war weit, weit mehr geglückt, als er je im Traum gedacht hätte – in jenen ersten leeren Tagen nach dem Absturz, allein auf dem Sand. Er hatte geholfen und dafür die erste echte Freundschaft seines Lebens erfahren.

»Das macht nichts, Yirn. Ich bin froh, daß ich dir und deinem Stamm eine Zeitlang beistehen konnte.«

»Yirn ist tot«, erklärte der Käfer. »Ich bin Yurn, einer seiner direkten Nachfahren. Mir wurde die Ehre zuteil, mit dir zu sprechen.«

»Yirn ist tot? Bin ich schon so lang ... das kann nicht sein ... oder doch?« Pearsons Zeitgefühl hatte sich verwirrt. Aber dann war die Lebensspanne des Volkes viel kürzer als die der Menschheit. »Egal. Jedenfalls hat der Stamm jetzt genug zu essen.«

»Uns ist es nicht egal«, entgegnete Yurn. »Öffne den Mund, Pearson!«

Etwas kroch seine Wange hoch. Es kam erstaunlich rasch näher. Lange Kabel, gedreht aus Pearsons Haaren, spannten sich über winzige Holzrollen und hievten das Ding heran. Dutzende von Stammesangehörigen schnitten mit ihren scharfen Kiefern einen Pfad durch seinen Bartwald.

Etwas fiel ihm in den Mund. Ein großes Blatt, das irgendwie bekannt schmeckte. Es erinnerte an – Spinat.

»Iß, Pearson! Die erste Ernte von den eingepflanzten Überresten jenes ›Sandwich‹ ...«

Bald nach der dritten Ernte besuchten drei Ratsmitglieder den Berg Pearson. Sie setzten sich vorsichtig auf seine Nasenspitze und betrachteten ihn sorgenvoll.

»Die Jungpflanzen gedeihen nicht«, sagte einer.

»Beschreibt mir das genauer.« Sie taten es, und er kramte in den verborgenen Winkeln seines Gehirns nach längst vergessenen

Schulweisheiten. »Wenn sie genug Wasser bekommen und alle gleich schlecht wachsen, kann es nur einen Grund geben: Der Boden ist ausgelaugt. Ihr werdet eure Felder neu anlegen müssen.«

»Weit ist das Land zwischen hier und den fernsten Äckern«, entgegnete einer der Ältesten. »Es hat Überfälle gegeben. Andere Stämme betrachten uns mit Neid. Unser Volk hat Angst, sich zu weit von dir zu entfernen. Deine Nähe verleiht uns Zuversicht.«

»Dann gibt es nur noch eine Möglichkeit.« Er fuhr sich mit der Zunge über die Lippen. Das Volk hatte Salzkörner für ihn entdeckt. »Was geschieht mit meinen Körperausscheidungen?«

»Die festen Bestandteile haben wir, wie befohlen, fortgebracht und vergraben«, erklärte einer. »Und wo du das Erdreich näßt, wird ständig trockener Sand aufgestreut.«

»Der Boden hat keine Kraft mehr«, erklärte Pearson. »Er braucht einen Zusatz – Dünger. Paßt auf...«

Viele Jahre später kam eine neue Abordnung zu Pearson. Das war nach der Großen Schlacht. Drei mächtige Stämme hatten sich vereint, um das Volk anzugreifen, und es war ihnen geglückt, den Gegner bis an den Festungsberg Pearson zurückzudrängen. Während ringsum der Kampf tobte, hatten die Anführer der drei feindlichen Stämme versucht, den lebenden ›Gott-Berg‹ – wie Pearson bei den übrigen Bewohnern des Planetoiden hieß – zu erstürmen.

Pearson hatte seine allerletzten Nervenstränge mobilisiert, den gesunden Arm erhoben und mit einem einzigen Schlag die Anführer der Attacke, ihren Generalstab und Hunderte von Soldaten getötet. In der allgemeinen Verwirrung holte das Volk zu einem Gegenangriff aus. Die Eindringlinge wurden mit schweren Verlusten zurückgeworfen, und von da an hatte das Volk seinen Frieden.

Ein großer Teil der Ernte war vernichtet. Aber mit reichlichen Düngergaben von Pearsons Exkrementen gedieh die nächste Saat üppiger denn je.

Nun ließ sich der neue Rat auf Pearsons Nasenspitze nieder, die eine Art Ehrenplatz darstellte, und schaute in abgrundtiefe Augenmeere. Yeen, der achte direkte Nachfahre des Legendären Yirn, saß in der Mitte.

»Wir haben ein Geschenk für dich, Pearson. Du erzähltest einmal beiläufig, was ›Geburtstag‹ auf deiner Welt bedeutet und welche Bräuche damit verbunden sind. Wir überlegten lange, ehe uns etwas Passendes einfiel.«

»Ich fürchte, ich kann die Zierschleifen nicht öffnen«, spöttelte er schwach. »Ihr müßt es selbst auswickeln. Und ich wünschte, ich könnte mich revanchieren. Ihr habt mich am Leben erhalten.«

»Du hast uns mehr als das Leben geschenkt. Schau nach links, Pearson!«

Er bewegte die Augen. Er vernahm ein Knirschen und Knarren, das kein Ende nehmen wollte. Lange beobachtete er den leeren Himmel. Gedanken und Gefühle von Tausenden des Volkes erreichten ihn.

Ein Gegenstand schob sich langsam höher. Es war ein kreisrundes Ding, befestigt am oberen Ende eines perfekten Stützgerüsts aus winzigen Holzbalken. Es war alt und hier und da verkratzt, glänzte aber immer noch: ein Handspiegel, hervorgekramt aus Gott weiß welcher Tasche seines Anzugs. Er neigte sich von seiner Brust weg schräg nach unten.

Zum erstenmal seit vielen Jahren konnte er den Boden sehen. Er wollte sich bedanken für dieses ungeheuer wertvolle Geschenk, doch ihm stockte der Atem bei dem Anblick, der sich ihm bot.

Schmale Reihen bebauter Felder erstreckten sich bis zum Horizont. Dazwischen lagen Häuser verstreut, manche zu Dörfern oder Marktflecken vereint. Eine Hängebrücke, geflochten aus seinem Haar und Fäden seines Anzugs, überquerte an drei Stellen einen kleinen Fluß. Am anderen Ufer des Wasserlaufs erkannte man die Anfänge einer Stadt.

Die Spiegel-Mannschaft schwenkte den Reflektor mit Hilfe eines sorgfältig ausgeklügelten Systems von Riemen und Scheiben. In der Nähe war die Fabrik, wo man, wie er erfuhr, Holzbalken und andere Dinge aus heimischen Pflanzen fertigte. Zu den Schneidwerkzeugen zählten scharfe Splitter von Pearsons Fingernägeln. Große Zelte spannten sich über anderen Fabriken, Zelte aus der gegerbten Haut, die sich ständig von Pearsons sonnenverbranntem Körper schälte. Und die Treibscheiben und Karrenräder liefen glatt und geschmeidig, weil man sie zum Teil mit Pearsons Ohrenschmalz fettete.

»Du willst dich revanchieren?« fragte Yeen in rhetorischem Tonfall. »Du hast uns das allergrößte Geschenk gemacht, das es überhaupt gibt – dich selbst. Tagtäglich entdecken wir neue Anwendungsbereiche für die Informationen, die du uns lieferst. Tagtäglich finden wir neue Nutzen für das, was dein Körper produziert.

Andere Stämme, die wir einst bekämpften, haben sich mit uns verbündet, damit alle von dir profitieren. Wir streben jener Gemeinschaftsform entgegen, die du einmal Nation nanntest.«

»Vorsicht... Vorsicht!« murmelte Pearson, überwältigt von Yeens Worten und der Vielfalt der Bilder, welche der Spiegel ihm zeigte. »Eine Nation bringt unweigerlich Politiker hervor.«

»Was ist das?« fragte einer der Ältesten plötzlich und deutete nach unten.

»Noch ein Geschenk?« überlegte sein Nachbar, der ebenfalls den großen Abhang von Pearsons Nase entlangstarrte. »Wie läßt es sich verwenden, Pearson?«

»Überhaupt nicht«, kam die Antwort. »Ich habe vor langer Zeit die Erfahrung gemacht, meine Freunde, daß Tränen nicht den geringsten Nutzen haben...«

Yusec, der einhundertzwölfte direkte Nachfahre des Legendären Yirn, ruhte auf Pearsons Brust und genoß den Schatten des Haarwaldes. Pearson hatte eben von einer herrlichen neuen Frucht gekostet, die das Volk auf einer fernen Farm gezüchtet und eigens für ihn hergebracht hatte. Pearson konnte Yusec in einem der vielen Spiegel erkennen, die man rund um sein Gesicht angebracht hatte, jeden in einem anderen Winkel, um sein Blickfeld so weit wie möglich auszudehnen.

Eine Jugendgruppe erforschte seine Beckengegend, und eine zweite wanderte gerade unter dem Ohrläppchen durch. Andere Besucher kamen und gingen. Eine Vielzahl von Treppen und die ersten primitiven Lifts führten von allen Seiten auf seinen Körper. Archivare standen in der Nähe, um jedes Wort und jeden seiner Gedanken festzuhalten. Selbst seine Träume zeichneten sie auf.

»Yusec, die neue Frucht war ausgezeichnet.«

»Die Farmer, die sie züchteten, werden sich über dein Lob freuen.«

Es entstand eine Pause, ehe Pearson von neuem das Wort ergriff. »Yusec, ich muß bald sterben.«

Entsetzt sprang das Insekt hoch und starrte zu dem Massiv auf, das Pearsons Kinn war. »Was heißt das? Pearson kann nicht sterben!«

»Quatsch, Yusec. Welche Farbe hat mein Haar?«

»Weiß, Pearson. Es ist seit vielen Jahren weiß.«

»Und die Rinnen in meinem Gesicht? Sind sie tief eingegraben?«

»Ja, aber nicht tiefer als zur Zeit meines Urgroßvaters.«

»Um so schlimmer. Ich liege im Sterben, Yusec. Ich weiß nicht, wie alt ich bin, weil ich schon längst nicht mehr in meiner Zeit rechne. Es spielt auch keine Rolle. Ich weiß nur, daß ich am Ende des Weges angelangt bin.

Aber ich werde glücklicher sterben, als ich es je für möglich hielt. Gelähmt habe ich mehr ins Rollen gebracht als früher, da ich mich bewegen konnte. Das gibt mir Zufriedenheit.«

»Du kannst nicht sterben, Pearson.« Yusec sagte es beharrlich immer wieder, während er einen Notruf an das Pflege-Team aussandte, das sich seit vielen Jahren ausschließlich um Pearsons Wohlbefinden kümmerte.

»Ich kann und werde und muß sterben«, kam die Antwort, und ein erschrockener Yusec fühlte den Tod wie einen Schatten über Pearsons Gedanken huschen. Er konnte sich ein Dasein ohne Pearson nicht vorstellen. »Die Pfleger sind gut. Sie haben eine Menge über meinen Körper in Erfahrung gebracht, ganz von selbst. Aber sie können nichts tun. Ich sterbe.«

»Was... was werden wir ohne dich anfangen?«

»Alles was ihr erreicht habt, war euer eigenes Werk, Yusec. Ich habe euch nur Ratschläge erteilt, die Arbeit mußtet ihr selbst tun. Ich werde euch nicht fehlen.«

»Du wirst uns sehr fehlen, Pearson.« Yusec machte sich mit der gewaltigen Unabänderlichkeit von Pearsons Dahinscheiden vertraut. »Ich fühle Trauer.«

»Ja, ich auch. Komisch. Ich hatte im Laufe der Zeit fast Vergnügen an diesem Leben gefunden. Nun ja.« Seine Gedanken waren jetzt sehr schwach, zogen sich zurück wie die Sonne, die unter den Rand der Welt sank.

»Ein letzter Gedanke, Yusec.«

»Ja, Pearson?«

»Ich dachte einmal, ihr könntet meinen Leib, die Haut, die Knochen und Organe verwerten, wenn ich tot bin. Aber ihr seid über dieses Stadium längst hinaus. Die letzten Bronzelegierungen, die ihr mir gezeigt habt, waren wirklich gut. Ihr braucht die Fabrik Pearson nicht mehr. Komische Idee, aber...«

Yusec fing den letzten Gedanken des Menschen wie aus weiter Ferne auf, dann verließ Pearson das Volk für immer.

»Es handelt sich eindeutig um vernunftbegabte Wesen, Sir! Ich weiß, daß sie kaum größer als eine Wimper sind, aber sie besitzen Straßen, Farmen, Fabriken, Schulen und was weiß ich noch alles! Unsere erste intelligente nichthumanoide Rasse, Sir!«

»Immer mit der Ruhe, Hanforth!« sagte der Käpt'n. »Ich seh's ja selber.« Er stand vor der Landekapsel. Sie hatten in einem großen See aufgesetzt, um die verblüffende Metropolis, die den ganzen Planetoiden zu bedecken schien, nicht zu zerstören. »Unglaublich ist das einzige Wort dafür. Irgendwas am Absturzort entdeckt?«

»Nein, Sir. Er ist uralt. Mindestens ein paar hundert Jahre. Die Detektoren fanden lediglich Spuren eines Raumschiffes.« Er machte eine Pause. »Soll das da eine Delegation der einheimischen Bevölkerung sein, Sir?«

»Sieht so aus.«

»Sie wollen uns allem Anschein nach etwas zeigen. Sie sagen, einige ihrer breitesten Straßen seien breit genug für unsere Füße, und sie haben den gesamten Verkehr angehalten.«

»Da bleibt uns wohl keine andere Wahl – obwohl ich meine Beobachtungen lieber von hier aus machen würde, wo ich keinem dieser Winzlinge zu nahe trete.«

Sie marschierten ein paar Stunden. Allmählich erreichten sie ein Gebiet nahe dem Krater, der durch den Aufprall eines veralteten

Schiffes entstanden war. Sie hatten das Ding am geraden Horizont aufragen sehen. Doch je näher sie kamen, desto weniger trauten sie ihren Augen.

Nun hatten sie es erreicht. Einen Metallpfeiler, der fünfzig Meter in den wäßrigblauen Himmel stach und sich weit droben zu einer scharfen Spitze verjüngte.

»Ich kann mir denken, weshalb sie uns das hier unbedingt zeigen wollten.« Die Stimme des Kapitäns klang ungläubig. »Wenn ihnen daran lag, uns zu beeindrucken, so haben sie das geschafft. Eine derartige technische Meisterleistung bei einem Volk dieser Größe... nicht zu fassen.« Er runzelte die Stirn und zuckte dann mit den Schultern.

»Aber was stellt das Ding dar, Sir?« Hanforth hatte den Kopf weit in den Nacken gelegt und starrte die Metallnadel entlang.

»Seltsam. Mich erinnert es schwach an etwas, das ich früher mal gesehen habe.«

»Und was war das, Sir?«

»Eine Markierspitze – für ein Grab.«

Aus dem Amerikanischen übersetzt von Birgit Reß-Bohusch

C. R. Faddis

Im Zeichen des Äskulap

Die Mumie befand sich in ausgezeichnetem Zustand. Selbst das weiche Nervengeflecht des Arachnoiden unter dem Vorderteil des Exoskeletts hatte sich erhalten. Dabei waren achtzehnhundert Jahre an den wenigen Toten der Katakomben spurlos vorübergegangen – trotz des Dauerfrostes, der in den oberen Bodenschichten von Alcestis herrschte.

Doktor Calvin geriet in Ekstase. Die Voruntersuchung ergab, daß die Mumie nicht von den üblichen Tumoren zerlöchert war; vielleicht hatte das Geschöpf die Seuche überlebt. Vielleicht war es später eines natürlichen Todes gestorben. Er hatte jedenfalls eine erste Spur. Nach fünf Jahren vagen Forschens, in denen sich seine Theorien vor allem auf Mutmaßungen stützten, war das hier die erste *echte* Spur. Calvin streifte in aller Eile seinen Schutzanzug über und betrat die hermetisch verschlossene Sektionskabine. Dieser Tote erforderte seine persönliche Aufmerksamkeit. Eine Untersuchung durch fernbediente Manipulatoren kam hier nicht in Frage.

Eine Stunde verstrich, bis er die wichtigsten Organe lokalisiert und seine Erkenntnisse per Mikrofon und Kamera in die Deckenrekorder gespeichert hatte. Der Arachnoid war so gut wie sicher ein Vorfahre der Keeris-Nomaden – wieder ein Punkt, der Calvins Hypothese stützte. Der Doktor summte zufrieden vor sich hin, während er von den verschiedenen Gewebesubstanzen Kulturen anlegte und eine Computeranalyse von Spuren der gefrorenen Gefäßflüssigkeiten vorbereitete. Erst als er eine Probe des Kardialgewebes in den Kryo-Bottich warf, entdeckte er – mit einem heftigen Zusammenzucken –, daß einer seiner Handschuhe einen Riß hatte.

»Verdammt!« Er ließ die Probe fallen, rannte in die Sterilisierschleuse und verriegelte die Tür hinter sich. Dann zerrte er sich den Schutzanzug vom Leib, stopfte ihn in den Desintegrator und knallte den Deckel mit einem zweiten Fluch zu. Die Desinfektionsstrahlen der Schleuse schalteten sich ein, schrubbten und bombardierten ihn mit Antiseptika. Zur Sicherheit ließ er den ganzen Prozeß zweimal ablaufen. Mit einem sterilen Laborkittel bekleidet, betrat er anschließend den äußeren Kontrollraum.

Der Deckenrekorder verstummte mit einem Klicken, als er den Schalter berührte. Calvin starrte die Monitorschirme düster an. Er programmierte die Manipulatoren so, daß sie die Mumie wieder in die luftdichten Behälter packten, mit dem er sie hergebracht hatte. Der Kadaver selbst war immer noch von großem archäologischem Wert, aber der Riß im Handschuh hatte doppelten Schaden angerichtet: Wenn das Untersuchungsobjekt ihn angesteckt hatte, dann galt das auch umgekehrt. Der Leichnam, die Kulturen, sämtliche medizinischen Daten waren besudelt durch den Zoo von Bakterien und Viren, welche wie Kletten an jedem Menschen hafteten.

Die Mumie lag nun hermetisch umschlossen da. Calvin fuhr sich mit den Fingern durch das schüttere Haar, als er die Monitoren ausschaltete. Dann löste er den Strahlenschutz aus und betätigte den Hebel des Sterilisier-Aggregats. Im Innern der Sektions-Kabine, nun unsichtbar für das menschliche Auge, verdampfte in der Hitze grellweißer Lichtstrahlen jedes organische Teilchen – Proben, Kulturnährboden, Mikroorganismen. Der Schlund eines ausbrechenden Vulkans hätte nicht steriler sein können.

Calvin sehnte sich nach einer Tasse Kaffee. Er begab sich zur Kantine, dem Mittelpunkt der Clifftown-Station. Die Fremdrassen-Infektion, die er sich zugezogen hatte, wanderte bereits durch seinen Blutstrom.

Feiner Schnee stob über die Hochlandwüsten des Planeten Alcestis und sammelte sich, gepeitscht von den ewigen Böen, in den Felsnischen der Nordhänge. Doktor Darwin MacNeil beugte sich im Kopilotensitz vor und starrte durch das Fenster des Raumtransporters, völlig vertieft in den Anblick des Planeten. Die Welt da unten wirkte knochentrocken; die vereinzelten Schneeflocken paßten gar nicht in das Bild.

Andre Iyevka, der Pilot, deutete nach Osten. »Da«, sagte er. »Clifftown-Station.«

Grellrote Vermesser-Kuppeln klebten am Rand einer fernen Mesa, ihre Farbe ein brutaler Gegensatz zu den alles beherrschenden Pastelltönen. Iyevka setzte zu einer Landeschleife an. »Clifftown-Station an Versorgungsschiff«, hörten sie eine knisternde Stimme im Funkgerät. »Wir haben Sie im Monitor.«

»Hier *Casper*. Wir hören euch«, entgegnete Iyevka. »Geschätzte Ankunft in vier Minuten. Haltet eure Ankerkabel bereit, es ist ganz schön zugig hier draußen.«

»Wird gemacht, *Casper*.«

»Brrr!« MacNeil drehte sich herum, als seine Assistentin Caroline Sommerville das Cockpit betrat, die Arme fest verschränkt. »Müssen wir in die Kälte hinaus? Dann hole ich lieber gleich das Isolierzeug«, erklärte sie.

»*Da*«, grinste der Pilot. »Sibirien ist die reinste Sommerfrische im Vergleich dazu.«

»Kopf hoch, mein Junge.« MacNeil erhob sich und klopfte dem Piloten auf die Schulter. »Nach vier Monaten Einsamkeit sind die Landvermesser hier sicher so glücklich, neue Gesichter zu sehen, daß du gar keine Gelegenheit finden wirst, aufs Wetter zu achten.«

»Möglich, daß sie *mich* mit offenen Armen aufnehmen«, rief Iyevka ihm nach. »Bei euch ist das ja wohl fraglich.«

MacNeil folgte Caroline achselzuckend zum Frachtraum im Heck, wo sie die Wärmeanzüge zwischen Stapeln von medizinischen Vorräten hervorzerrten.

»Ist das alles für Clifftown bestimmt?« fragte sie. MacNeil nahm die Inventarliste in die Hand und überflog sie. »Wer immer J. D. C. sein mag – er oder sie gibt schon das ganze Jahr solche Bestellungen durch. Der jüngste Auftrag enthält Unmengen von Antibiotika.« Ihm gefiel die Geschichte nicht. »Entweder leben auf der Station nur Leute mit linken Händen, die sich beim Anlegen der Bohrschächte ständig verletzen, oder jemand verscheuert das Zeug auf dem Schwarzen Markt.«

»Oder es liegt ein echtes medizinisches Problem an.« Caroline hatte die Anzüge glattgeschüttelt und hob jetzt den Kopf. Ihr hübsches Gesicht wandte sich MacNeil zu. »Diese Forscher haben die schlechte Angewohnheit, ihre Immunitätskapseln zu vergessen.«

»Was sehen Sie *mich* so an? Ich schlucke das Zeug.« MacNeil studierte noch einmal die Liste. »In den Berichten steht jedenfalls nichts Außergewöhnliches. Nun, wenn etwas faul ist, dann werden wir es bei unserem kleinen Überraschungsbesuch ja merken. Ich tippe auf einen sauberen anthasischen Tripper, wenn die Kerle so geheimnisvoll tun.«

»Aber, Doktor!«

Grinsend stieg MacNeil in einen der Wärme-Coveralls.

Iyevka landete die *Casper* nahe der wartenden Boden-Crew. Er schaltete den Antrieb erst aus, als die Maschine fest verzurrt war. Aber selbst dann schüttelten die Böen sie heftig hin und her.

Dicht vermummt traten sie hinaus in den Sturm. Die vierzig Meter bis zur nächstgelegenen Fertigkuppel wollten kein Ende nehmen. Sie klammerten sich an die Führungskabel, ihre Augen und Nasen liefen, und die Lippen waren im Nu steifgefroren.

MacNeil spürte eine Bank in den Kniekehlen; durch einen Tränenschleier sah er das Innere der Kuppel. Dann glitt die Schleuse zu, das Kreischen des Windes verstummte, und ein warmer Luftstrom verdrängte die Eiseskälte.

Jemand half MacNeil aus dem Anzug, und er fuhr sich mit dem freien Arm über die Augen. Was er dann jedoch sah, ließ ihn noch mehr erstarren als der Sturm. Sein Helfer, ein junger Mann mit dunkel gegerbter Haut, war entstellt von weißem Schorf. Die übrigen Forscher im Raum zeigten ähnliche Symptome. Allerdings wirkten die Männer kräftig und gesund, und die nicht befallene Haut machte einen guten Eindruck.

MacNeil schälte sich ganz aus dem Anzug, riß sein Ferndiagnosegerät aus der Tasche und strich damit über den Nächststehenden. Er runzelte die Stirn. Die Daten, die der Computer anzeigte, verwirrten ihn.

»Wir hatten nur den Piloten erwartet«, meinte sein Gegenüber mit einem Lächeln. »Aber wir freuen uns immer über Besucher.« Er streckte die Hand aus. »Telerio Takanno, leitender Bohringenieur.«

MacNeil wich einen Schritt zurück. »Caroline, Andre, ihr berührt hier nichts! Andre, in dem blauen Packen befinden sich Seuchenschutzanzüge. Hol drei heraus und zieh einen davon selbst an!«

»Wozu das?« erkundigte sich Iyevka.

»Frag nicht, sondern beeil dich!« MacNeil untersuchte den Schorf genauer, ohne jedoch Takannas Haut nahezukommen. »Ich bin Doktor MacNeil von der Zentrale der Bohrgesellschaft. Seit wann leiden Sie an dieser Krankheit?«

»Ach, das!« Achselzuckend faltete Takanna MacNeils Anzug zusammen. »Ein Ausschlag. Jeder hier hat ihn. Kleine Infektion, mehr nicht.«

»Das wird sich noch herausstellen. Wo ist der Arzt Ihres Teams?«

»Ich bringe Sie gleich runter in die Krankenstation«, sagte Takanna. »Doc Calvin wird Ihnen alles erklären.«

»Calvin?« Etwas regte sich in MacNeils Gedächtnis, aber in diesem Moment reichte ihm Iyevka einen Schutzanzug.

Takanna konnte seine Blicke nur mühsam von Caroline Sommerville losreißen, die den transparenten, hautengen Anzug über ihre herrlich geformten Beine streifte. »Äh – hatten Sie was gesagt, Doc?«

Die leichte Kapuze senkte sich auf MacNeils Schultern. Er schloß die Siegelnaht und startete das Atemgerät. »Gehen wir nach unten«, meinte er. »Da scheint uns jemand eine Menge Erklärungen schuldig zu sein.«

Ein stark geneigter Tunnel drang schnurgerade ins Herz der Mesa vor. Sanft flimmerndes Licht enthüllte reiche Oberflächen-Strukturen – gemeißelte Reliefs, durch die Spannung der stets wechselnden Temperaturen von einem feinen Craquelé-Netz überzogen. Die abstrakten Formen wanden sich den Korridor entlang, eine an die andere gereiht, als stellten sie einen Heldenmythos dar oder ein Gebet an einen längst vergessenen Gott.

»Achten Sie auf den Weg!« warnte Takanna. »Jedesmal, wenn ich hier durchkomme, stolpere ich über meine eigenen Füße.«

»Ist das eine Art Schrift?« fragte Iyevka.

»Wenn ja, dann können wir sie nicht entziffern. Sieht hübsch aus, nicht wahr? Irgendwie empfindet man beim Anblick dieser Tafeln Trauer darüber, daß die Rasse ausstarb.«

Der Tunnel wurde feucht, als sie die Dauerfrost-Schicht hinter sich ließen. Eine Art Pilz oder Alge überwucherte nun die Reliefs und tönte den beigen Stein an den Stellen, wo die Lampen ihn erwärmten, mit hellen Flecken in Orange und Rosa.

»Weshalb leben Sie hier unten statt in den Fertigkuppeln?« fragte MacNeil die Chemikerin von Freya, die neben ihm ging.

Yed-Paolors Heteroplastik-Kopf, eingepflanzt ins linke Schlüsselbein und drehbar auf der Schulter der Fremdweltlerin gelagert, wandte sich im Gespräch ihm zu, während ihr natürlicher Kopf auf den Weg nach vorn gerichtet blieb. »Wir fanden, daß es in den Grotten – wie sagt ihr Menschen? – ›behaglicher‹ und geräumiger war. Vielleicht ist Ihnen beim Landeanflug aufgefallen, daß es von der Kultur, die hier einmal blühte, keinerlei Oberflächen-Spuren gibt. Die Geschöpfe ließen das Äußere des Planeten unberührt; sie bauten in die Tiefe.«

»Ich habe davon gehört«, warf Iyevka ein. »Wird Alcestis deshalb im Volksmund die Katakombenstadt genannt?«

»Vermutlich der Scherz eines schwachsinnigen Forschers!« fauchte MacNeil.

»Nicht unbedingt«, widersprach die Fremdweltlerin. »Der Name paßt sogar ausgezeichnet.«

Takanna führte die Gruppe in einen helleren Seitengang und erklärte: »Diese Region von Alcestis ist ein einziger großer Friedhof, und eben die Mesa hier scheint die ›Hauptkirche‹ gewesen zu sein.« Er deutete die Wände entlang. »Hinter den meisten Stollen verbergen sich Gräber.«

»Gräber?« Der junge Pilot schluckte. Dann schüttelte er den Kopf und rückte näher – sehr viel näher – an die Gruppe heran. Aber gleich darauf endete der Tunnel an einer Tür, die wohl ursprünglich zu einer der Fertigkuppeln gehört hatte.

Dahinter befanden sich die Wohnquartiere: eine Serie von trokkenen Kammern, durch schmale Gänge miteinander verbunden – ein verschlungenes Makramée, in Stein gehauen. Die Räume wirkten anheimelnd, selbst für das menschliche Empfinden, aber MacNeil beachtete sie kaum. Er musterte eindringlich die Personen, die seinen Weg kreuzten, und prägte sich die sichtbaren Zeichen der Krankheit ein. Wenn er die wenigen Nichthumanoiden außer acht ließ, erkannte er verschiedene Symptome. Alle Leute waren jedoch von dem weißen Schorf befallen, der Gesichter, Hände und Arme entstellte. Er ging im Geiste immer noch Lehrbuchtexte durch, als Takanna an einer Tür klopfte, auf die mit gelber Kreide Z. ZT. LAZARETT gekritzelt war.

Sie betraten einen weiten, widerhallenden Saal, in dem eine Reihe von Pritschen stand. Einige waren belegt. Etwas abseits saß, mit dem Rücken zur Tür, ein grauhaariger Mann in einem zerknautschten Laborkittel. Er untersuchte gerade eine Patientin.

Takanna räusperte sich. »Hallo, Doc!« sagte er. »Wir haben Besuch.«

Der Mann drehte sich langsam um, blinzelte und heftete seinen Blick dann auf MacNeil. »Darwin! Das hätte ich mir denken können, als ich hörte, daß du dich der Bohrgesellschaft angeschlossen hast. Du warst schon immer ein guter Schnüffler.«

MacNeil klappte den Mund auf; nach der ersten Verlegenheit kam ihm sein trockener Humor zu Hilfe. »Hallo, J. D.«, meinte er gedehnt. »Nicht um ein Mikrogramm verändert, was?« Er trat neben Calvin und begutachtete die Verbände auf den Armen der Patientin. »Und deine praktischen Fähigkeiten sind auch keinen Deut besser geworden.«

»Ich bin eben kein Pillenschaufler und Knocheneinrenker wie andere Leute.«

MacNeil winkte Calvin zur Seite und setzte sich, um den Verband zu erneuern. Aus dem Augenwinkel beobachtete er, wie der ältere Mann sich umständlich bei Caroline und Iyevka zu rechtfertigen suchte. Jefferson Davis Calvin! Der einst so berühmte Forscher war nicht gerade mit Anstand gealtert. Er wirkte ein gutes Stück älter als die sechzig Jahre, die er jetzt etwa zählen mußte. Damals, als er an MacNeils Universität den Lehrstuhl für Exomedizin innehatte, war er wenigstens noch gutgenährt gewesen. Nun wirkte er ausgemergelt, und das geblichgraue Haar hing ihm zottelig in den Kragen. Wie tief mußte der Mann gesunken sein, wenn er einen Job auf einer Forschungsstation annahm! Solche Posten waren im allgemeinen der letzte Anker für Jungmediziner, die ihr Examen nicht gerade mit Glanz abgeschlossen hatten. MacNeils Stirnrunzeln vertiefte sich, aber er hatte seine Züge unter Kontrolle, als er sich den anderen wieder zuwandte.

»Tut mir leid, wenn ich die Begrüßungsparty vermiese, aber ich muß wissen, was sich diese Leute zugezogen haben.« Er musterte Calvin und beschloß, nicht sofort nachzubohren, weshalb der Wissenschaftler den Stand der Dinge bis jetzt verheimlicht hatte. »Caroline, besorgen Sie eine Liste des Personals und der Patienten, und bereiten Sie eine Symptombeschreibung für die Datenbank vor. Andre, sobald der Sturm nachläßt, holen Sie den Diagnose-Computer und die übrigen Geräte herein. Calvin, wir beide sehen uns jetzt die Eintragungen in Ihrem Logbuch an.«

Iyevka übernahm es, die medizinischen Apparate ins Lazarett zu schaffen. Danach ließ er die Ärzte allein und machte mit Takanna einen Rundgang durch die Station. Die Mesa war ein Labyrinth von Stollen, viele davon ohne jedes Dekor. Iyevka trat an eine der Korridorwände heran und betrachtete den Stein. Er war so glatt und glasig, als habe man den Tunnel mit Hilfe eines Bohrlasers geschaffen.

»Nicht unser Werk, Andre«, sagte Takanna. »Doc Calvin versteht eine Menge von Archäologie, und er schätzt, daß diese Gänge mehr als dreitausend Standardjahre alt sind.«

»Sie gehen also auf die ausgestorbene einheimische Kultur zurück?«

»Was sonst?«

»Haben – haben Sie diese Stollen je bis zu Ende verfolgt?«

»Wir haben bis jetzt kein ›Ende‹ gefunden, um es mal so zu sagen. Die meisten Tunnel knicken so scharf in die Tiefe ab, daß man sie nicht begehen kann, und da verlieren sie sich dann.«

Iyevkas Abenteuergeist war geweckt. »Ist schon mal jemand ein Stück in die unteren Regionen vorgedrungen?«

»Mikki Fo versuchte es vor ein paar Monaten, als der Sturm so stark blies, daß wir nicht zu unseren Bohrstellen gelangen konnten. Sie stieß nach etwa tausend Metern auf einen Querstollen, aber als sie ihn erforschte, entdeckte sie nur weitere Gänge. Irgendwann, wenn ich mal Zeit finde, möchte ich eine Motorwinde zusammenbasteln, damit wir uns in dem einen oder anderen der ganz tiefen Schächte umsehen können.«

Iyevka lachte und schüttelte die blonden Strähnen zurück, die ihm unter der enganliegenden Kapuze immer wieder in die Augen fielen. »Ich helfe Ihnen gern, die Laufräder aufzubauen, sobald wir beide ein paar Stunden frei haben. Morgen vielleicht?«

Wehmütig hielt Takanna die Hände hoch. Sie waren frisch bandagiert. »Ich kann leider nicht klettern. Aber ich stelle mich gern an die Winde und rolle das Kabel ab, wenn Sie den Mut haben, allein nach unten zu gehen.«

Mit einem breiten Grinsen boxte Iyevka den Bohringenieur in den Arm. »Mann, wer könnte so eine Herausforderung schon ablehnen!«

Die Schritte hinter MacNeil dröhnten auf und ab, auf und ab, immer wieder. Gelegentlich blieb Calvin stehen und schielte über MacNeils Schulter auf die Computer-Ausdrucke, dann nahm er seine Wanderung wieder auf.

»Mann, setzen Sie sich endlich hin!« fauchte MacNeil. »Ich kann mich nicht konzentrieren, wenn Sie dauernd am Platz joggen.«

Calvin beachtete ihn nicht.

Mit einem Seufzer schob MacNeil den Stuhl von der Konsole zurück. »Bis auf diese verdammten Krusten ist es ein verrücktes Symptom nach dem anderen. Ich habe nicht die leiseste Ahnung, wo wir ansetzen sollen.«

»Da ist diese Nebenhöhlengeschichte. Die meisten von uns bekamen damit zu tun, sobald sich die ersten Pusteln zeigten.«

»Also, der Computer hat von einer derartigen Kombination genausowenig gehört wie ich. Wenn Sie mich fragen, könnte es sich um mindestens vier Einzel-Infektionen handeln, die hier gleichzeitig und ohne Zusammenhang ausgebrochen sind.«

Calvin suchte sich endlich einen Fleck, an dem er stehenblieb. »Wenigstens durfte ich eines erleben: Unser Summa-cum-laude-Wunderkind gibt einmal zu, daß es auch nicht alles weiß!«

Eine sarkastische Antwort lag MacNeil auf den Lippen, aber er unterdrückte sie. Es hatte keinen Sinn, Calvin zu provozieren. Der

Alte besaß einen höllischen Stolz, und er hatte ihn bereits einmal tief gekränkt. MacNeil schaute auf. »Mann, J. D., das alles liegt zwanzig Jahre zurück. Können wir unseren Privatkrieg nicht zurückstellen? Der Schaden ist angerichtet. Wir müssen sehen, was sich noch retten läßt.«

Calvin starrte sich in einem polierten Metallschränkchen an und kratzte geistesabwesend den Schorf von seinen Händen. Sein Mund war zu einem dünnen Strich zusammengepreßt.

MacNeil schaltete den Computer aus und wandte sich wieder dem augenblicklichen Problem zu. »Der hier bringt uns nicht weiter; und die Gewebekulturen geben vielleicht erst in ein paar Wochen Aufschluß.« Er drehte sich auf dem Hocker herum und schaute Calvin an. »Sagen Sie, bei wem trat die Krankheit eigentlich zuerst auf?«

Calvin wand sich verlegen. »Bei mir.«

»Was? Und wissen Sie, wo Sie sich das Zeug geholt haben könnten?«

Calvin riß sich von der Betrachtung seines Spiegelbildes los und speicherte ein paar Befehle in den Computer. Über den Schirm flimmerte prompt das Hologramm einer Autopsie – die Autopsie eines mumifizierten Fremdweltlers, dessen Rassenangehörigkeit MacNeil sofort erkannte.

»Ein Keeris – einer dieser Raum-Nomaden?«

»Nein, kein moderner Keeris«, schränkte Calvin ein. »Ein Ureinwohner von Alcestis, seit achtzehnhundertneun Jahren tot. Allerdings glaube ich, daß die Raum-Nomaden hier ihren Ursprung nahmen.«

»Und was hat das mit der Infektion zu tun?«

Calvin machte ein gequältes Gesicht. »Während ich den Kadaver da sezierte, riß mein Handschuh auf. Einen Tag später bekam ich die ersten Bläschen; aber da hatte ich die Krankheit schon an einige der anderen weitergegeben, und bald darauf litt das ganze Team darunter. Ich war sicher, daß die Infektion uns Menschen nicht groß schaden würde, und rechnete auch fest mit der Wirkung unserer Antibiotika, aber...« Er schluckte und deutete auf den Schirm. »Es ist vermutlich die gleiche Seuche, welche die Keeris hier ausrottete.«

»Seuche?« Einen Moment! Was hatten Sie hier in den Gräbern rumzuschnüffeln? Ich dachte, der Planet – das ganze System – sei tabu für Archäologen?«

Calvin verschränkte die Arme und schaute ihm in die Augen. »Das Verbot, Archäologen hierherzuschicken, wurde auf meinen Rat hin ausgesprochen, Darwin. Bisher fanden insgesamt drei Expeditionen nach Alcestis statt. Ich nahm an zweien davon teil. Archäopathologie ist mein Spezialfach, oder haben Sie alles vergessen, was ich Ihnen beibrachte?« In einem ruhigeren Tonfall fügte er hinzu: »Auf dieser Welt gibt es archäologische und – so vermute ich – medizinische Wunder, die vor Unbefugten geschützt werden müssen. Wissen Sie, was die Geologen hier suchen? Wissen Sie, weshalb die Gesellschaft sie immer wieder herschickt? Sie haben natürliche Mineralölvorkommen entdeckt. Spuren von hochwertigem Öl. Wie es scheint, gibt es das Zeug in rauhen Mengen.«

»Rohöl ist ziemlich rar, Calvin. Wie kommen Sie zu der Annahme, daß sich der Abbau lohnen würde?«

»Auf bestimmten Planetentypen gibt es sogar große Lager. Die Erde selbst schwamm früher mal in Öl – noch vor einem halben Jahrtausend benutzte man das Zeug dort als *Brennstoff*! Aber die Basismoleküle des Alcestis-Rohöls eignen sich zur Herstellung von Juwelier-Kunststoffen und sind deshalb Unsummen wert, soweit ich das als Laie beurteilen kann.«

»Und was hat das Öl mit dem Öffnen von Gräbern zu tun?« beharrte MacNeil.

Calvin schaute ihn an, als sei er geistesgestört. »Mann, der Planet wäre im Nu überlaufen! Fördertürme, schweres Gerät, Abbau in großem Stil – und mit den Arbeitern kämen Plünderer und Grabräuber. Es wäre entsetzlich. In einem Jahr hätten sie die letzten Spuren der alten Keeris-Kultur vernichtet.«

»Wenn Sie all das wußten, hätten Sie der Gesellschaft reinen Wein einschenken müssen. Und wenn Sie mit lebensfähigen Seuchenerregern aus jener Epoche rechneten, hätten Sie nicht ein einziges Grab öffnen dürfen.«

»Ich bin Ihnen keine Rechenschaft für mein Handeln schuldig.«

»Ich denke doch, verdammt noch mal!« MacNeil riß die Siegelnaht am Ärmel seines Schutzanzugs auf und streckte Calvin den bloßen Arm unter die Nase. Winzige weiße Pusteln bedeckten die Haut.

Calvin stand da, und sein Zorn wich Entsetzen. Dann drehte er sich um und verließ den Raum.

Die Kammer, die man als Speisesaal eingerichtet hatte, kurz ›Kantine‹ genannt, war zugleich gesellschaftlicher Mittelpunkt der Station. Und abgesehen davon, daß sie den etwas beengenden Schutzanzug tragen mußte, fühlte sich Caroline Sommerville hier genauso behaglich wie auf Comstock II, dem Heimatstützpunkt der Gesellschaft. Sie hatte den Forschern, die sich noch einigermaßen gesund fühlten, gezeigt, wie man den Schorf behandelte und Verbände anlegte, damit sich mehr Leute um die Bettlägerigen kümmern konnten. Außerdem schloß sie rasch Freundschaft mit der Freyanerin Yed-Paolor.

Ein Kartenspiel mit der Fremdweltlerin wurde allerdings ein verblüffendes Erlebnis. Paolor, die heteroplastische Persönlichkeit, spielte oft aus, während Yed zur Seite schaute und einen Vorschlag zur Spielstrategie machte. Der Anblick von zwei Körperteilen eines Wesens, die hitzig wegen einer Karte debattierten, brachte Caroline aus der Fassung. Außerdem fand Yed nichts dabei, Paolors Blatt im Detail zu besprechen, so daß die Terranerin gegen ihren Willen wußte, wie es um die Karten der Gegnerin stand. Es war eine hoffnungslose Situation. Freyaner hatten nicht einmal im Spaß ein Gefühl für Geheimhaltung. Yed-Paolor gab nach ein paar Runden auf, und obwohl sie freundlich lächelte, spürte die Terranerin, daß sie ein wenig abschätzig von menschlicher Freizeitgestaltung dachte.

Caroline sollte zehn Minuten später wieder im Lazarett sein. Sie war eben im Aufbruch, als Dr. Calvin hereinkam, sichtlich schlecht gelaunt. Sie nickte ihm kurz zu, als sie an ihm vorbeiging.

»Oh, Mrs. Sommerville?«

Sie blieb stehen. »Ja, Doktor? Kann ich etwas für Sie tun?« Höflich. Unverbindlich. Der Mann war ihr ein Rätsel.

»Ich – nun ja, ich glaube, daß ich mich gestern ein wenig schroff benommen habe, als wir uns kennenlernten. Ich wollte mich deshalb bei Ihnen entschuldigen. Wenn Sie es nicht eilig haben – ich meine, wenn Sie ein paar Minuten für mich erübrigen könnten – ein kleines Gespräch...«

Ihre Blicke trafen sich, und sein Ärger war verflogen. Er wirkte jetzt schüchtern und zugleich erwartungsvoll. »Gut, ein paar Minuten Zeit bleiben mir noch«, sagte sie. Während sie an einem der Tische Platz nahmen, schob sie bewußt das Bild, das sie sich von ihm gemacht hatte, in den Hintergrund.

»Ich fürchte, mein...«, begann er.

»Stimmt es, daß...«, sagte sie im gleichen Moment.

Sie lachten beide nervös, und Calvin bat sie mit einer Geste, ihren Satz zuerst zu beenden.

»Also, ich fragte Doktor MacNeil, woher er Sie kannte«, erklärte sie. »Ich hoffe, das stört Sie nicht, aber es war offensichtlich, daß Sie einander schon früher begegnet waren, und ich bin nun mal neugierig. Er erzählte mir, daß Sie an der Universität, wo er studierte, gelehrt hatten, und zu den Korbel-Preisträgern in Medizin gehören. Das hat mein Interesse geweckt, denn mein Mann war ebenfalls Korbel-Preisträger – Paul Sommerville. Vielleicht kannten Sie ihn.«

»Sommerville? Irgendwie klingt der Name vertraut. Eugenische Revitalisierung, nicht wahr? Das war sein Fach. Ich kenne seine Arbeit recht gut, weil sie in manchen Punkten für meine eigenen Forschungen wichtig war. Wie ich hörte, kam er bei einem Unfall ums Leben. Ich hatte allerdings keine Ahnung, daß er verheiratet war.«

»Nur fünf Monate«, sagte Caroline leise. Sie betrachtete die Felsstrukturen der gegenüberliegenden Wand.

Calvin wechselte das Thema. »Nun ja. Was halten Sie von unseren Wohnhöhlen?« Er deutete auf die Skulpturen des Deckengewölbes.

Caroline nahm den leichten Tonfall auf. »Also, ich muß gestehen, daß ich bis zu meiner Ankunft hier nicht einmal im Traum daran gedacht hätte, daß es sich im Innern eines Planeten so angenehm leben läßt. Als ich zehn war, nahmen mich meine Eltern zu meinem ersten Fremdwelten-Urlaub nach Neu-Islam mit, und wir besichtigten Dutzende von Moscheen mit Kuppeln aus Schnitzwerk. Sie waren wundervoll, aber an die Gewölbe hier kommen sie bei weitem nicht heran.«

Ein Lächeln erhellte Calvins bittere Züge. »Merkwürdig, daß Sie den Ort mit einer Moschee vergleichen. Ich habe nämlich Grund zu der Annahme, daß diese Grotten einst einen religiösen Orden beherbergten.«

»Eine Art Kloster also?«

»In etwa. Ich nenne ihn den Äskulap-Orden.«

»Der Äskulapstab ist ein altes terranisches Symbol für die Medizin, nicht wahr?«

»Das stimmt, aber irgendwie paßt die Assoziation. Der Kult hier war eine Mischung aus Religion und Medizin.« Er beugte sich vor, als wolle er ihr ein Geheimnis anvertrauen. »Wenn ich mich nicht täusche, versuchten die Mitglieder dieses Ordens die heilende Empathie zu erlernen.«

Caroline starrte ihn an, nicht ganz sicher, ob sie den Sinn seiner Worte richtig verstanden hatte. »Ich dachte, die wenigen echten Heiler, die es gibt, werden als Empathen *geboren* – und sterben meist noch vor Erlangen der Pubertät. Wie kommen Sie darauf, daß man Empathie *erlernen* könnte?«

»Haben Sie je von den Raum-Zigeunern gehört?«

»Den Keeris? Was ist mit ihnen?«

»Sie sind Nachfahren jener Rasse, die einst auf Alcestis lebte«, erklärte Calvin. »Und es gibt keine geborenen Empathen in ihren Reihen. Esper ja, aber keine Empathen. Dennoch existierten hier vor zweitausend Jahren – noch vor Ausbruch der Seuche – Empathen.«

»Woher wissen Sie das?«

Er senkte die Stimme. »Sie sind natürlich skeptisch. Aber Sie machen auf mich den Eindruck einer hochintelligenten Frau. Ich habe Daten von Mumien gesammelt, die etwa zur Zeit der Seuche starben. Es sieht so aus, als seien sie von der Seuche selbst genesen und später an anderen Ursachen gestorben. Ich persönlich glaube, daß sie durch Empathie geheilt wurden. Und die Hieroglyphen, die ich bisher entziffern konnte, bestätigen mich in meiner Vermutung.«

Caroline musterte ihn. Er meinte seine Worte völlig ernst.

Diese Welt bereitete allen Archäologen Kopfzerbrechen – und Doktor Calvin schien seine unglaublichen Entdeckungen einfach für sich zu behalten. Das ergab keinen Sinn. »Wenn Empathie in der Tat eine erlernbare Technik ist«, sagte sie, »dann wäre das ein ungeheurer Durchbruch in der Medizin, etwa vergleichbar mit – mit Pasteurs Entdeckung der Mikroorganismen. Weshalb haben Sie die Behörden nicht um Entsendung einiger engagierter Archäologen gebeten?«

»Oh, das habe ich durchaus«, entgegnete er. »Aber die Leute glauben mir nicht. Sie erklären, meine Entdeckungen seien zu widersprüchlich. Und Sie befahlen mir, die Finger von den Gräbern zu lassen.«

»Dann war das, was sie taten, illegal?«

Sie sagte es bewußt lässig, aber er achtete gar nicht auf Nuancen.

»Das spielt keine Rolle. Es ist von absolutem Vorrang, daß ich herausfinde, wie die alten Keeris den empathischen Heilprozeß in die Wege leiteten. Ich *muß* dahinterkommen! Überlegen Sie doch, wieviel Leid man damit beenden könnte! Kein Preis wäre zu hoch für die Entdeckung dieses Geheimnisses.«

Caroline lehnte sich in ihrem Stuhl zurück und betrachtete Calvin, als sähe sie ihn zum erstenmal. Er erinnerte sie schmerzhaft an Paul: die Schwerfälligkeit im Umgang mit anderen Menschen; der absolute Vorrang, den er seiner Forschungsarbeit gab; der ungeheure Wissensdrang. Calvin war wohl nicht viel älter, als Paul jetzt gewesen wäre. Sie kam zu dem Schluß, daß sie die Falten um seine Augen mochte. Gewiß rührten sie in der Hauptsache vom Lesen langer Computer-Ausdrucke her, aber sie redete sich ein, daß es Lachfältchen waren. Sie konnte sich nicht denken, weshalb MacNeil diesen Doktor Calvin so sehr haßte. Doch dann zuckte sie erschrocken zusammen.

»Du liebe Güte, ich muß ins Lazarett! Ich komme zu spät.« Sie erhob sich.

Calvin hielt sie am Arm fest. »Bitte, Mrs. Sommerville«, sagte er. »Ich hoffe nur, daß ich Sie nicht gelangweilt habe. Und Sie sind mir nicht böse wegen gestern? Vielleicht finden wir nach Ihrer Schicht Zeit für ein längeres Gespräch.«

Sie setzte ihr wärmstes Lächeln auf. »Das würde mich sehr freuen«, sagte sie im Gehen. Dieser Doktor Calvin gefiel ihr immer besser. Er rührte Gefühle in ihr an, die sie längst tot und begraben geglaubt hatte...

»Ich schätze, wir sind soweit«, sagte Telerio Takanna. Er zog die Probelast herauf und löste sie von der Sicherungsleine.

»Wie viele Meter haben wir insgesamt?« fragte Iyevka und klippte die Leine an den Oberkörpergurten fest.

»Zweitausendfünfhundert. Der Schacht hier endet bei zweitausendeinhundert, so daß du noch genug Spielraum hast, wenn du dich unten umsehen willst.«

Iyevka starrte in das tintenschwarze Loch, in das er sich abseilen wollte. Er konnte etwa zehn Meter tief sehen, dann versickerte der Strahl von Takannas Bergmannslampe. Ein starker, eisiger Zug wehte aus der Tiefe herauf.

»Doch noch Zweifel, Andre?«

Iyevka richtete sich auf und sah Takannas breites Lachen. Sein Partner hatte ein freundliches, vertrauensvolles Gesicht. »Nicht die geringsten!« meinte Iyevka. Er nahm das aufgerollte Seil locker in eine Hand und schwang sich über die Kante.

»Fertig, Andre?«

»Fertig. Fang an zu kurbeln!«

Die Motorwinde surrte los und gab das Seil gleichmäßig frei. Iyevka hing locker in den Gurten, den Kopf nach oben gewandt, und beobachtete, wie der Lichtkreis am Schachteinstieg schrumpfte. Nach einer Minute sah er noch einen stecknadelgroßen Punkt, dann umschloß ihn völlige Schwärze. Die Eigentümlichkeit seiner Umgebung begann auf seine Sinne zu lasten. Der starke Luftzug, der an ihm vorbei nach oben streifte, entzog ihm rasch jede Körperwärme. Durch die Anzugfilter drang ein Geruch, den er zuvor nicht bemerkt hatte: modrig wie feuchte Erde, mit einer Spur von Schwefel.

Beunruhigt ließ Iyevka den Strahl seiner Lampe in die Tiefe gleiten. Nichts. Er kam sich albern vor und knipste das Licht wieder aus. Wie lange mochte es noch dauern, bis er die Schachtsohle erreicht hatte?

In diesem Moment, als habe Takanna seine Gedanken aufgefangen, begann der Lautsprecher an seinem Ohr zu knistern. »Halbmarke, Andre! Bis jetzt alles klar?«

»Alles klar«, entgegnete er. »Ich wollte schon immer mal erfrieren.« Aber er war erleichtert, daß er die Stimme des Ingenieurs hörte. Den Rest der Strecke legte er schweigend zurück.

Ohne Warnung kam ihm harter Felsboden entgegen, und er lag auf den Knien, ehe er sich orientieren konnte. Von oben kam immer noch Seil nach. »He, Telerio! Ich bin angekommen.«

Der Kabeltransport stoppte.

»Nur ein kleiner Schritt bis zum Abgrund...«, murmelte Iyevka.

»Was war das, Andre?«

»Ich sagte, hier unten befindet sich eine Nudisten-Kolonie!«

»Was?«

»Vergiß es. Ich stehe auf der Schachtsohle.«

»Ach so. Und wie sieht es da unten aus?«

Iyevka befreite sich von den Seilschlingen und griff nach seiner Lampe. Dann erst bemerkte er, daß er die Wände um sich auch ohne Licht sehen konnte. Sie wurden vage von einem zarten Schimmer umrissen, der vom Stein selbst auszugehen schien. Er schloß die Augen und öffnete sie erst nach einer Weile, um sicherzugehen, daß es sich um keine Täuschung der Retina handelte. Der Schimmer blieb bestehen, und seine Augen gewöhnten sich sehr rasch daran. Schon konnte er eines der rätselhaften Reliefs erkennen, die an allen Tunnelkreuzungen auftauchten. »Ich glaube, ich habe wieder ein Straßenschild entdeckt«, berichtete er Takanna.

»Ein *was*?«

»Ein Straßenschild. Meiner Meinung nach stellen die Reliefs nichts anderes dar als Wegmarkierungen.«

»Sprich lauter, Andre, ich kann dich kaum verstehen!«

»Dann dreh deinen verdammten Empfänger voll auf!«

»Habe ich längst! Mehr gibt der nicht her.«

»Ach so.« Iyevka konnte das Relief jetzt klar erkennen. Offenbar besaß das Gestein eine natürliche Phosphoreszenz, die auf seine Körperwärme reagierte und zu leuchten begann. Allerdings reichte der Schein nicht aus, um den Stollen weiter zu erforschen, und so schaltete er seine Lampe ein. Grell prallte der Strahl von der Wand ab. Er schloß geblendet die Augen und knipste das Licht rasch aus. Als er sich wieder umschaute, war der Tunnel so hell, daß er auch ohne Lampe sehen konnte. Er befand sich in einem schlichten Querstollen.

»Laß noch ein Stück Leine herunter, aber schön langsam«, gab er nach oben durch, diesmal mit lauter Stimme. »Ich mache einen kleinen Spaziergang.«

»Wird aber auch höchste Zeit.«

Iyevkas Stiefel knirschten über lose Felsbrocken, und er horchte auf die Echos, die durch den Gang hallten. Vor ihm war ein Knick im Tunnel. Dann hörte er etwas – das *Plink-plink* von Wassertropfen. Er blinzelte gegen den gleißenden Strahl seiner Lampe an und tastete sich den gewundenen, schräg in die Tiefe führenden Korridor entlang, bis er unvermittelt in einem hohen, schimmernden Saal stand.

Er sah keinen Altar, keine Götterbilder, keine steinernen Sitzreihen, und doch wußte Iyevka, daß er sich an einer Kultstätte befand, geweiht der Meditation oder religiösen Riten. Der Raum besaß jene universelle Aura, die Architektur oder Dekor, Sekte oder Rasse völlig unwichtig erscheinen ließ – eine Art Präsenz, vielleicht ein Nachhall des Flehens und der Gebete all jener, die hier geweilt hatten. Eine große, grünlich leuchtende Wasserfläche beherrschte die Kammer. Von einer Stelle hoch droben in der Stalaktitendecke fielen Tropfen in das Becken. Und dann spürte Iyevka eine Bewegung hinter einer der Säulen; er schwang die Lampe hoch und leuchtete das Deckengewölbe aus.

Glänzende Perlenaugen starrten auf ihn herunter, eingerahmt von einem Gewirr dicht behaarter Gliedmaßen. Eines der langen Tentakel zuckte vor und schützte die roten Augen vor dem Lichtstrahl. Ein zweites suchte einen besseren Halt im Deckengestein.

Iyevka wirbelte herum und floh zurück in den Gang, verfing sich um ein Haar in den losen Seilschlingen unter seinen Füßen. »Telerio! Zieh das Kabel nach oben, schnell!«

»Hallo, Andre!«

»Nach oben, Mann!« Er hörte Spinnenbeine über den Felsboden rascheln. *»Beeil dich!«*

Er erreichte den Schacht, und das Seil straffte sich. Das Rascheln kam näher, und dann glommen rote Augen um die Tunnelbiegung. Mit einem Ruck wurde Iyevka in die Höhe gezogen. Er pendelte ein wenig und stieß mit dem Kopf gegen die Stollenwand. Die roten Augen versanken in der Dunkelheit, die auch ihn einhüllte.

Keiner glaubte ihm.

Doktor Calvin hörte ihm aufmerksam zu, sagte aber nichts, sondern nahm nur einen Stapel Bänder und trug sie zu Doktor MacNeil am andren Ende des Raumes. Caroline Sommerville nickte geduldig, als Iyevka ihr die Geschichte noch einmal erzählte, doch er spürte, daß ihre Gedanken mehr bei dem Klebeverband waren, den sie an der kahlrasierten Stelle seines Schädels befestigte. Schließlich untersuchte ihn Doktor MacNeil und riet ihm zu einer Ruhepause. Selbst Telerio Takanna schien zu glauben, daß es sich um eine Sinnestäuschung handelte.

Iyevka saß zusammengesunken auf einem Stuhl in der Kantine und preßte die Hände gegen die pochende Stirn.

»Nun nimm doch Vernunft an!« redete Takanna auf ihn ein. »Du bildest dir nur ein, daß du dieses Ding gesehen hast. Mag sein, daß es auf Alcestis früher mal Lebewesen gab, die mit den Keeris Ähnlichkeit hatten. Aber der Planet ist seit zweitausend Jahren verlassen. Wovon sollten sich diese Geschöpfe denn ernähren? Hier gedeiht nichts außer Pilzen.«

Iyevka schüttelte den Kopf und schnitt eine Grimasse.

»Vielleicht hast du eine Statue gesehen.«

»Ich habe ein Lebewesen gesehen«, beharrte der Pilot. »Es folgte mir bis zum Schacht. Wenn ich nicht in Panik geraten wäre...«

»Wenn du nicht in Panik geraten wärest, hättest du dir den Kopf nicht angestoßen – das ist die ganze Geschichte«, unterbrach ihn Takanna mit einem Lächeln.

»Ich möchte noch einmal hinunter und nach diesem Geschöpf suchen.«

Takannas Miene wurde mit einem Schlag ernst. »Kommt nicht in Frage! Inzwischen hat es Haley Druen und Yed-Paolor erwischt. Das bedeutet, daß die Verantwortung für die Station bei mir liegt. Wir müssen vierzehn Förderanlagen stillegen. Und es dauert sicher nicht mehr lange, bis wir alle zu krank zum Arbeiten sind. Die Zeit für Abenteuer ist vorbei, Andre. Außerdem...« Er schob seinen Arm über die Tischplatte und deutete auf Iyevkas bloße Hand. »Schau dir die Bläschen an! Und Doc MacNeil hat festgestellt, daß deine Temperatur steigt.«

»Er leidet auch an Fieber, aber ihn beschuldigst du nicht der Sinnestäuschung!«

Takanna runzelte die Stirn. Er sah mit einemmal älter und sehr müde aus. »Schau, selbst wenn da unten Keeris hausen – sie kommen nie zu uns herauf. Was soll das Ganze also?«

»Begreifst du nicht, daß die Sache für mich sehr wichtig ist? Ich habe dieses Geschöpf gesehen und bin davongerannt wie ein Kind, das seinem ersten echten Drachen gegenübersteht. Meine ganze Ausbildung – alles, woran ich glaube – verlangt, daß ich wenigstens den Versuch mache, Kontakt mit dem fremden Wesen aufzunehmen. Und ich hatte nichts als Flucht im Sinn!« Er ließ die Schultern hängen und wirkte sehr niedergeschlagen.

Takanna betrachtete einen Moment lang die Verbände an seinen eigenen Händen und beugte sich dann vor. »Hör mir mal zu, Andre! Bei dir ist diese verfluchte Krankheit – wie immer sie heißen mag – noch nicht so weit fortgeschritten wie bei uns. Wir brauchen dich im Moment *hier*. Vielleicht können wir, wenn die Krise vorbei ist, gemeinsam in die Tunnel vordringen und deine Spinne suchen. Was hältst du davon?«

Iyevka warf dem Bohringenieur einen skeptischen Blick zu. Dann zuckte er resigniert mit den Schultern. »Du bist jetzt der Boß, Telerio.«

Caroline Sommerville haßte Spiegel. Sie registrierten in ihrem Fall nicht nur das Dahineilen der Jahre, sondern waren ein unerbittliches Gewissen, das sie mit jeder neuen Linie und jedem neuen

Fältchen zurechtwies. Zwar konnte sie die grauen Strähnen in ihrem hellbraunen Haar verdecken; aber sie hatte mit ihren vierzig Jahren ein vom Leid gezeichnetes Gesicht. Als sie nun prüfend ihr Bild anstarrte, suchte sie unwillkürlich nach den ersten Bläschen auf den Wangen. Ihre Handrücken waren bereits schorfüberkrustet. Sie war die letzte der Neuankömmlinge, bei denen sich die Infektion entwickelt hatte. Allem Anschein nach hatten sie sich angesteckt, als die Boden-Crew ihnen bei der Ankunft auf Alcestis aus den Wärmeanzügen half.

Sie hatte sich in den Waschraum zurückgezogen, um dem ständigen Gezanke zwischen MacNeil und Calvin zu entfliehen. Die Bitterkeit des früher so gelassenen MacNeil war ihr ein Rätsel. Und sie fühlte sich immer stärker zu Calvin hingezogen, verbrachte mehr und mehr ihre Freizeit mit ihm. Sie wußte nicht, weshalb die beiden Männer einander so verachteten. Und sie war nicht sicher, ob sie es erfahren wollte. Im Moment hegte sie nur den Wunsch, daß die beiden ihre Privatfehde einstellten; die Lage war ohnehin gespannt genug.

Nach ein paar Minuten ließ sie kaltes Wasser über ihr Gesicht laufen, tupfte die Haut trocken und kehrte mit betont sachlicher Miene ins Labor zurück.

MacNeil und Calvin stritten immer noch herum, ihre erregten Stimmen hallten in der Felskammer wider. Die Computer murmelten friedlich vor sich hin und klaubten Daten auseinander, die keiner nachprüfte.

»Ihre Annahmen beruhen auf reiner Fantasie«, fauchte MacNeil. »Wir haben keine Zeit, hinter Iyevkas oder Ihren Hirngespinsten herzujagen. Nebenan liegen ein Dutzend Leute im Sterben!«

Calvin war rot angelaufen und stammelte erregt. »Hören Sie endlich auf, mich wie einen wirren Idioten zu behandeln! Ich bin Wissenschaftler. Ich habe Beweise!«

»Schöner Wissenschaftler! Sie würden Menschenleben und kostbare Zeit für einen Mythos aufs Spiel setzen!«

Calvin nahm eine Kassetten-Box und knallte sie vor MacNeil auf den Tisch. »Wenn Sie sich die Mühe machen würden, das da anzuschauen, wüßten Sie, daß ich recht habe. Falls wir nämlich an der

Keeris-Seuche leiden, dann liegt unsere einzige Chance darin, das Geheimnis dieses Äskulap-Ordens zu ergründen.«

MacNeil fing Carolines wütenden Blick auf. Er senkte den Kopf, holte tief Luft und sagte dann ein wenig ruhiger: »Ich *habe* mir Ihre sogenannten Beweise angeschaut. Aber sie sind ja so in Ihre verdammte Schatzsuche vertieft, daß Sie alles andere übersehen. Selbst wenn es hier einst so etwas wie einen Mediziner-Orden gab, dann gelang es ihm nicht, die Bewohner des Planeten vor der Seuche zu retten, die uns jetzt erfaßt hat. Die Rasse starb aus, J. D.! Es gibt hier keine Keeris mehr.«

»Die Raum-Zigeuner sind Keeris, und sie leben«, entgegnete Calvin. Er nahm MacNeils Versuch, ein logisches Gespräch zu führen, dankbar auf. »Und Ihr Pilot hat in den Gruben unten einen lebenden Keeris gesehen. Einige Nachkommen der alten Rasse kamen durch, also muß es eine Heilmethode geben. Es *muß* eine geben.«

MacNeil boxte gegen die Computerkonsole. »Ja, es muß eine geben. Und sie ist hier in diesen Daten enthalten – oder wir sterben.«

»Der Computer bringt uns die Lösung nicht – zumindest nicht rechtzeitig.«

»Dann hoffe ich, daß Sie Ihr Testament gemacht haben.« MacNeil wandte sich wieder der Konsole zu und drückte auf die Löschtaste. Über die Schulter hinweg fragte er: »Wollen Sie mir bei der Analyse der neuen Tests helfen, oder gehen Sie ins Lazarett?« Sein Tonfall verriet genau, was er bevorzugte, und Calvin tat ihm den Gefallen. Er verschwand wortlos im Nebenraum. MacNeil wandte sich an Caroline – mit einem frostigen Blick, der ihr unverständlich war. »Und Sie – haben Sie die Absicht, den ganzen Tag hier herumzustehen?«

Gekränkt folgte sie Calvin.

Im Lazarettraum trat sie direkt an den Monitor und überprüfte, wer von den fünfzehn Patienten als nächster zur Behandlung an der Reihe war. MacNeil hatte ein Antibiotikum verordnet, das auf breiter Basis wirkte und das die Krankheit bei einigen der Patienten zu verlangsamen schien. Sie zog das Mittel in eine Injektionspistole auf und machte ihre Runde.

Andre Iyevka schaute auf, als sie näherkam.

»Wie gefällt Ihnen Ihr neuer Job als Krankenpfleger?« fragte sie und zwang sich zu einem Lächeln.

Er schüttelte den Kopf. »Ich verstehe nicht, wie Sie das Tag für Tag schaffen«, meinte er gequält.

»Man gewöhnt sich dran«, meinte sie. Dann deckte sie Iyevkas Patienten ab und setzte die Injektionspistole an. Takanna war bewußtlos. Iyevka sah elend drein. »Keine Sorge, er...«

Ein schrilles Klingeln unterbrach sie mitten im Satz. Caroline legte den Injektor weg und griff nach dem Notkoffer. Sie eilte zu Calvin, der sich bereits über die Schwerkranke beugte.

Yed-Paolors Haut hatte das satte Orange angenommen, das bei Freyanern gleichbedeutend mit Erstickungsgefahr war. Calvin riß die Kissen unter den Köpfen der Frau weg und verlangte Beatmungsgeräte. Caroline drückte ihm eines in die Hand und streifte die Maske des anderen über das heteroplastische Gesicht der Patientin. Die Lungen hoben und senkten sich, aber keines der beiden Gehirne sandte Impulse für eine weitere Beatmung aus. Wieder setzte Calvin die Lungentätigkeit mechanisch in Gang. Keine Reaktion. Noch einmal. Nichts. Er riß einen Injektor an sich und jagte Kreislaufmittel in jede der Nackenarterien, in der Hoffnung, wenigstens eines der Gehirne zu einer selbständigen Funktion anzuregen. Aber es war umsonst. Die Freyanerin hatte beschlossen zu sterben. Ihre Haut leuchtete jetzt scharlachrot.

»In Ordnung.« Calvin trat hilflos zurück und beobachtete, wie die Hirnstromkurven verflachten. »In Ordnung.« Seine Stimme schwankte. »Stirb, wenn das dein Wunsch ist.«

Nach einer langen Pause beugte er sich vor, entfernte die Beatmungsgeräte und schaltete die Kontrollschirme aus. Die Tote entspannte sich. Ein Film überzog die lidlosen Augen, und die Gesichter der Fremdweltlerin wirkten mit einemmal sehr friedlich. Caroline Sommerville, die bereits viele Freunde begraben hatte, schluchzte still in sich hinein.

MacNeil war unbemerkt hinter sie getreten. »Die erste«, sagte er leise. »Wie mag es weitergehen?«

Der siebente Tag in der Station verlief auffallend still. Die meisten Überlebenden waren im Lazarett. Wer sich noch auf den Beinen halten konnte, teilte seine Zeit zwischen Krankenpflege und dem verzweifelten Versuch, den Forschungsauftrag weiterzuführen. In der Station selbst ruhte die Arbeit.

MacNeil wertete die Autopsie aus, die er an Yed-Paolor vorgenommen hatte. Die Ursache der Krankheit war immer noch unbekannt, aber ihre Auswirkungen lagen in plastischem Detail vor ihm: Der Körper der Freyanerin war ein gräßlicher Klumpen ineinander verwobener Tumore – Gewebe, das wild zu wuchern begonnen hatte. Das abnorme Wachstum hatte sämtliche Intestine und Lymphorgane erfaßt, bis die lebenswichtigen Systeme unter schierem Platzmangel zusammenbrachen.

Bei allen Erkrankten zeigten sich nun bereits Tumore im Anfangsstadium. MacNeil hatte seine ganze Kunst eingesetzt: Antibiotika, ein aus Kulturen gewonnenes Serum und andere Chemotherapien; Transfusionen in Blut- und Lymphbahnen; Elektropunktion und Elektrolytersatz. Er hatte die Symptome behandelt, wo er die Ursache nicht finden konnte. Bis jetzt hatte sich nichts als wirksam erwiesen.

Und dann vertauschte Caroline, die sich kaum noch auf den Beinen halten konnte, die Glasplättchen mit den angelegten Kulturen. MacNeil schaltete den Computerschirm ein – und schickte im nächsten Moment Caroline auf die Suche nach Calvin.

»Da haben wir den Erreger«, sagte MacNeil. Der Bildschirm zeigte drei Objekträger mit den Proben verschiedener Organe, jede übersät mit farb- und strukturlosen Sphäroiden, die zuvor nicht dagewesen waren.

»Und die übrigen Mikroben, die Sie untersucht haben?« erkundigte sich Calvin.

»Kommen nicht in Frage. Es handelt sich um Begleitinfektionen, die unsere Immunbehandlung normalerweise erfaßt hätte. Diese Kulturen hier stammen von zwei Tage alten Glasplättchen. Es war reiner Zufall, daß ich einen Blick auf die Dinger geworfen habe.«

Calvin nickte und betrachtete eingehend die glasigen Kugelgebilde. Dann programmierte er die Molekülanalyse neu, und im

Computer zeigte sich ein Holo der Atomstruktur. Für das bloße Auge waren die Sphäroide amorph, aber ihre molekulare Zusammensetzung wirkte bizarr. Einige der Valenzen wiesen Anomalien auf.

»Ein heimtückisches Zeug«, meinte MacNeil. »Durchbricht unser Immunsystem, öffnet damit anderen Infektionen Tür und Tor und wuchert inzwischen wie ein Superkarzinom im Körper. Dabei habe ich keine Ahnung, was diese Dinger darstellen. Es sind weder Sporen noch Bakterien – und im Grunde auch keine richtigen Viren.«

»Aber teuflische Killer«, flüsterte Caroline.

Mit zusammengekniffenen Augen wandte sich Calvin MacNeil zu. »Darwin, wir müssen jetzt erst recht herausfinden, auf welche Weise die Nachfahren der Keeris die Seuche überlebten. Falls das Geheimnis der erlernbaren Empathie heute noch bekannt ist...«

»Nein, nicht schon wieder!«

»Seien Sie doch ehrlich, Darwin!« Er stach mit dem Finger gegen den Monitor. »Wir können das Ding da mit herkömmlichen Mitteln nicht bekämpfen. Iyevka hat in den Gruben einen Keeris gesehen, und wenn der eine oder andere Keeris überlebt hat, dann muß es entweder ein Immunsystem oder eine Heilmethode geben. Und genau das brauchen wir!«

»Andre hat sich getäuscht! Er ist noch ein halbes Kind.« MacNeil lehnte sich in seinem Stuhl zurück. Die Schmerzen, die er seit Tagen spürte, setzten wieder ein.

»Wir haben nichts zu verlieren, wenn wir uns auf die Suche machen.«

»Wir verlieren zumindest Zeit«, widersprach MacNeil unwirsch. »Und davon haben wir wenig. Es gibt verschiedene Behandlungsmethoden, die noch nicht erprobt sind.«

»Welche denn, Mann? Sie haben sich vielleicht noch nicht auf den Kopf gestellt oder auf die Objektträger gefurzt – aber sonst ist alles geschehen.«

MacNeil drehte sich langsam um. »Mrs. Sommerville«, sagte er tonlos, »einer von uns sollte im Lazarett bleiben. Würden Sie das bitte übernehmen?«

Caroline warf ihm einen unergründlichen Blick zu und ging.

Als sich die Tür hinter ihr geschlossen hatte, fauchte er Calvin an: »Sie Blödmann! Sie vertrottelter, ruhmsüchtiger Hurensohn!« Als Calvin keine Antwort gab, fügte er hinzu: »Ich hatte gehofft, Ihre gottverdammte Visage nie mehr wiederzusehen, aber da sind wir nun mal und können einander nicht ausweichen. Bringen Sie also wenigstens soviel Fairneß auf, mich nicht vor meinen Untergebenen anzugreifen! Und da ich schon beim Thema bin – es paßt mir ganz und gar nicht, was sich da hinter meinem Rücken abspielt! Lassen Sie Ihre dreckigen Pfoten von meiner Assistentin!«

Calvin zuckte zusammen und lief hochrot an, aber seine Stimme klang völlig ruhig. »Falls Sie nicht gerade eine persönliche Beziehung zu Mrs. Sommerville haben, würde ich Sie bitten, sich um Ihre eigenen Angelegenheiten zu kümmern.«

»Caroline ist meine Mitarbeiterin und meine Vertraute, und ich lasse es nicht zu, daß irgendein Lustgreis ihren sensiblen Charakter kaputtmacht. Sie verdient was Besseres als Sie. Lassen Sie die Frau in Ruhe!«

»Sie haben kein Recht...«

»Und ob ich das Recht habe!« sagte MacNeil genüßlich. »Ich habe jedes Recht Ihnen gegenüber, nachdem Sie meine Ehe zerstört haben, Sie lächerlicher Weiberheld!«

Calvins Geduld riß, aber statt des erwarteten Wortschwalls stürzte er sich auf MacNeil. Der Stuhl seines Widersachers kippte um, und sie gingen beide zu Boden. Papiere und Objektträgerklemmen flogen durch die Gegend, als Calvin mit den Fäusten auf MacNeil einschlug. MacNeil wehrte die ungeschickten Hiebe ab, rollte sich zur Seite und umklammerte die mageren Handgelenke seines Gegners. Er richtete sich halb auf und drehte dem alten Mann die Arme auf den Rücken.

»Sie Bastard! Sie idiotischer Bastard!«

»Calvin, beruhigen Sie sich!« rief MacNeil erschüttert. »Beruhigen Sie sich, dann lasse ich Sie sofort los!«

»Ach was, machen Sie mit mir, was Sie wollen!« stieß der andere hervor. »Sie kriegen Ihre Rache – bitte!«

MacNeil versetzte Calvin einen leichten Stoß nach vorn und ließ ihn los. Die lange aufgestaute Bitterkeit brach sich Bahn. »Vor zwanzig Jahren hätte ich Sie vielleicht verprügelt. Ich war nur noch ein halber Mensch, als Sie Ella verführten und mir wegnahmen. Aber jetzt wird mir höchstens kotzübel bei Ihrem Anblick.« Er kam schwankend auf die Beine und wünschte sich weit fort von diesem Mann, diesem Raum, diesem Planeten.

»Glauben Sie das wirklich?« Calvin setzte sich auf und stützte den Rücken gegen einen Schrank. »Daß ich Ihre Frau verführt habe?«

MacNeils Haß löste sich auf. Zurück blieb nur Erschöpfung. Er ließ sich auf einen Laborhocker fallen. »Was soll ich sonst glauben? Der berühmteste Name auf dem ganzen Universitätsgelände, ein Korbel-Preisträger, attraktiv, ledig, reich...« Verzweiflung schwang in seiner Stimme mit. »Ich dagegen – ein Nichts, ein mies bezahlter Assistenzarzt, der mit Frau und Kind in einer Studentenbude lebte. Sie konnten Ella alles bieten, wovon sie immer geträumt hatte. Womit hätte ich sie festhalten sollen?«

Calvin zuckte zusammen. »Nein. Nein... Darwin. So einfach war die Geschichte nicht. Ella hat *mir* nachgestellt.«

»Quatsch!«

»Wir waren einmal Freunde, Darwin. Ich lüge Sie nicht an. Anfangs versuchte ich ihr aus dem Weg zu gehen, aber es war auch für mich etwas völlig Neues, daß sich eine schöne Frau um mich bemühte. Sie wissen selbst, ich lebte eher zurückgezogen. Der weltfremde, einsame Wissenschaftler.« Er schloß die Augen und schluckte. »Sie hat mich verführt. Sie – so jung, so attraktiv – spielte mir vor, daß sie mich *liebte*. Ella hielt mich zum Narren. Genauso wie Sie.«

»Ich glaube Ihnen kein Wort.«

Calvin starrte nur den umgekippten Stuhl an.

»Wir hatten immerhin ein Kind!« fuhr MacNeil starrsinnig fort. Aber die Worte klangen selbst in seinen Ohren falsch. Ella hatte das Baby nie gewollt, nie richtig angenommen. Er hatte gehofft, sie fester an sich zu binden, erst, indem er sie verwöhnte, später durch die kleine Tochter. Aber sie hatte ihn ausgenutzt. Sie hatte ihn immer ausgenutzt, und er war nicht dagegen angekommen. Jetzt erst wurde ihm klar, daß er sein verwundetes Ego hinter einer Lüge verschanzt hatte. Diese Lüge hatte sein Leben beherrscht und ihn daran gehindert, eine zweite Bindung einzugehen. Irgendwie hatte er die Wahrheit immer gespürt. *Ich möchte wissen,* dachte er, *wen sie jetzt ausnützt.*

Calvin schien sich aus seinem eigenen Leid zu lösen. »Sie haben nie nachgeforscht, was aus ihr geworden ist?« Das war weniger eine Frage als eine Einsicht.

»Nein. Nein, ich wollte nichts von ihr wissen. Unsere Tochter bekam eine Zeitlang Post von ihr. Dann riß die Verbindung ab.«

»Mich verließ sie wegen Quentin Hsu«, erzählte Calvin. »Nach ihm kam Moultren, der Konzert-Elektroniker. Und nach ihm... Gott, ist das nicht egal?«

MacNeil nickte. Er saß vor den Trümmern seiner Illusionen. Merkwürdigerweise fühlte er sich eher erleichtert als geknickt. »Calvin...«, begann er und verbesserte sich: »J. D....« Seine Stimme schwankte. »Ich hatte keine Ahnung davon.« Plötzlich stand er auf, durchquerte den Raum und reichte dem Älteren, der immer noch auf dem Boden kauerte, die Hand. Ihre Blicke drückten gegenseitiges Verstehen aus. Dann richtete sich Calvin mit MacNeils Hilfe auf.

»Kümmern wir uns um die nächsten Versuchsreihen«, sagte er.

Calvin war zu krank, um logisch zu denken. Er starrte mit leerem Blick in den Schacht, den Iyevka erforscht hatte. Er war einfach da. Sonst nichts.

Seine Hände ließen sich nicht mehr gebrauchen. Sie waren eine schwammige Masse von Wucherungen. Schon am Vortag hatte er es nicht mehr geschafft, MacNeil bei seinen Analysen zu unterstützen, und nun konnte er nicht einmal mehr die Bettlägerigen versorgen. Aber er hatte sich geweigert, selbst das Krankenlager aufzusuchen, obwohl Caroline ihn dauernd dazu drängte. Nein, es war ein Zwang, der ihn hierhertrieb. Zu den Gruben. Er wurde das Gefühl nicht los, daß er hier noch etwas zu erledigen hatte.

Aber wenn er denken konnte, zwischen den langen Blackouts, dachte er nur an seine Schuld. Menschen lagen im Sterben – waren bereits tot. Seinetwegen. Er hatte nichts Böses beabsichtigt, hatte lediglich versucht, verlorenes Wissen zurückzuholen, den Schmerz zu bekämpfen. Er hatte nach bestem Gewissen gehandelt. Er konnte nicht sagen, was eigentlich schiefgelaufen war.

Schritte näherten sich von hinten, und er drehte sich apathisch um.

»Jeff?« Carolines Lampe blinkte auf, holte ihn mit ihrem hellen Kegel aus dem Halbdunkel. »Jeff, bitte komm mit! Ich bringe dich ins Lazarett.«

Calvin blinzelte in die Helle und kam langsam zu sich. Er schaute sich um, merkte jetzt erst, wo er sich befand. Er wußte nicht mehr, wie er hierhergekommen war. Dann zog ihn Caroline am Arm hoch. Es gelang ihm, seine Gedanken zu sammeln. »Irgendwelche Fortschritte?« fragte er.

Caroline stützte ihn und führte ihn ganz langsam durch den Tunnel zurück. »Noch nicht«, sagte sie.

Es hatte den Anschein, als wolle sie noch etwas hinzufügen, aber dann schwieg sie, und er drängte sie nicht. Offensichtlich ging es mit der Station dem Ende entgegen. Seine Knie gaben mit einemmal nach. »Caroline, ich – bitte, ich muß mich setzen.«

Sie hatten keine zehn Meter zurückgelegt. Caroline ließ ihn vorsichtig zu Boden gleiten, stützte ihn ab und kauerte neben ihm nieder. Die Lampe erhellte die Wand gegenüber.

»Ich bin am Ende«, sagte er. Es war kein Aufbegehren, nur die Wahrheit. »Ich halte keinen Tag mehr durch. Wir werden hier alle sterben.«

»Ja«, sagte sie einfach.

Er versuchte ihre Augen im reflektierten Licht zu erkennen, aber die Helligkeit reichte nicht aus. Schwach berührte er mit der bandagierten Hand ihre Wange, drehte ihr Gesicht so, daß sie ihn anschauen mußte. Sie begegnete verwirrt seinem Blick. Calvin lächelte zaghaft. »Darwin hat gesagt... daß du Paul Sommerville immer noch liebst. Nach zwölf Jahren.«

Sie schloß die Augen und gab keine Antwort.

Calvin nickte. »Ich beneide ihn«, meinte er wehmütig.

Ein Schauer durchlief Carolines Körper. »Das mußt du nicht«, sagte sie und legte ihre freie Hand über seine. »Bitte, das mußt du nicht.«

Er sah, daß sie weinte. »Ich... ich könnte dich lieben. Caroline?«

»Ich weiß.« Sie senkte den Kopf. »Jeff, wir sterben. Darwin ist hinauf in den Funkschuppen gegangen, um die Zentrale zu verständigen.«

Es gab nichts mehr zu sagen. Sie umarmten einander verzweifelt. Keiner von ihnen hörte das leise Kratzen am Rande des Schachtes, das Scharren aus der Tiefe. Spinnenbeine von der Länge eines erwachsenen Menschen tasteten über die Kante, und eine Vielzahl roter Augen glommen im Halbdunkel.

Im Funker-Trakt der Zentrale auf Comstock II arbeitete die dritte Schicht, als MacNeil durchkam. Rashi Sriram saß an den Monitoren. MacNeil war erleichtert, daß er nicht mit Jeanne Dicoteau, der Chefin der ersten Schicht, sprechen mußte. Von ihr Abschied zu nehmen, wäre ihm schwergefallen.

Denn es war ein Abschiednehmen. Er hatte keine Hoffnung mehr, rechtzeitig ein Gegenmittel zu finden. Acht Leute der Expeditionsmannschaft waren tot, die übrigen lagen im Sterben. Und weder er noch Caroline besaßen die nötige Kraft und Gedankenschärfe, um die Suche fortzusetzen. Sriram bot ihm an, Freiwillige zu entsenden, welche die medizinische Versorgung übernahmen; aber MacNeil sprach sich nach einem kurzen Zögern dagegen aus. Auch die Freiwilligen kamen vermutlich zu spät, um die bereits Angesteckten zu retten. Es bestand im Gegenteil die Gefahr, daß sie die Seuche weiterverschleppten. Nein, man mußte die Behörde verständigen. Es blieb keine andere Wahl als über den Planeten eine Dauer-Quarantäne zu verhängen und die restlichen Seuchenträger ihrem Schicksal zu überlassen.

Auf der anderen Seite des Funkschuppens schaltete Iyevka den Transmitter aus. Das Klicken erinnerte MacNeil an Erdklumpen, die auf einen Sarg polterten. Die Arme verschränkt, starrte Iyevka hinaus in die Kälte. »Doc, wieviel Zeit bleibt uns noch?«

Hier half nur Ehrlichkeit. »Wir drei haben vielleicht noch mehrere Tage. Bei den anderen dauert es nicht so lange.«

»Ich war bei Telerio, als er starb.«

»Das tut mir leid. Du hättest die Wache Caroline überlassen sollen.«

»Er war mein Freund.«

MacNeil löste sich einen Moment aus dem Schleier von Schmerzen, der ihn einhüllte, und versuchte den Piloten zu trösten – blutjung war der Bursche noch, und er hatte ein Recht darauf, seine Angst zu zeigen. »Er mußte nicht leiden, Andre. Keiner von uns wird leiden. Das verspreche ich dir.«

Ein Aufschrei unterbrach ihr Gespräch. Caroline kam aus dem Tunnel gestürzt. »Doktor MacNeil!« Sie ruderte heftig mit den Armen. »Doktor...!«

MacNeil umklammerte ihre Handgelenke. »Caroline? Was ist geschehen? Sie dürfen jetzt Ihre Kraft nicht so vergeuden!«

»Wir haben sie gesehen...« Sie rang nach Luft. »... gesehen – Jeff und ich – insgesamt drei – gesehen...«

»Jeff? Caroline, nehmen Sie sich zusammen und reden Sie langsam!«

Sie machte sich aus seinem Griff los und stürzte auf Iyevka zu. »Sie hatten recht! Die Keeris – wir haben sie auch gesehen.«

»Ich war also nicht im Delirium?« fragte er.

»Drei«, erklärte sie noch einmal, etwas ruhiger geworden. Sie wandte sich wieder an MacNeil. »Jeff und ich haben sie gesehen. Sie glichen aufs Haar diesen Mumien – Keeris, eindeutig. Sie kamen aus dem Stollen, den Andre erforscht hatte, und sie jagten uns einen irren Schreck ein, das dürft ihr mir glauben.«

»Was taten sie denn?« fragte MacNeil, ein wenig verärgert, daß immer er diese Frage stellen mußte.

»Sie kamen bis an unsere Lampe heran, aber nicht am Boden, sondern sie krochen die Decke entlang, ließen sich einfach in die Tiefe hängen. Sie hatten rote Augen und sahen genauso aus wie die Raum-Zigeuner, mit dicht behaarten Beinen und Leuchtzeichnungen auf den Leibern. Sie glotzten uns nur an, Jeff und mich, und ich kriegte es so mit der Angst zu tun, daß ich loskreischte, und da drehten sie sich um und verschwanden wieder im Schacht. Jeff hat mich zu euch geschickt.«

»Und ich dachte schon, ich sei übergeschnappt!« Iyevka strahlte.

MacNeil starrte durch das transparente Kuppeldach zum Himmel. Er hatte sich wieder in Calvin getäuscht – doch zum erstenmal freute er sich darüber. Er holte tief Luft. »Andre, glaubst du, daß du es noch einmal schaffst, dich in diesen Stollen abzuseilen?«

»Aber sicher – und wenn ich auf allen vieren hinkriechen müßte!«

»Caroline?«

»Ich kümmere mich um das Lazarett.«

»Wo ist Calvin?«

»Irgend jemand wird mir schon helfen, ihn zu Bett zu bringen.«

»Telerio und ich haben die Ausrüstung einfach in einem Lagerraum verstaut«, erklärte Iyevka. »Wir können die Motorwinde aufstellen, sobald Sie bereit sind, Doktor.«

MacNeil starrte immer noch zum Himmel. Sterne sprenkelten den Zenit. Comstock II umkreiste eines dieser flimmernden Lichter, und Jeanne Decoteau lebte dort. »Ich bin bereit«, sagte er.

Erschöpft und von Schmerzen geschüttelt ließ sich MacNeil vorsichtig auf einem Stalagmiten niedersinken. Er schloß die Augen und horchte auf das Dröhnen in seinen Schläfen, bis es allmählich verebbte. Iyevka setzte sich neben ihn und öffnete die Siegelnaht seines Coveralls. Eine kalte Brise wehte, aber das stundenlange, mühselige Umherwandern hatte sie beide ins Schwitzen gebracht.

Sie waren durch den gleichen Stollen gekommen, den Iyevka beim erstenmal benutzt hatte, doch in der Kammer mit dem grünleuchtenden Tümpel herrschte Leere. Jenseits dieses Gewölbes begannen dann die Katakomben. MacNeil und Iyevka waren endlosen Gängen gefolgt und an endlosen Gräberreihen vorbeigekommen. Sie hatten noch weitere Gewölbe entdeckt, alle mit Wassertümpeln in der Mitte, alle verlassen. Immer glommen die Felswände in einem unnatürlichen Licht, einem Schimmer, angeregt von ihrer unsichtbaren Körperwärme.

MacNeil streifte ungeschickt die Handschuhe ab und suchte in seinem Arztkoffer nach dem Injektor. Er wählte ein starkes Aufputschmittel, rutschte näher zu Iyevka und sprühte dem Piloten die Dosis gegen die nackte Brust. Dann nahm er selbst einen Schuß.

»Wie lange geht das jetzt schon?« fragte er.

Iyevka hielt seine Uhr ins Licht. »Fast sechs Stunden.«

»Kommt mir wie sechs Wochen vor.«

»Da.«

»Wie fühlst du dich?«

»Großartig«, log Iyevka.

»Für einen, der noch feucht hinter den Ohren ist«, lächelte MacNeil, »beweist du ganz netten Mut.«

»Und du machst deine Sache auch nicht schlecht – für einen Oldtimer, meine ich.«

»Oldtimer, hm? Na ja. Bereit zu neuen Schandtaten?«

Iyevka grinste gequält. »Nur immer zu.«

Unvermittelt durchzuckte ein feuriger Schmerz MacNeils Inneres, und er klappte zusammen. Offenbar hatte er einen Schrei ausgestoßen, denn der Pilot umklammerte seine Arme und redete beruhigend auf ihn ein. Die glühenden Nadeln hörten auf, ihn zu peinigen, und er richtete sich auf.

»Doc?«

»Schon ausgestanden«, keuchte er. »Gehen wir!«

Iyevka zog ihn hoch. »Bist du sicher, daß du laufen kannst?«

MacNeil nickte und atmete tief durch. Er griff nach seinen Handschuhen – und erstarrte. Ein paar Schritte entfernt leuchteten eine Vielzahl rötlicher Augen. Ein Kribbeln lief ihm über die Kopfhaut. Er schaute zu Iyevka hinüber, der gleichfalls stocksteif dastand.

Die Keeris hatten sie in die Zange genommen. Einige hingen mit akrobatischem Geschick von der Decke, aber zumindest ein Dutzend versperrte ihnen den Rückzug am Boden. Sie griffen allerdings nicht an, und MacNeil studierte sie genau. Da er die Rasse der Raum-Zigeuner kannte, fühlte er sich nicht abgestoßen. Er hatte die Keeris mit ihren glänzend behaarten Tentakeln, den grün marmorierten Leibern und den verwirrenden Augenbüscheln immer als besonders exotisch empfunden. Aber das Nomadenvolk war friedfertig und gesellig. Er wußte nicht, ob das auch von ihren gigantischen Vettern galt.

»Rühr dich nicht!« wisperte er, aber Iyevka griff bereits nach seinem Packen. Im nächsten Moment schossen klebrige Fäden durch die Luft und wickelten sich um die Arme des Piloten. Blitzschnell waren er und MacNeil in dünnen Seidenschlingen gefangen.

»Wir kommen als Freunde!« sagte MacNeil. »Wir besitzen keine Waffen.«

Einer der Keeris verließ seinen Platz an der Decke und kauerte sich dicht vor MacNeil nieder. Er musterte den Arzt, als suche er nach etwas, das er nirgends entdecken konnte. Dann streckte er eines der harten Tentakel aus und berührte zögernd die Stirn seines Gegenübers. MacNeil beherrschte sich eisern. Er zuckte nicht einmal zusammen. Ihm war die Geste von den Raum-Zigeunern vertraut. Esper-Gedankenaustausch. Und so konzentrierte er sich auf freundliche, besänftigende Dinge. *Wir sind Freunde...*

Etwas Fremdes tastete durch seinen Schädel, formte Empfindungen, die allmählich der Sprache nahekamen. *Weichgliedrige Würmer sprechen? Deine Gedanken streifen uns.*

Wir sind friedfertige Wesen, versicherte MacNeil. *Wir suchen keinen Kampf.*

Das stimmt. Weshalb kommt ihr zu uns?

Erleichtert merkte er, daß der Keeris nur seine Oberflächengedanken las. *Wir leiden an einer Krankheit. Wir hoffen, daß ihr uns helfen könnt.*

In welcher Weise?

Bringt uns zu euren Heilern! Vielleicht wissen sie einen Rat für uns.

Der Begriff ›Heiler‹ rief einen Wust wirrer Bilder hervor. Dann: *Erkläre! Begriff unsicher.*

MacNeil schilderte in knappen Gedankengängen, was er von Calvins Forschungen wußte. Er formulierte die Hypothese der erlernten Empathie, betonte Calvins wissenschaftliches Interesse an den Untersuchungen und erklärte auch, daß die Expedition nichts von der Existenz intelligenter Geschöpfe auf dieser Mesa gewußt habe. Der Keeris hörte ihm aufmerksam zu und brach dann den Esper-Kontakt ab.

»Was macht er?« flüsterte Iyevka.

»Still!«

Der Keeris berührte den Arachnoiden neben sich, der wiederholte das gleiche bei seinem Nachbarn und so fort, bis alle einen Kreis bildeten.

Die halten wohl Kriegsrat ab? überlegte MacNeil, aber schon griff das haarige, kalte Tentakel wieder nach seiner Stirn. Die Woge fremder Gedanken, die in sein Inneres stürzte, raubte ihm beinahe die Besinnung. Aber die Keeris stützten ihn, als er ohnmächtig zu werden drohte.

In seinem Hinterkopf dröhnte wie aus weiter Ferne eine vielstimmige Debatte. Es war, als diskutierten Redner am Ende eines leeren, gigantischen Saales. Sein Gehirn schien anzuschwellen, gegen die Schläfen zu pressen – aber dieser Eindruck verflog so rasch, wie er gekommen war. MacNeil war wieder allein mit dem Sprecher der Keeris.

Wir bringen euch zum Alten. Er kann euch nicht helfen, aber wir bringen dich hin, wie du es gewünscht hast.

Der Alte… ist der Heiler?

Ja. Auch nein. Er löste den Kontakt.

MacNeils Beine gaben nach, und er wäre zu Boden gesunken, hätten ihn nicht eine Vielzahl von Tantakeln aufgefangen und hochgehoben. Er schloß ganz fest die Augen, als der Arachnoide die Wand hochkletterte und dann, mit dem Kopf nach unten hängend, die Decke entlanglief.

Diese Keeris waren eine unglaublich flinke und akrobatische Rasse. Obwohl die Felsendecke Unebenheiten aufwies und die Spinnen ihn mitschleppen mußten, erreichten sie nach wenigen Minuten einen hellerleuchteten Teil der Kavernen. Die Wände hier waren behauen und mit Reliefs geschmückt wie die Kammern der Clifftown-Station. In Myriaden Grotten tropfte grünlich schimmerndes Wasser und umspülte üppige Pilzkolonien. Einige der Pflanzenformen, die hier allem Anschein nach gezüchtet wurden, hatten einen perlmuttzarten Glanz. Andere leuchteten von innen heraus in einem satten Rot und verströmten den Duft von Gewürznelken.

Die Keeris, denen sie unterwegs begegneten, gaben ihre jeweiligen Tätigkeiten auf und schlossen sich der lautlosen Prozession an, welche die Decke entlangzog. Endlich erreichten sie alle zusammen ein weites, hohes Felsengewölbe und hielten an.

Die klebrigen Seidenfäden fielen von MacNeil und Iyevka ab. Die beiden Männer richteten sich unsicher auf und schauten umher. Eine Aura von Heiligkeit erfüllte den Raum. Leuchtende Tümpel säumten ihn wie ein Kranz, doch die Blicke richteten sich zur Mitte des gigantischen Gewölbes. Vom Scheitelpunkt hoch droben senkte sich ein dichter, zylindrischer Baldachin wie ein Vorhang um ein Allerheiligstes. Gesponnen aus den Seidenfäden der Keeris, fiel er herab bis in eine weite Mulde mit grünlichem Wasser, dessen Glanz er aufsog und weiterleitete bis zur Decke.

Der Riesensaal füllte sich nach und nach mit Keeris, die von allen Richtungen angehastet kamen. Wieder streckte MacNeils ›Gesprächs‹-Partner sein Tentakel aus, zögernd, als wolle er um Erlaubnis bitten. MacNeils senkte den Kopf, entspannte sich und versuchte die Gedanken des anderen aufzunehmen.

Hier lebt der Alte, teilte ihm der Keeris mit.

Jenseits des Schleiers?

Für alle Zeiten.

Darf ich eintreten und mit ihm Kontakt aufnehmen?

Zwecklos. Er ist dazu nicht in der Lage.

Aber er ist der Heiler?

Ja. Und nein.

Nein? Weshalb wurden wir dann hergebracht?

Er ist der, den ihr Äskulapjünger nennt.

Das begreife ich nicht. Weshalb ist er ein Heiler und doch keiner?

Er heilt nicht mehr.

Er hat früher geheilt?

Ja.

Und jetzt nicht mehr?

Genau.

Warum?

Ein Schwall von Geschichten, Mythen, Theorien und persönlichen Zweifeln ergoß sich in sein Inneres, Informationen, die so rasch herandrängten, daß MacNeil dem Ansturm nicht standhalten konnte. Der Keeris spürte das.

Er löste den Kontakt und ließ den Doktor vorsichtig auf den Relief-Boden gleiten.

Langsam ordnete sich das Chaos. Er brauchte eine Weile, bis er merkte, daß der Arm, der ihn stützte, Iyevka gehörte.

»Doc? Doc? Was hat er mit dir gemacht?«

MacNeil schlang beide Arme um die Knie. »Wir sind am Ende«, sagte er. »Calvin hat sich getäuscht. Es gibt keine Technik zum Erlernen der Empathie. Nur einen Mutanten. Er überlebte die Seuche, konnte sie aber nicht völlig ausrotten. Und jetzt ist er senil oder verrückt. Er hat seit dem Untergang dieser Zivilisation niemanden mehr geheilt.«

»Das alles hat der Keeris berichtet?«

»Ich erzähle dir nur das Wesentliche.«

»Es gibt Tausende dieser Spinnen hier unten, Doc.« Iyevka deutete auf den dichten Ring von Keeris, der sie umgab. »Ein Teil der Rasse muß die Seuche überlebt haben!«

MacNeils Kopf pochte, ob von dem Esper-Kontakt oder von der Krankheit, das wußte er nicht. Aber an Iyevkas Worten war was dran. »Mal sehen, was ich sonst noch herausfinden kann«, sagte er. Er preßte eine Hand gegen die Schläfen und winkte den Keeris näher. Sofort senkte sich das Tentakel auf seine Stirn, und die Gedanken zweier grundverschiedener Geschöpfe trafen aufeinander.

Wie kommt es, fragte MacNeil, *daß die Seuche die anderen vernichtete, ihr aber weiterlebt?*

Der Alte konnte einige heilen. Acht mal zehn und zwei blieben lange genug am Leben, um Eier zu legen. Wenige schlüpften aus, aber wir sind die Nachkommen der Kinder ihrer Kinder. Die Krankheit erfaßt auch heute noch die Jungen. Einige kommen durch, die meisten sterben.

Eine natürliche Immunität durch Mutation, überlegte MacNeil. *Aber die ersten zweiundachtzig hat der Alte geheilt.*

Das bedeutet? fragte der Keeris.

Ich bin verwirrt. Der Alte war wirklich der Heiler der zweiundachtzig?

So überlieferten es unsere Ahnen.

Mündliche Tradition durch Kontakt-Telepathie, faßte MacNeil zusammen. *Wie kommt es, daß ihr nur kurz lebt, der Alte aber noch aus der Zeit der Seuche stammt?*

Das macht der Fluch des Steins.

Stein?

Der Keeris verriet Belustigung über die Unwissenheit des Weichen, aber er fuhr geduldig fort: *Der Stein enthält den Fluch des Lebens. Der Alte kann nicht sterben.*

Unsterblichkeit ist ein Fluch?

Wenn das Leben Qualen bedeutet, ersehnt man dann nicht den Tod?

Endlich bekam die Sache ein wenig Sinn. *Gibt der Stein auch die Kraft zum Heilen?*

Ja und nein.

Wieder Doppeldeutigkeiten. *Weshalb ja?*

Weil der Stein den Alten trägt.

MacNeil fühlte die Hoffnung schwinden, gab aber noch nicht auf. *Dann – weshalb nein?*

Einer, der den Stein berührt, kann nicht heilen. Aber wen der Stein trägt, der wird der Eine.

Das klang nach mythenverschleierter Wiedergabe. *Wie kann man es anstellen, daß einen der Stein trägt?*

Dazu müßte man der Eine werden.

Ist das denn möglich?

Wer würde den Fluch schon auf sich nehmen?

Das war klar genug. MacNeil überlegte verzweifelt, versuchte die Bruchstücke zu einem Bild zu formen. Der Keeris zog sich sanft zurück, ließ ihn allein mit seinen eigenen Gedanken.

Der Stein war die Quelle – wovon? Von einer Art Unsterblichkeit und einer unvollkommenen Empathie: Der Heiler half, indem er die Krankheiten und Schmerzen anderer Lebewesen auf sich nahm... aber sich selbst konnte er nicht heilen. War sein empathisches Talent schließlich ausgebrannt, lebte er weiter, durch irgendeine Kraft im Stein. Das Leid aller brannte in ihm, und es gab kein Entrinnen, keine Erleichterung. Der Fluch des Steins, der von... Gott weiß woher kam.

MacNeils Inneres verkrampfte sich; er wußte, daß er an der

Schwelle einer Entscheidung stand. Dieses »vom Stein getragen« – es deutete eine Möglichkeit an, die empathische Fähigkeit an einen anderen weiterzugeben. Aber, wie der Keeris ganz richtig bemerkt hatte, wer würde ein solches Los auf sich nehmen? Von den Arachnoiden hatte es keiner getan, nicht seit dem Zeitalter der Seuche, obwohl bei der hohen Sterblichkeit der Jungen selbst ein schwacher Empath ein enormer Gewinn für die Rasse gewesen wäre.

Wieder tobte der Schmerz durch MacNeil. Er keuchte, beide Hände in Iyevkas Ärmel verkrallt, versuchte die Pein niederzukämpfen und kühl die Möglichkeiten abzuwägen. Wenn er der Eine wurde, dann blieb ihm dieser Schmerz für immer, dazu das Leid der anderen, und er konnte nicht einmal auf die Gnade des Todes hoffen. Er würde ganz sicher den Verstand verlieren und sich, ein Wahnsinniger, noch in ferner Zukunft in Schmerzen wälzen, wenn diejenigen, die er vielleicht gerettet hatte, seit Generationen Staub waren. Wenn er den anderen Weg wählte, litt er auch, aber nach ein paar Tagen war alles vorbei. Er würde mit den anderen sterben.

Der Anfall dauerte diesmal lange. Sobald er seinen Körper wieder unter Kontrolle hatte, ließ er Iyevka los und tastete nach dem Keeris. Er mußte noch mehr erfahren. Und die Zeit verrann viel zu schnell.

Kann der Alte niemals sterben? fragte MacNeil.

Der Keeris spürte seine Absicht; er brachte kein Mißfallen, aber eine ehrliche Warnung zum Ausdruck. *Es heißt, wenn der Stein einen anderen trägt, findet der Alte Ruhe; aber für dich gäbe es diese Ruhe nie mehr.*

Darf ich einen Blick auf den Alten werfen, erkundigte sich MacNeil, *ehe ich mich entscheide?*

Es ist nicht verboten. Nur berühre ihn nicht, solange er auf dem Stein ist und du deine Wahl noch nicht getroffen hast. Und er löste sich aus seinen Gedanken.

Der Wasserspiegel lag breit vor ihm, berührt vom Saum des milchigen Schleiers. Im Innern des schimmernden Vorhangs konnte MacNeil eine dunkle Form auf einer helleren, blockigen Masse ausmachen. Wie würde das Ding aussehen, wie mochte es sich nach all den Jahrhunderten, all dem Leid verändert haben? Von

Angst geschüttelt, aber wie unter einem Zwang, kämpfte er sich hoch, gestützt von Iyevka.

»Wohin gehst du?« fragte der Pilot entsetzt. »Mein Gott, Doc, was spielt sich hier ab?«

Das Wasser schimmerte erbsengrün, wie junges Laub, durchströmt von Sonnenlicht. Es schlug sanfte Wellen, lockte ihn mit seinem Frieden und seiner Heiterkeit. »Warte hier!« befahl er dem Piloten und stieg in das Becken, wo er bis an die Hüften einsank. Das Wasser war angenehm warm. Er watete dem Schleier entgegen.

Alles war Schweigen, bis auf das leise Klatschen des Wassers und das gedämpfte Dröhnen ferner Echos. Sein Denken wich einer stillen, leeren Gleichgültigkeit. Das besänftigende, laue Wasser reichte ihm bis an die Taille, als er sich dem Vorhang näherte, und mit schläfriger Lethargie hob er ihn und trat gebückt ein in das Heiligtum.

Sechs Herzschläge lang starrte er einfach nach vorn. Dann erwachte er wieder zu Leben, taumelte rückwärts gegen den Vorhang. Jede Zelle seines Wesens war erfüllt mit Grauen. Er wollte fort, mußte *fort*, aber seine Beine versagten den Dienst. Er tauchte in das schlierige Wasser, würgte und klammerte sich an den Vorhang, um nicht zu versinken.

Es war ein unerträglicher Anblick, dieser Sitz aller Häßlichkeit, dieses lebendige Knäuel pestwuchernden Ekels. Das Exoskelett wölbte und blähte sich; von innen wucherten Fleischklumpen durch jeden Gelenkspalt, vertropften einen klebrigen dunklen Schleim, der über den Perlmuttstein triefte und den vom Schleier begrenzten inneren Tümpel verschmutzte. Wie dieses Geschöpf überhaupt leben konnte, ging über sein Verständnis. Es ein zweitesmal anzuschauen, ging über seine Kraft. Wie betäubt konnte er nur noch denken: *Nicht für mich! Dieses Schicksal nicht für mich!*

Nach einer Ewigkeit der Starre richtete sich MacNeil wieder auf, zog sich hoch an den Falten des Vorhangs. Der Schock ließ nach, und er bemühte sich, den rasselnden Atem zu dämpfen, die Flut der Hysterie abzufangen. Er öffnete langsam die Augen, schaute durch den feinen Schleier – nach draußen, fort von dem Stein, wie unter einem Zwang.

Draußen warteten sie: ein Meer von roten Augen, die ihn beobachteten. Er betrachtete sie in dumpfer Betäubung, klammerte sich an die schwachen Reste von Vernunft, die er noch besaß. Die Keeris beobachteten ihn, und sie warteten, hingen von der gewölbten Decke wie rotgesprenkelte Kronleuchter oder standen auf dem weiten Reliefboden wie vielarmige Kandelaber. Iyevka, eine einsame hohe Kerze, flackerte silbern in seinem Coverall. MacNeil versuchte die Züge des Piloten zu erkennen, aber Andre stand zu weit entfernt. Egal. Er wußte, was sie alle wollten: Ein Nimbus atemloser Spannung erfüllte den Raum. Sie harrten, und sie hofften. Ihre Not erfaßte ihn wie ein elektrisches Feld, jagte ihm kalte Schauer über die nasse Haut. Er hielt sich zitternd am Schleier fest.

Entscheide dich! schienen sie ihn zu drängen.

Ich kann nicht! wimmerte er. *Nicht das!*

Seine Gedanken woben ein Netz, das sich heimwärts spannte. Er träumte von Sternen, von Liebe, von Jeanne und Caroline und seinem erwachsenen Kind, von Calvin und den Geologen, von Tod, Gesängen und Schatten, und er traf seine Wahl.

Er drehte sich um.

Caroline summte eine getragene Melodie vor sich hin, ohne überhaupt zu merken, was sie tat. Wäre es ihr zu Bewußtsein gekommen, so hätte sie die Melodie erkannt: *Dies Irae*. Und hätte sie genug Kraft besessen, so wäre sie wütend darüber gewesen. Aber es erforderte schon ihre ganze Kraft, hier auszuharren – auf dem Laborhocker, den sie vor den Hauptmonitor des Lazaretts geschoben hatte. Neun der Lichtpunkte glommen noch. Sie wartete, wann das nächste schwanken würde. Ein Injektor, bis oben gefüllt mit Sedativa – das war alles, was sie im Notfall einsetzen konnte.

Der Geruch des Leidens hing schwer über dem Raum. Sie hatte zu viele Stunden Totenwache gehalten. Der bedrückende Gestank, das bedrückende Halbdunkel, der bedrückende und beständige Schmerz hatten ihre übrigen Sinne abgestumpft und ihre Gedanken betäubt. Sie merkte es kaum, als die Tür nach innen schwang.

Arachnoiden schoben sich herein und krochen näher. Caroline preßte die Hände gegen den Mund, aber sie schrie nicht, denn zwei

Menschen in silbrigen Coveralls tauchten hinter den Keeris auf, einer vom anderen gestützt. Sie stolperte ihnen entgegen – und heftete den Blick starr auf Iyevka. Was sie sah, kam ihr vor wie ein Phantom ihres Wunschdenkens, denn der Pilot hatte keinerlei Spuren der Seuche an sich – er wirkte so gesund wie an dem Tag, da sie Comstock II verlassen hatten.

»Ihr habt den Empathen gefunden, ihr habt...«

Dann fiel ihr Blick auf MacNeil. Auf ein Zerrbild von MacNeil. Seine Gesichtszüge verschwanden unter weißem Schorf, und den Hals bedeckten wuchernde Tumore. Von jedem Krankheitssymptom, das Iyevka abgelegt hatte, schien der Doktor doppelt befallen. Nur der Arm des Piloten verhinderte, daß MacNeil zusammenbrach. Aber das grauenhaft entstellte Gesicht hob sich ihr entgegen, und die zugeschwollenen Lippen bewegten sich.

»Wie... viele?« Selbst seine Stimme war verändert, rauh und brüchig.

Sie konnte es nicht ertragen, ihn anzusehen. »Zehn – mit mir«, stieß sie hervor. Sie hielt sich krampfhaft gerade und merkte erst, daß sie fiel, als Iyevka sie auffing und in einen Sessel setzte. Gleich darauf schleppte er MacNeil herbei und ließ ihn so zu Boden gleiten, daß der Arzt dicht vor ihr kniete. Sie hatte keine Ahnung, was sie erwartete, und biß sich nervös auf die Unterlippe.

Der Doktor hob die Arme, die fest in seidige Gespinste gewickelt waren, und nahm ihr Gesicht zärtlich in seine Handflächen. »Caroline«, wisperte er, und seine Augen schienen nach hinten zu rollen. Dann verkrampften sich seine Finger, preßten hart gegen ihre Wangenknochen, und er wurde unvermittelt starr, als sei ein Stromstoß durch ihn gefahren.

Ein Schmerz von nie gekanntem Ausmaß durchzuckte Caroline, und sie taumelte gegen MacNeil. Aber es war zugleich ein wundervoller Schmerz, der Aufschrei heilenden Gewebes; er jagte in Wellen durch ihren Körper, erreichte einen Höhepunkt und verebbte dann so rasch zu einem Nichts, daß sie neben MacNeil zu Boden sank.

»Mrs. Sommerville? Es ist vorbei. Sie haben es geschafft. Kommen Sie, ich helfe Ihnen.« Iyevka hob sie hoch und bettete sie in den

Sessel. Dann beugte er sich besorgt über den Doktor, um ihn zu stützen.

Noch nie im Leben hatte sich Caroline so erschöpft gefühlt. Gleichzeitig kam sie sich... völlig gesund vor. Mit angehaltenem Atem schaute sie auf ihre Arme herunter. Nicht die Spur von Schorf. Zögernd streifte sie einen Handschuh ab. Ihre Haut war glatt und ohne Narben. Mit weitaufgerissenen Augen starrte sie MacNeil an. Er hatte sich nicht verändert, wirkte höchstens noch abstoßender. Aber hinter den eingesunkenen Augen brannte eine geradezu übernatürliche Vitalität.

»Oh, mein Gott. *Sie.* Sie sind der Empath«, flüsterte sie. »Können Sie – auch die anderen heilen?«

Sein Blick flackerte und wurde wieder ruhig. »Helft mir auf!«

Caroline und Iyevka führten ihn zur nächstgelegenen Pritsche. Diesmal sah Caroline die Veränderung. MacNeils Fleisch brodelte förmlich. Im gleichen Moment stieß die Kranke einen Schrei aus, und MacNeil kippte nach hinten – umgeworfen von der hysterisch um sich schlagenden Patientin. Caroline drückte die Schultern der Frau gegen die Kissen, bis die Schreie in ein schwaches Schluchzen übergingen. Der Monitor zeigte fast normale Werte an.

Der Empath kauerte zusammengesunken auf einem Stuhl, festgehalten von Iyevka. Caroline wandte sich von der Patientin ab und fuhr mit dem Sensor des Diagnosegerätes über MacNeil. Blutdruck und Puls waren unglaublich hoch, der Schmerz-Level auf der Skala nicht zu erfassen. Der Stoffwechsel hatte keine Ähnlichkeit mehr mit dem normalen Metabolismus eines Menschen. Dennoch fand sie keine Zeichen eines unmittelbar bevorstehenden Zusammenbruchs, keine gefährliche Funktionsstörung. Es war, als durchpulste ihn eine Super-Vitalität, wie bei einem Atomschiff, das man zusätzlich mit einem Ionenantrieb ausgestattet hatte.

Caroline überwand ihren Ekel und richtete MacNeil auf. »Darwin, es sind noch acht. Werden Sie durchhalten können?«

Das Monster schien zu lachen. »Noch eine Ewigkeit.«

Kein Alptraum konnte es je mit der Realität aufnehmen, in die Calvin erwachte. Er hatte die Augen mit der Erwartung des Todes geschlossen. Als er sie wieder öffnete, sah er eine Form des Todes, mit der er nie und nimmer gerechnet hatte: Tod durch Entstellung.

Entsetzt schaute er den Heilprozeß mit an: den Körperkontakt, das plötzliche Erstarren, das Überströmen der Krankheitssymptome vom Patienten auf den Empathen. Jede neue Heilung nahm MacNeil ein Stück seiner Identität. Der Mensch namens Darwin MacNeil löste sich auf. Übrig blieb ein grauenhafter, schmerzgeschüttelter Gewebeklumpen. Unfaßbar.

Der letzte des Expeditions-Teams war geheilt, und die markerschütternden Schreie verklangen. MacNeil brach zusammen. Caroline pumpte eine Injektorladung Sedativa in die wimmernde Masse, aber auf der Schmerzskala des Monitors änderte sich nichts.

»Was können wir für ihn tun?« fragte Caroline.

»Ich weiß nicht«, entgegnete Calvin. »Vermutlich nichts.«

Unvermittelt ließen sich die Keeris von der Decke fallen. Zwei stellten sich in einem kleinen Abstand voneinander auf und schossen Seidenfäden hin und her. Die Fäden verdichteten sich zu einem Netz und dann zu einer Art Tragbahre.

»So haben sie ihn auch heraufgebracht«, erklärte Iyevka. »Ich glaube, sie wollen ihn zurück zu dem Stein bringen, damit seine restlichen Kräfte ihrer Brut zugute kommen.«

»Wir dürfen nicht zulassen, daß sie ihn mitnehmen«, sagte Caroline. »Du liebe Güte, er wird nie wieder einen Menschen sehen.«

»Davon hätte er nichts«, entgegnete Calvin. Ein Zittern durchlief seinen Körper. »Schau ihn doch an, Caroline. Er gehört nicht mehr zu uns. Er ist kein Mensch mehr.«

Die Keeris schoben ihre Tragbahre unter MacNeil und umwikkelten die schlaffe Form mit weiteren Fäden, bis sie einem Kokon glich und die Wucherungen verbarg, die den silbernen Coverall längst gesprengt hatten.

»Sie werden sich um ihn kümmern«, flüsterte Calvin. »Sie werden ihn versorgen. Für alle Zeiten.«

»Oder bis ihn der nächste Äskulapjünger ablöst«, warf Iyevka ein.

Die Keeris nahmen den Kokon auf und trugen ihn langsam aus der Felsenkammer. Calvin starrte ihnen nach. In seiner Seele tobte ein Aufruhr. Er hörte nicht die erregten Gespräche der Überlebenden, sah nicht, daß Caroline beide Hände vor das Gesicht gepreßt hatte und weinte. Achtzehn Menschen waren auf diesem Planeten gestorben – weil er, Calvin, in seiner Besessenheit die notwendige Vorsicht außer acht gelassen hatte! Dabei stimmte seine Theorie nicht einmal. Dies hier war nicht die ›Gabe‹, nach der er gesucht hatte. Dies hier war ein Greuel, eine schauerliche Abart der Empathie. Eine pervertierte Form des Selbstmords. Oder des Mordes.

Eine Hand legte sich auf seinen Arm und holte ihn zurück in die Gegenwart.

»Jeff?« Es war Haley Druen, der Leiter der Bohr-Expedition. »Jeff, hören Sie – was machen wir jetzt? Können wir diese Welt verlassen, oder tragen wir die Krankheit immer noch in uns?«

Calvin ordnete seine Gedanken. »Der Monitor sagt, daß wir geheilt sind. Aber es gibt keine Garantie, daß wir nicht von neuem an der Seuche erkranken oder uns mit etwas anderem anstecken – geschwächt, wie wir sind. Wir müssen schleunigst fort von hier und dürfen nie wiederkommen.«

»Und die Station?« meldete sich jemand zu Wort. »Was wird aus dem Öl?«

»Zum Henker mit dem Öl!« fauchte Druen. »Wir fordern von Comstock ein Schiff an und verschwinden, solange wir dazu noch fähig sind.«

Iyevka richtete sich auf. »Sie werden uns in Quarantäne stecken, nicht wahr?«

»Das ist ihre verdammte Pflicht«, meinte Calvin. Er stand auf und warf einen Blick nach draußen. Die Keeris verschwanden gerade um die letzte Stollenbiegung. An Druen gewandt, fügte er hinzu: »Sorgen Sie dafür, daß unsere medizinischen Aufzeichnungen kopiert, die Originale aber verbrannt werden. Und die Zentrale soll die Gesundheitsbehörde informieren, damit Alcestis rasch zur Seuchenwelt erklärt wird. Keiner darf mehr auf diesem Planeten landen.«

»Verstanden, Doktor. Begleiten Sie mich zum Funkerschuppen?«

»Ich habe noch etwas anderes zu erledigen«, entgegnete Calvin.

Er warf einen Blick über die Schulter und sah, daß Caroline ihn beobachtete. Die Furcht in ihren Augen lähmte ihn. Sie hatte begriffen, was er beabsichtigte.

»Jeff«, sagte sie leise, »bitte, tu es nicht!«

Seine Blicke verrieten Zärtlichkeit. Wie konnte er alles erklären – die Schuld, die noch zu begleichen war? Er sagte: »Startet ohne mich, wenn ich nicht rechtzeitig zurückkomme!«

»Jeff!«

Er lief den widerhallenden Korridor entlang.

Die letzten vier Überlebenden streiften ihre Wärmeanzüge über, um den kurzen Weg durch den Sturm zum Schiff zurückzulegen, als die Keeris aus dem Tunnel erschienen. Sie schleppten eine schlaffe menschliche Form mit: Darwin MacNeil. Aber er war nicht das gräßlich verunstaltete Wesen, das sie aus dem Lazarett fortgetragen hatten, sondern der Mann von früher – völlig unversehrt. Die Arachnoiden legten MacNeil auf den Boden und verschwanden wieder in den Tiefen ihrer Welt, während sich Caroline und die anderen über ihn beugten.

»Er lebt«, sagte Caroline. »Aber er befindet sich in einem schweren Schockzustand. Wir müssen ihn auf schnellstem Weg in die Klinik auf Comstock bringen. Er braucht ärztliche Versorgung.«

Sie hüllten den Bewußtlosen in einen Isolieranzug. Caroline half nicht dabei. Sie starrte unentwegt den Korridor entlang, der ins Innere der Mesa führte. Er war leer, in Halbdunkel und Schweigen getaucht.

Das Funkgerät erwachte zu Leben. »Worauf wartet ihr noch, Iyevka?« fragte der Arzt des Transportschiffes.

»Die Keeris haben eben Doktor MacNeil zurückgebracht«, berichtete Iyevka. »Er lebt.«

»MacNeil?« Eine Pause entstand. »Und was ist mit Doktor Calvin?«

Iyevkas Blick wanderte zu Caroline. Einen Moment lang schauten sie einander an. Dann reichte er ihr das Mikrofon.

»Hier Mrs. Sommerville«, meldete sie sich leise. »Doktor Calvin ist tot.« In gewisser Weise stimmte das.

Caroline trat neben MacNeil und nahm seinen Arm, er war noch nicht ganz bei Bewußtsein, aber er rührte sich wenigstens. Caroline stützte ihn, bis er aufrecht saß, und warf einen letzten Blick durch das transparente Kuppeldach auf den düsteren kleinen Eisplaneten. Dann trat sie hinaus in den Sturm, froh, daß sie heimkehren durfte zu den Sternen.

Aus dem Amerikanischen übersetzt von Birgit Reß-Bohusch

PETER SCHATTSCHNEIDER

Die Angst des L. vor den Steinen

Die Abendsonne brachte goldene Farben auf den Almboden. In weichen, weitgezogenen Kuppen und Mulden breitete er sich ins Tal, bis zu dem Fahrweg, wo ihn der Nadelwald einfing. Auf den Schattenhängen lag noch Schnee. Er nährte das Schmelzwasser, das über den mattgrünen Bewuchs gluckerte und die Grasbüschel adrett und sauber kämmte.

Stumpf und tot war das Gras aus der Nähe, keine Spur mehr von den warmen, lebhaften Farbtönen des Sonnenuntergangs.

Der Loderbichler lächelte bitter. So war es mit allen Dingen: Wenn man sie genauer betrachtete, zeigten sie sich in einem ganz anderen Licht als aus der Entfernung. Sie verwandelten sich geradezu – und meist zum Nachteil.

Er dachte an seine Arbeit, die einem Außenstehenden einfach und gesund erscheinen mußte, die in Wahrheit aber eine ordentliche Schinderei war. Er dachte an seine Freunde, die bei näherer Betrachtung eigentlich gar nicht so freundlich waren, er dachte an sich und mußte wieder lächeln – freudig diesmal, denn das war ein eigenes Kapitel...

Während er einen möglichst trockenen Pfad für seinen Abstieg suchte, ließ er sich noch andere Dinge einfallen, die den unkritischen Betrachter täuschten, deren wahres Wesen hingegen nur ein scharfer, mißtrauischer Blick zu enthüllen vermochte. Am Ende dieser Beispiele standen folgerichtig die Steine.

Voll düsterer Ahnungen setzte er seinen Abstieg fort. Sein Blick folgte unwillkürlich der Schneise, die durch den Nadelwald vom Tal heraufführte und am Fahrweg weiter unten endete, dort wo die Alm begann. Man hatte die Bäume vor Jahren gefällt, als der Bau einer Sesselbahn noch aktuell war. Aus Geldmangel oder Interesselosigkeit wurde das Projekt jedoch eingestellt, und nichts zeugte mehr von dem stolzen Vorhaben als die Schneise. Moos, von den damaligen Sprengungen zerrissen, hatte die alten Wunden im Waldboden überwuchert. Nur im oberen Teil lagen unzählige Bruchstücke hellen Kalksteins zutage – oder besser: Dinge, die dem ahnungslosen Beobachter als unregelmäßig geformte, helle Felsbrocken erschienen.

Auch den Loderbichler hatten sie getäuscht. Oft hatte er, ohne etwas zu merken, den schmalen Pfad benützt, der am Rande der Schneise hinanführte, zwischen altem, verwitterndem Holz und großen, mit Erde und Moos bedeckten Felsen, deren ursprünglich scharfe Kanten von Wind und Wetter rundgeschliffen waren.

Vor kurzem erst war es ihm aufgefallen, als er wieder einmal bei Sonnenuntergang von der Hütte ins Tal stieg.

Sie beobachteten ihn.

Anfangs dachte er an eine Täuschung, hervorgerufen vielleicht durch die besondere Beleuchtung, die abendliche Stimmung oder auch durch seine überreizten Nerven. Aber das Gefühl verstärkte sich bei jedem Abstieg, und er begann darüber nachzudenken.

Er erwog zuerst alle anderen Möglichkeiten: ein Wanderer, der ihn aus dem Dämmerlicht des Tanns heimlich beobachtete, oder nur ein Reh – beides hätte das Gefühl des Angestarrtwerdens erklärt, das ihn bei jedem Abstieg befiel.

Aber die Tatsache, daß es stets nur bei Sonnenuntergang passierte und nie beim Aufstieg am Morgen, ließ sich nicht wegleugnen.

Nach einiger Zeit festigte sich bei ihm die Überzeugung, daß es die Steine waren, aber er hatte keine Hoffnung, je eine Bestätigung dafür zu bekommen, denn wenn sie nichts taten, sich also nicht bewegten, wie sollte er ihnen je auf die Schliche kommen?

Aber dann passierte es doch: Aus den Augenwinkeln sah er, wie sich einer bewegte. Nein, er kollerte nicht etwa den Hang hinunter, er änderte seine Form. Es war ein ganz kleiner, heller Stein mit scharfen Kanten, der sich plötzlich zu einer länglichen, unregelmäßigen Scheibe verflachte.

Der Loderbichler erschrak so, daß er mitten im Schritt verhielt und das Ding fixierte – aber da erstarrte auch das Ding in der Bewegung, und es war, als hielte die ganze Felsenwelt den Atem an.

Seither war es gewiß: Sie beobachteten ihn. Mehr noch: Sie versuchten ihm ihre wahre Existenz zu verheimlichen.

Er versuchte daraufhin, durch Fragen in seinem Bekanntenkreis herauszufinden, ob jemand etwas Ähnliches bemerkt hatte, aber wie erwartet, war niemandem etwas aufgefallen. Bei seinen Fragen mußte er natürlich vorsichtig sein, denn seit sie ihn in dieses Erholungsheim gesteckt hatten, sahen ihn die Leute scheel an, und sie tuschelten hinter seinem Rücken, wenn er ihnen die Wahrheit sagte. Während seines unfreiwilligen Aufenthalts in dem Heim (wo er sich im übrigen gar nicht erholt hatte – er tat nur so als ob) lernte er, seine Äußerungen zu kontrollieren. Er merkte, daß er sich tunlichst so verhielt, wie sie es von ihm erwarteten. Mit diesem Rezept gewann er bald ihr Vertrauen und überzeugte sie davon, daß er sich hinlänglich erholt hatte, um entlassen zu werden.

Die Erinnerung an das Heim war ausgesprochen negativ, obwohl er im einzelnen nicht mehr wußte, was die Ärzte und Pfleger mit ihm getan hatten. Auch die Zeit davor war durch einen Schleier des Vergessens getrübt, durch den gewisse Dinge mit übergroßer Deutlichkeit hervortraten, während andere nur schemenhaft ins Bewußtsein kamen.

So sah er zum Beispiel, als stünde er vor ihm, den reich gedeckten Tisch, an dem er als Kind oft mit seinen Eltern gefrühstückt hatte. Die Morgensonne tauchte ihn in honiggelbes Licht. Das Frühstücksgeschirr mit dem konzentrischen, flaschengrünen Ringmuster auf weißem Grund. Heißer dunkler Tee in den Schalen, auf der Oberfläche eine zerrissene, wie eine Haut sitzende Schicht vom kalkigen Wasser, und einige Millimeter darüber zarte Schwaden, die sich im Sonnenlicht auflösten. Rechts neben der Teeschale ein weiches Ei. Die Kuppe präzise mit dem Messer entfernt, so daß der goldgelbe Dotter zum Vorschein kam und der Sonne Konkurrenz machte.

An die Gesichter seiner Eltern, die ihm gegenüber bei Tisch saßen, erinnerte er sich nicht, ebensowenig an ihre Namen. Loderbichler rief man ihn seit seiner Kindheit, weil die Eltern den Bauernhof bewirtschafteten, der seit jeher Loderbichel hieß. Aber das war nicht sein richtiger Name.

Er konnte sich natürlich jederzeit an seinen Familiennamen erinnern, der hinter jenem hellen, durchscheinenden Schleier des Vergessens versteckt war, aber seit seinem Aufenthalt in dem Heim hatte er kein Bedürfnis mehr danach. Es wäre mühsam und anstrengend gewesen, darüber nachzudenken, und es bedeutete ihm nichts. So ließ er diese Dinge hinter dem Vorhang, von dem er wußte, daß er ihn jederzeit aufmachen konnte.

Das Murmeln eines Baches riß ihn aus seinen Gedanken. In meterbreiter, zerfurchter Schicht schlängelte sich ein Rinnsal über den Almboden, in der Mitte eine ins Gras gegrabene Rille, die den Wasserstrom nicht mehr faßte. Die feuchte Wiese glänzte in der tiefstehenden Sonne.

Der Boden unter seinen Füßen war schwammig. Erde klebte in dicken Klumpen an seinen Bergschuhen. Zwei rasche Schritte brachten ihn wieder ins Trockene, wo er an einem nahen Baumstumpf die Erde von den Sohlen streifte.

Der Loderbichler blickte über die Schulter zurück. Oben am Hang die Hütte, von der er aufgebrochen war. Sie schmiegte sich an den Rand des Waldes, der die Alm hangaufwärts säumte. Links von der Hütte war der Wald auf einer Fläche von mehreren Ar geschlagen. Die von groben Ästen befreiten Stämme lagen zwischen den frischen Stümpfen, manche waren bei ihrem Sturz weit an die Alm heruntergerutscht, eine Spur aus aufgeworfener, schwarzer Erde hinter sich, während sie selbst helle Wunden trugen, wo die Rinde in langen Streifen abgeschürft war.

Unscheinbar und ein bißchen traurig sah es von hier unten aus, was er und seine beiden Freunde, die in der Hütte übernachteten, in drei Tagen harter Arbeit geschafft hatten: Sie schlugen die zweite Schneise, so daß die seit Jahren geplante Sesselbahn vom Tal bis zum Sonegg-Kamm geführt werden konnte. (Nach langem Zögern hatte man sich vor kurzem in der Gemeinde entschlossen, das Projekt durchzuführen.)

Noch einige Tage mochte es dauern, bis sie das letzte Waldstück durchquert haben würden. Aber er vermeinte aus einem verborgenen Winkel seines Kopfes eine leise Warnung zu hören – in den Wind geflüstert und verweht –, die ihn fürchten ließ, daß der Tod und Schrecken ihre Arbeit beenden würde.

Der Loderbichler setzte seinen Abstieg fort. Sein Verdacht kam nicht von ungefähr. Er hatte lange genug Zeit gehabt, die Steine zu beobachten, und er glaubte, ihr Geheimnis zu kennen – aber es fehlte das erklärende Element. Es war, als stünden die Tatsachen, die er als gesichert betrachten konnte, beziehungslos nebeneinander.

Er wußte, daß die Steine lebten. Sie beabsichtigten etwas, das sie den Menschen verheimlichten. Und er wußte, daß sie den Menschen nicht nur feindlich gesinnt waren, sondern auch gefährlich werden konnten.

Nachdem er nämlich einmal herausgefunden hatte, daß sie ihn nicht erkannten, wenn er sich absolut reglos verhielt, konnte er ungestört ihre Bewegungen verfolgen. Oft saß er stundenlang bewegungslos zwischen den Felsen, und er sah, daß sich die kleinen rascher und häufiger bewegten als die großen. Bei den mannshohen, mit Moos überwucherten Felsen hatte er noch nie eine Bewegung bemerkt, er zweifelte, ob sie auch zu jenen Wesen gehörten und vielleicht nur ganz gewöhnliche Felsen waren. Den ›Wesen‹ jedenfalls war gemeinsam, daß sie bestrebt waren, eine etwas flachgedrückte, ovale Form anzunehmen. Dies schien ein komplizierter Prozeß zu sein, bei dem jeder Einzelschritt Stunden bis Tage dauerte. Eine endgültige Form hatte noch keines gefunden.

Bei seinen Beobachtungen merkte der Loderbichler, daß sie auf unerklärliche Weise Einfluß auf ihn hatten. Bisweilen verlangsamte sich sein Denken, wenn er ihren mühsamen Bewegungen folgte, und in letzter Zeit hatte er dabei manchmal das Gefühl, sein Kopf sei leer und frei von jeglichen Gedanken oder Gefühlen, und er selbst schwebe irrend durch diesen dunklen, grenzenlosen Hohlraum.

Er vermutete, daß sie ihm auf diese Weise seinen Willen entziehen und ihn fertigmachen wollten, weil er ihrem Geheimnis auf der Spur war. Wenn er herausfinden könnte, warum und vor allem wie sie diese Dinge zuwege brachten, könnte er sich schützen. Sich und seine Freunde natürlich, denn er zweifelte keinen Augenblick daran, daß die Steine es nicht allein auf ihn abgesehen hatten. Dahinter steckte mehr.

Die Sonne warf lange Schatten in die Schneise, die den Blick ins Tal freigab. Violetter Abenddunst senkte sich auf die Talsohle. Niedere Gehöfte saßen zwischen den jungen Wiesen, die sich über die Ebene dehnten. Zarte Pastelltöne, eingerahmt von dunklem Grün des Waldes, durch den die Schneise lief.

Rechter Hand bildeten die sonnenbeschienenen Fichtenstämme einen leuchtenden, zerklüfteten Vorhang. Hie und da lugte weicher Nadelboden hervor. Auf der Schattenseite drang der Blick tiefer in den Wald. Vom Sturm entwurzelte Bäume hatten sich im dichten Astwerk verfangen, einige schon seit Jahren tot, andere klammerten sich noch mit halb herausgerissenen Wurzeln an den Boden. Am Waldrand gleichermaßen entwurzelte und abgeknickte Fichten. Schiefergraue Flechten hingen von den Ästen, kaum von den Schatten zu unterscheiden, die das Sonnenlicht verdrängten.

Auf der Lichtung modriges Gehölz. Es bedeckte den Moosboden, aus dem in einigen Metern Entfernung die ersten mannshohen Felsen herauswuchsen. Sie waren von den Jahrtausenden ihres Lebens gezeichnet. In großzügigen Linien liefen Rillen über ihre Körper, als hätte ein ungeduldiger Gott sie zu teilen begonnen und unvermittelt die Arbeit unterbrochen. Flechten hatten sich in den Vertiefungen festgesetzt und die Oberfläche mit einem teils stumpfgrünen, teils rötlich-violetten Überzug versehen. Dort vorn begann das Reich der Steine.

Der Loderbichler blieb am Waldrand stehen und horchte. Eine unnatürliche Stille hatte sich über die Lichtung gelegt.

Vorsichtig, als fürchte er durch eine unbedachte Bewegung einen Lufthauch zu verursachen, der sich überallhin ausbreiten und die schlafenden Steine berühren und zu rasenden Ungeheuern verwandeln würde, betrat er die Lichtung. Behutsam umrundete er zwei Felsen. Das trockene Moos war hier mit Erdreich durchsetzt. Vereinzelt wuchs Farn. Einige Meter weiter war der Boden durch die Sprengungen zerrissen, und das Muttergestein lag in zerklüfteten Brüchen zutage. Eine Landschaft grauer Felsen dehnte sich von Wald zu Wald. Verwaschene Pinselstriche aus purpurnen und gelben Einschlüssen auf den zernarbten Gesichtern, türmten sie sich verschwenderisch übereinander. Geröll füllte den Zwischenraum.

Er trat an die Grenze heran, wo das Erdreich aufgeworfen war. Dann kletterte er auf einen verwitterten Felsblock, der ihm im Rükken eine Stütze bot. Von hier beobachtete er immer die Steine. Er wußte selbst nicht, warum er heute hier verweilte und nicht, wie vorgehabt, seinen Abstieg ins Tal fortsetzte. Ein Gefühl der Erwartung vielleicht. Es sagte ihm, daß er heute das Rätsel lösen würde, das um die Steine war.

Er zog die Knie an die Brust und umschlang seine Beine. In dieser Stellung konnte er stundenlang ohne Anstrengung ausharren.

Die Sonne stand sehr tief. Er blickte seinem Schatten nach, der wie ein langes, schwarzes Band ins Tal lief. Der über Felsen und Geröll kletterte und sich den scharfen gezackten Formen anschmiegte.

Jenseits des Tals erhob sich ein dreigeteiltes Bergmassiv. Auch dort Vorsprünge und schartige Grate. Eine dichte Schneedecke lag über dem Gebirge, rotgold – oder violett? – in der Abendsonne. Er vermochte es nicht zu sagen. Das ganze Land war in jene ungewisse Zwischenfarbe getaucht, die dem Sonnenuntergang vorangeht.

Sein Schatten bewegte sich über einen meterbreiten Felsblock. Ruckartig zuerst, dann in mühevoller Wellenbewegung schwankte er hin und her und verdrängte einmal links, einmal rechts das Sonnenlicht von dem spröden Stein. Dunkle Risse, die in zarten Linien über den Stein liefen, schwammen über die Oberfläche, teilten sich, pulsierten im selben Rhythmus wie sein eigener Schatten. Die Bewegung wurde lebhafter, und plötzlich, wie unter unendlicher Anstrengung, begann ein erkerartiger Vorsprung an dem Block zu schrumpfen. Nach einiger Zeit war die Stelle völlig eben. Ein violettes Leuchten war alles, was von der Verwandlung zeugte.

Kaum war der Fels zur Ruhe gekommen, begann es ringsum zu leben. Winzige Bewegungen nur, aber die Schatten der Riesen- und Zwergsteine tanzten mitten auf der Lichtung vor goldenem und violettem Hintergrund eine Travestie des Lebens. Sie bemerkten ihren stummen Beobachter nicht, der sich vollkommen ruhig verhielt. Es war ihm, als beobachte er scheues Wild.

Obgleich alles lautlos vonstatten ging, spürte der Loderbichler ihr Seufzen und Stöhnen, wenn sie mit unermeßlicher Anstrengung die scharfen Kanten auf ihren Körpern zum Verschwinden brachten. Sie vervollkommneten sich, wurden immer glatter, und doch war es nicht die Kugelform, die sie anstrebten.

Bald war der ganze Platz zwischen den hohen, nachtdunklen Fichten in unablässiger, zuckender Bewegung. Sogar die mannshohen Felsen, in deren Rillen und Vertiefungen Moos und Erde klebten, begannen zu fließen. Dunkle Linien rotierten über die glatten, grauen Oberflächen, dehnten sich und zerschmolzen wieder in steten, rhythmischen Bewegungen. Jeder Stein, jedes Geröllstück waren zu einem halbkugeligen Ding geworden, das auf einer Seite überhing. Unscheinbare graue Gebilde mit gewundenen Rillen, die unablässig pulsierten.

Sie sahen aus wie aufgequollene Teigfladen, die einseitig über das Backblech hingen. Aber das traf nicht genau.

Der Loderbichler zuckte zusammen, als er die Wahrheit erkannte. Er schwankte – oder war es der Fels unter ihm? – und stützte sich mit einer Hand auf den Stein.

Sie versank in einer weichen, klebrigen Substanz. Er riß die Hand zurück und warf sich in einer Bewegung von dem Stein, der keiner war. Flach auf der Erde, das Gesicht ins Moos gepreßt, wagte er sich nicht zu rühren. Aber sie hatten ihn schon entdeckt. Er fühlte, wie sich tausend blinde Augenpaare auf ihn richteten.

Er hatte noch Zeit, seine Erkenntnis zu formulieren: – die Steine hatten sich in lebende, zuckende Gehirne verwandelt –, bevor sie nach seinem Bewußtsein griffen und seine Gedanken aufsogen.

Er fühlte, wie sie seinen Kopf aushöhlten und wie sich sein Ich langsam auf einen wesenlosen Punkt reduzierte. Sie wollten ihn auslöschen. Aber er besaß ein Gegenmittel. Mit ganzer Kraft konzentrierte er sich darauf, Gehirn zu sein, verbannte alle Empfindungen und motorischen Signale, bis er sich in nichts von den Wesen unterschied, die ihn vernichten wollten. Er war nur noch Gehirn, ja, er fühlte sich als ihresgleichen. Verwirrt ließen sie von ihm ab, tastend und jene körperbehaftete Existenz suchend, die eben noch da war. Sein Kopf füllte sich wieder mit guten, vernünftigen Dingen, und die Unruhe rundum verebbte.

Einige Minuten wartete er noch, dann kroch er behutsam zwischen den beiden aus der Erde wachsenden Gehirnen hindurch, die zuvor noch mannshohe Felsen waren. Sie merkten wieder auf, aber da war er schon aufgesprungen und lief in weiten Sätzen davon.

Nach hundert Schritten blieb er stehen und blickte zurück. Es war Nacht, im fahlen Mondlicht sah die mit unzähligen Gehirnen bedeckte Fläche aus wie ein riesenhaftes Grab, das sich aufgetan und seinen Inhalt ausgespien hatte.

Der Loderbichler nickte grimmig. Es sollte nicht sein Grab werden, denn es gab ein Gegenmittel: Sie erkannten nur die Körper. Gehirne blieben ihnen verborgen. Das würde ihn und seine Freunde retten.

Zuversichtlich begann er den Aufstieg zur Hütte.

Das erste Tageslicht fand den Loderbichler auf der Lichtung. Die Beine umschlungen, hockte er bewegungslos zwischen den Stein-Hirnen.

Unter den hohen Fichten am Waldrand lagen die Körper seiner beiden Freunde. Ihre Schädel waren mit scharfkantigem Geröll zertrümmert worden.

Im weichen Moos zu Füßen des Loderbichler lagen zwei blasse, glänzende Gehirne. Sie wiesen Blutspuren auf, indessen mochte der Farbton von den rostroten Flechten herrühren, die auch auf anderen Steinen wuchsen.

Der Autor:

1950 in Wien geboren – Studium der Technischen Physik, Lehrtätigkeit, Industrieforschung, Universitätsassistent. Schriftstellerische Tätigkeit seit dem 15. Lebensjahr, Veröffentlichung verschiedener Erzählungen, u. a.: ›Rechtsbrecher‹ (1978), ›Zeitstopp‹ (1979), ›Superzyte‹ (1979), ›Vakuum‹ (1980), ›Ein traumhafter Erfolg‹ (1980), ›Zwischenstationen‹ (1980). Der Autor lebt in Wien.

Jo Clayton

Südwind, meine Mutter

Und wieder fühlte Gleia sich ruhelos. Als das Eis im Hafen von Cern Radnavar zu schmelzen begann, flüsterten ihr die lauen Südwinde Geschichten von all den Orten ins Ohr, die sie noch nie besucht hatte. Als die Doppelsonne Horli-Hesh hinter ihr über dem Cern aufging, erklomm sie den Felsen inmitten der Brandung, am Eingang des Hafenbeckens. Ihr Kommen scheuchte ein paar Dutzend Vögel auf, und einige kleine Kriechtiere, um die sie sich nicht weiter kümmerte, ergriffen ebenfalls die Flucht. Sie hockte sich mit gekreuzten Beinen auf den Felsen und starrte unter der weit ins Gesicht gezogenen Kapuze, die sie vor der sengenden blauen Sonne schützte, aufs offene Meer hinaus.

»Südwind«, murmelte sie. »Ich war eine Bettlerin, dann eine Diebin, und dann fast so etwas wie eine Sklavin in Carhenas. Ich habe Carhenas aus freien Stücken verlassen. Ich war Temokeuu-Vaters Tochter, aufgenommen in den Clan der Meergeborenen und von ihrer Zuneigung umgeben und gewärmt. Ich habe ihn verlassen. Südwind, ich lebe hier bequem und wohlgelitten mit meiner meergeborenen Schwester und Freundin Jevati. Aber nun...« Sie lachte und umarmte den Wind, der gegen sie drängte.

»Selbstgespräche?« Jevatis dunkler Alt unterbrach das Rauschen von Wind und Wasser.

Gleia lachte auf ihre Freundin herunter.

»Ich sprach mit dem Wind, kleiner Fisch.« Jevati war rundlicher geworden, und ihre zarte blaugrüne Haut hatte einen silbrigen Glanz. Nun war sie wieder die verwöhnte Tochter und nicht mehr die kränkliche vernachlässigte Ehefrau. Endlich konnte sie wieder fröhlich und leichten Herzens mit ihresgleichen im Wasser tanzen. Gleia ließ sich auf die Knie sinken und beobachtete, wie mühselig ihre Freundin den Felsen hinankletterte. Die Meergeborenen waren nicht fürs Klettern gemacht.

Heftig keuchend ließ Jevati sich neben Gleia niedersinken. Sie saß wortlos und starrte hinaus in den Wind, bis ein Schwarm Vandare über sie hinflog. Ihre langen Schwingen schnitten durch den Wind, und ihr unheimliches Rufen hörte sich an, als sängen sie gegen das Rauschen der Brandung an. Jevati richtete sich auf und legte eine Schwimmflossenhand auf Gleias Schulter.

»Du bist hier nicht mehr zufrieden, Freundin der Sängerrasse. Du willst uns verlassen.«

Gleia bog den Nacken und legte kurz die Wange an Jevatis Hand. Dann richtete sie sich auf und sah zu, wie ihre eigenen Hände sich öffneten und schlossen.

»Ich weiß es nicht, kleiner Fisch.« Sie schwieg eine Weile. Der Wind umspülte die beiden. Er war wärmer als der Stein, auf dem sie saßen, und duftete nach Sommer und jungem Grün. Im Süden lag ein kleines Segelboot hart vor dem Wind und näherte sich dem Hafen. Sie sah zu, wie das weiße Dreieck des Segels größer wurde, als die Besatzung das Boot geschickt an den Klippen vorbei in die Fahrtrinne brachte. »Wohin sollte ich gehen?«

»Ich dachte, du wolltest heim. Temokeuu...«

»Heim!« Gleia ließ sich waghalsig nach hinten auf den Felsen fallen. Um sich vor den sengenden Strahlen der harten blauen Hesh zu schützen, schlug sie einen Arm vor das Gesicht. »Heim.« Ihre Stimme klang undeutlich unter dem Ärmel hervor. Noch leiser fügte sie hinzu: »Ich habe noch nie ein Heim gehabt, immer nur zeitlich begrenzte Rastplätze, selbst bei Temokeuu.«

»Ich verstehe dich nicht.« Jevati streichelte den Arm, der das Gesicht der Freundin verdeckte. »Bei mir hast du immer ein Heim.«

»Ich weiß.« Gleia fühlte sich auf einmal erschöpft. Jevati tat so, als verstehe sie nicht, dabei begriff sie alles sehr wohl. *Die Freundschaft zwischen uns ist echt und tief,* dachte Gleia. *Diesen Teil von mir aber kann sie wirklich nicht verstehen. Wo wurde ich geboren? Wann? Wie waren meine Eltern?* Sie schob den Arm ein wenig zur Seite, um der Freundin ins Gesicht sehen zu können. Mit einemmal wurde ihr klar, daß sie sich in Selbstmitleid wälzte, und sie fuhr mit einem scharfen Lachen in die Höhe.

»Der Südwind ist es, der mich unruhig macht, sonst nichts.« Dann schaute sie an Jevati vorbei, sog tief die Luft ein, sprang auf und winkte heftig.

Die Gestalt am Tiller winkte zurück, ließ sich ablösen und sprang über Bord. Sekunden später kam Tetaki linkisch den Felsen emporgekrochen. Grinsend ließ er sich neben den beiden Frauen niederfallen.

»Deine alte Gewohnheit, oben auf dem Felsen zu hocken, Gleia-Schwester...« Er lachte und schüttelte den Kopf, Wassertropfen spritzten ihr auf Arme und Beine.

»Tetaki, was machst denn du hier?«

»Besuche meine Schwester, was sonst?«

»Idiot!«

»Na schön, wir sind hier, um ein paar Dinge für die Thissiks zu regeln.«

»Wie haben die Thissiks überwintert?«

»Hätte besser sein können. Die meisten haben zwar überlebt. Sie fangen jetzt an, die Schläfer aufzuwecken. Die meisten Häuser haben sie freigeräumt, aber sie brauchen Hilfe beim Ackerbau und beim Abernten des Meeres.« Wieder grinste er, und seine Perlmutt-Zähne glitzerten blutigrot in Horlis Licht auf. »Es ist ein oder zwei Monate her, da hat der Hüter mit mir... erinnerst du dich an den Hüter?«

Gleia fauchte. »Meinst du, in meinem Kopf sei noch Winter, Bruder? Ich erinnere mich sehr wohl an den Hüter. Was ist mit ihm?«

»Er hat ein Handelsabkommen mit meinem Temokeuu-Vater getroffen. Wir werden die Häfen und Cerns im Süden bis hin zum Trockenland beliefern.« Er griff nach ihrer Hand. »Temokeuu wäre es lieb, wenn du mit mir nach Hause kämst.«

Jevati zuckte zusammen und ließ einen kleinen erschreckten Schrei hören, den sie rasch erstickte – einen Protestschrei. Sie wollte nach Gleia greifen, hielt aber auf halbem Wege inne und ließ die Hand auf den Schenkel sinken. Gleia sah ihr besorgtes Gesichtchen an und fühlte Mitleid. Sie machte eine ungeduldige Bewegung mit den Schultern und wandte sich wieder Tetaki zu. »Ich bin noch nicht bereit, Bruder.« Sie blickte an ihm vorbei zu den Wellenbrechern hinaus. »Du kommst von Süden.«

»Hab' eine Botschaft für dich.«

Gleia erstarrte, fühlte ein Flattern in der Magengrube...

»Der Gaukler war stocksauer, als du plötzlich verschwunden warst.«

»Na und?« Als sie den Blick senkte, sah sie, daß sie ihre Hände zu Fäusten geballt hatte. Sie öffnete die Finger und legte die Handflächen flach auf die Schenkel.

»Das ist lange her. Ein ganzer Winter liegt dazwischen.«

»Nun ja, ich hab' ihn dann beruhigt und ihm von Jevatis Witwenreise erzählt.«

»Dann wußte er also, wo ich war. Wenn er gewollt hätte, hätte er herkommen können.« Wieder fühlte sie den leisen Schauer in sich aufsteigen, wie ein Frösteln, das mit dem sanften Druck des Windes nichts zu tun hatte.

»Die Thissiks brauchten ihn, und so ist er dageblieben.«

Sie schloß die Augen. Das vom Leben gezeichnete, zynische Gesicht des Gauklers fiel ihr ein. »Das klingt so gar nicht nach ihm.«

Tetaki kicherte leise. »Wie lange hast du denn Zeit gehabt, ihn kennenzulernen? Ganze drei Tage!«

Gleia hob die Schultern. »Du sagtest, daß du eine Botschaft von ihm hast?«

»Richtig.« Er wies mit einer Handbewegung auf das Boot, das mit eingezogenen Segeln neben dem Pier schaukelte. Die Mannschaft, die ganz aus Meergeborenen bestand, hockte mit im Wasser baumelnden Beinen am Anlegeplatz. »Wir kommen gerade aus Thrakesh. Haben den Gaukler dort zurückgelassen. Er läßt sagen, du sollst bis zum siebenunddreißigsten dieses Monats hinkommen oder das Ganze vergessen.« Er beugte sich über sie und berührte ihre Wange. »Das wär's, Schwester.« Er richtete sich auf und seufzte. »Hab' zu arbeiten. Seh' dich bald wieder.« Er rutschte über den Felsvorsprung und begann abwärts zu klettern.

Jevati ließ ihren Kopf für eine Weile auf die gekreuzten Arme sinken und sah dann zu Gleia hinüber. »Was hast du denn vor?« Ihre Stimme klang weich und traurig. Ihre Mundwinkel senkten sich dabei melancholisch.

»Das weißt du doch genau, mein kleiner Fisch.« Langsam erhob sie sich und blieb mit dem Gesicht nach Süden gewandt stehen. »Ich werde mein Hab und Gut in den Drachenfisch werfen und lossegeln. Hilfst du mir?«

Jevati stand auf und stellte sich neben die Freundin. Nach einer Weile schlang sie ihren Arm um Gleias Taille und lehnte sich an ihren dünnen nervösen Körper. »Ich will nicht, daß du gehst. Natürlich helfe ich dir trotzdem.«

»Mein kleiner dummer Fisch.« Gleia umarmte sie liebevoll.

»Kommst du zurück?«

»Weiß nicht. Ich vergesse dich schon nicht, Jevati. Mehr kann ich nicht sagen.« Und als sie fühlte, wie die Meergeborene bebte, fügte sie hinzu: »Tut mir leid. Ich kann's nicht ändern.«

Gleia ließ Jevati mit düsterer Miene am Ufer zurück. Der Drachenfisch steuerte gegen den Wind. Ihr Herz fühlte sich so leicht an wie eine der Schäfchenwolken, die über den blauen Frühlingshimmel zogen.

Eine Woche lang segelte sie südwestlichen Kurs und hielt sich gut ab von den zackigen schwarzen Klippen zu ihrer Rechten. Die Tage glichen einander. Einer war wie der andere. Gelegentlich tauchte ein Meergeborener zu ihr empor, winkte einen Gruß und versank wieder in den Wogen. Manchmal schwamm einer eine Weile neben ihrem Boot her und unterhielt sich mit ihr. Es erheiterte sie, daß sie unter den Meergeborenen als eine Art Heldin betrachtet wurde, seit es ihr gelungen war, die Thissiks aus dem gestrandeten Raumschiff von Sklavenhaltern in begehrte Handelspartner für den Markt der Meergeborenen zu verwandeln. Unter den Meergeborenen herrschte frohe Erregung darüber, wie der von Tetaki angekurbelte Handel aufblühte.

Am achten Tag ließ der Wind plötzlich nach. Das Segel schlug schlaff gegen den Mast, und das Boot schaukelte und kroch mit der Sestatiri-Strömung langsam gen Süden. Gleia betrachtete den wolkenlosen Himmel und zog ein Gesicht. Horli stand hoch, und Hesh hatte sich bereits hinter sie geschoben. Das Tageslicht war rot. Es war heiß, aber es fehlte der gefährliche Stachel von Heshs Strahlen. Die sanfte Strömung zerrte am Boot und ließ es im violetten Wasser wirbeln wie ein Stück Kork. Der Tag kroch langsam dahin. Gleia schlüpfte aus ihrem Kaftan und sprang über Bord. Das Wasser war kühl und leise bewegt. Sie schwamm neben dem Boot her, bis sie müde war, zog sich dann wieder an Bord und ließ sich von der Sonne trocknen. Nackt und ungeschützt streckte sie ihren Körper auf dem Bretterboden des Bootes aus. Im Jaydugar konnte man nicht allzu oft sonnenbaden. Hesh häutete jeden Dummen, der das versuchte. Das Schaukeln des Bootes wiegte sie ein, und sie versank in tiefen Schlaf.

Das Knattern des Segels gegen den Mast weckte sie nach einiger Zeit. Sie setzte sich auf und hielt sich den Kopf, in dem ein dumpfer Schmerz rumorte. Der Wind, der nun erwacht war, blies diesesmal von Norden. Gleia machte das Hauptsegel los und ließ den Tiller ausschwingen, bis er sich mit Wind füllte. Wieder glitt das kleine Boot in südwestlicher Richtung durch die Wellen. Gleia seufzte erleichtert auf. Sie war froh, die Flaute hinter sich zu haben.

Horli hatte sich zum westlichen Horizont gesenkt, und ihr roter Ball war hinter den Felsen verschwunden. Gleia fühlte, wie der Wind sich gegen sie stemmte, kalte Finger, die durch ihr schweißfeuchtes Haar streiften. Obwohl der Wind Kühlung brachte, fühlte sie sich klebrig, ungemütlich und nervös. Sie konnte sich diese Stimmung nicht erklären.

Die Sonnen waren nun beide am Horizont verschwunden und hatten den Himmel rot und violett gefärbt. Als die Farben verblaßten, war Aab bereits wie ein milchiger Opal in die Bläue des Nachthimmels gestiegen. Gleia blickte um sich. Sie war nicht schläfrig, und die Nacht war hell. Sie beschloß, weiterzusegeln und damit den Zeitverlust wettzumachen, den sie durch die Flaute erlitten hatte.

Später, als Aab und Zeb sich zum Untergehen neigten, ließ der Wind etwas nach und drehte häufig, bis er nach Norden blies und dann wieder zurück nach Süden. Nebelschwaden zogen über das Wasser. Gleia seufzte betrübt und manövrierte die Bootsnase gegen den Wind. Nachdem sie die Segel eingezogen hatte, wühlte sie eine Decke heraus und legte sich zum Schlafen nieder. Sie hatte einen Alptraum nach dem anderen und fuhr immer wieder halb aus dem Schlaf, während der Nebel sich um das Boot verdichtete.

Sie schreckte empor, als ein harter Stoß das Boot zum Schlingern brachte. Sie blickte benommen und noch immer traumverloren um sich. Sie hörte Rufe, und als sie den Blick hob, gewahrte sie im Nebel undeutliche Gestalten, die sich über die Reling eines riesigen Schiffes beugten, das wie ein Urweltmonster neben ihr aus dem Nebel aufragte. Sie hörte Klatschen und einen dumpfen Knall, sah Männer im Wasser neben dem Boot, Hände am Bootsrand, Männer, die ins Boot kletterten. Und schon kamen sie auf sie zu. Lianenlassos pfiffen ihr um Arme und Oberkörper. Die nebelhaften Gestalten beugten sich über sie. Jemand brüllte zum Schiff hinüber nach einem Seil.

In dieser Nacht erwachte sie in völliger Dunkelheit. Ihre Handgelenke brannten. Um sie her ächzte und stöhnte es. Gestank zog ihr in die Nase. Die übrigen Gefangenen wimmerten im Schlaf, furzten und erleichterten plätschernd ihre übervolle Blase. Sie preßte die Handgelenke zusammen und versuchte, die Schmerzen zu vermindern. Sie hatte sich Mühe gegeben, die Hände aus den Fesseln zu ziehen, bis ihre Haut zerschunden und ihre Muskeln gezerrt waren. Kurz hatte sie bedauert, so starke Hände zu haben, dann hatte sie sich zurückgelehnt in die Kissen, die nach altem Schweiß rochen und nach noch unangenehmeren Dingen.

Kissen. Der Gedanke erheiterte sie für kurze Zeit. Sie faltete die Hände im Schoß und lächelte in der Dunkelheit vor sich hin. Als der Kapitän das Plündergut aus ihrem Boot durchsah, die Kaftane und die noch unvollendeten Stickereien, die seine Männer vor ihn hingeworfen hatten, wurden seine Augen gierig und wach. Er wußte, was das Zeug wert war. Seine Haltung ihr gegenüber änderte sich sogleich. Er blickte von der Stickerei zu ihr auf. »Deine Arbeit?«

Als sie nickte, grunzte er vor Zufriedenheit und gab einem seiner Leute einen Wink. Gleia wurde losgebunden und in den Käfig auf dem Vorderschiff gebracht. In dem klebrigen dunklen Geviert zeigten sich im schwankenden Licht der Laterne wild durcheinandergewürfelte, mit Ketten gefesselte Körper. Zwei Katzenmenschen, betäubt, damit sie sich nicht in ihrer Verzweiflung selbst zerfleischten. Ein pergamenthäutiger Trockenländer, der mit wäßrigen Augen ins

Licht blinzelte, das ihm wehtat. Sechs oder sieben Frauen der verschiedensten Rassen.

Gleia stand unglücklich da und rollte die Zehen hoch, um den glitschigen Boden nicht zu berühren. Ein üppiges junges Mädchen mit hübschem, muffigem Gesicht wurde, um ihr Platz zu machen, ohne viel Federlesens von den Kissen gepufft und weiter unten auf dem nackten Boden festgekettet. Es war ihr unangenehm, im schwankenden Licht Zorn und Eifersucht im Gesicht des Mädchens zu lesen.

Nun starrte sie hinüber in die Dunkelheit an die Stelle, an der sie das Mädchen vermutete. *Es war schlimm, sosehr von anderen Menschen abhängig zu sein!* Sie schüttelte den Kopf. *Besser begabt als hübsch,* dachte sie bei sich. Die Ketten klapperten, als sie die Hand hob, um sich über das Brandmal auf der Backe zu streichen. *Sie war ein gewöhnliches braunhäutiges Ding, mit einer entstellten Wange. So hatte der Kapitän sicher gedacht. Taugte nicht zum Verkaufen, nicht mal zum Vergewaltigen. Ihr Talent aber veränderte die Lage völlig. Gold unter der rauhen Schale!* Sie warf sich wütend auf den Polstern hin und her. In ihr kochte es vor Wut und Ungeduld. Ihre Pläne – zerstört. Das Schiff kaputt. *Etwas muß geschehen,* dachte sie. *Eine Frau, die nichts weiter will als in Frieden ihren eigenen Weg gehen, sollte das doch machen dürfen!* Wieder bewegte sie die Hände und horchte auf das Klickern der Metallketten. *Sklavin! Ich habe es satt, mich immer und immer freizukämpfen.* Seufzend lehnte sie sich an die dürren Polster und schloß die Augen.

Als sie wieder erwachte, vernahm sie ein fernes Rufen und Kreischen, das fort und fort ging und auch durch die Schiffswände recht deutlich zu hören war. Sie lauschte eine Weile und grinste dann in die übelriechende Dunkelheit. Der Kapitän stritt sich mit einem Zollbeamten aus Thrakesh herum. Es ging um den Einfuhrzoll. Nach einer Weile verstummte der Streit, und das Gespräch wurde mit gedämpften Stimmen fortgeführt. Man war offenbar zu einer Vereinbarung gekommen. Als sich der Lärm draußen legte, begannen um Gleia her die Ketten zu klappern. Die übrigen Gefangenen erwachten und setzten sich auf.

Später erklangen ein paar laute Schläge gegen die Außenwand, und dann strömte Licht durch die geöffnete Tür in das dunkle Verlies. Gleia schloß geblendet die Augen. Als sie aus der Luke auf Deck kletterte – sie war die erste von fünf aneinandergeketteten Gefangenen –, blinzelte sie zu den schwarzen Klippen empor, die das Schiff umgaben.

Der Markt von Thrakesh war aus verschiedenen Gründen überall berühmt. Die Verkaufsstände waren Schiffe, die in dem immer warmen Wasser des Hafens verankert lagen. An Markttagen wurde der blaue Halbkreis zu einer magischen Welt aus Farben und Lärm. Die Werften und Warenhäuser, die Kneipen und Restaurants, die verfallenen Schuppen und die etwas solider gebauten Wohnhäuser, all diese Gebäude scharten sich wie ein enger Halbmond um die hufeisenförmige Bucht und drängten gegen die steil ansteigenden Klippen.

Eine breite Steinmauer, die sich der unebenen Linie des Felsens anpaßte, verbarg die Stadt fast ganz und ließ nur die glänzend vergoldeten Dächer der großartigen Patrizierhäuser sehen, die den Edlen und Kaufherren von Thrakesh gehörten. Die heißen Quellen, die auf dem Grund des Hafenbeckens entsprangen und die damit das Leben über den langen kalten Winter hin erträglich machten, zogen viel Pack und reisendes Volk an; zerlumpte Seeleute und Küstenbummler, aber auch Beamte, die ihren Dienst taten, waren hier zu sehen, Touristen und Händler. Die Zugereisten sahen mit Neid und Haß hinauf zu den goldenen Dächern. Keiner aber wagte den gewundenen Pfad emporzusteigen zu den goldenen Stadttoren, die wie zum Hohn den ganzen Tag über offen standen.

Die schwarzen Klippen, die so beeindruckend aussahen, waren von oft riesigen Luftblasen durchsetzt. Manche wurden dazu benutzt, Vorräte zu verstauen, andere öffneten sich weit oben nach außen hin, und in ihnen lagerten Fässer mit Öl, das man erhitzen und auf Angreifer gießen konnte.

Hinter den Häusern erhob sich ein weiterer Wall steiler schwarzer Klippen. Die Felsen waren am oberen Ende abgeflacht und mit einer Brüstung versehen, diesmal aus Steinen, die Sklaven geschlagen und dort hinauf transportiert hatten.

Die Händler von Thrakesh waren für ihre unantastbare Ehrlichkeit bekannt und für die ungewöhnlich hohen Preise, die sie für diese Ehrlichkeit bezahlen ließen. Der Markt war der sicherste Ort der ganzen Küste – aber nur dann, wenn Händler genug Geld hatten und willens waren, die horrenden Preise zu bezahlen.

Gleia, die darauf wartete zu hören, was nun weiter geschehen sollte, blickte erstaunt auf das farbenprächtige Gewimmel um sie her. *Über diesen Ort hat man mir Tausende von Geschichten erzählt,* dachte sie, *und wenn ich mich umsehe, möchte ich meinen, die meisten waren nicht erlogen.*

Die Seeleute stießen die angeketteten Sklaven vor sich her in Langboote und setzten mit ihnen zum Markt über, ohne sich von den Wassertaxis behindern zu lassen, die auf dem stillen türkisblauen Wasser der Bucht hin und her schossen wie Wasserläufer. Städter aus den oberen Klippenhäusern saßen darin, Besucher, die in den zahlreichen Herbergen wohnten, und Leute aus den vielen Schiffen, die auf der Werft lagen und im Brackwasser ankerten.

Im Gegensatz zu den Cerns, die nur den Meergeborenen zugänglich waren, verfügte Thrakesh über die besten Ankerplätze Hunderte von Stadien entlang der Küste. Viele von den Männern, die auf den Marktbooten hin und her eilten, waren Kapitäne und Meisterhändler, die dort ihre ganze Ladung loswerden oder eintauschen wollten. Die meisten Brackwasserbarken waren an Fremde vermietet, die zum Handeln hergereist waren.

Die Langboote glitten behende durch das Gewühl, und Gleia sah mit großem Interesse um sich. Die nüchternen grauen Komplexe der Mietmarktboote verrieten nichts vom Leben, das sich dort im Inneren der Wände abspielte. Schlafende Bootsmänner waren das einzige Lebenszeichen; sie hockten dösend unter ihren farbigen Markisen, nur der eine oder andere, der das Boot seines Herrn zu bewachen hatte, hielt die Augen offen. Die Seeleute aber steuerten auf einen geknurrten Befehl des Kapitäns hin die Langboote in den dichten Verkehrsstrom, der dem inneren Komplex der Marktboote zustrebte. Nach einiger Zeit erreichten die Langbooten einen Streifen offenen Wassers.

Gleia, die nach rechts blickte, entdeckte in einiger Entfernung eine flache offene Barke, auf der sich eine dichte Menschenmenge um ein Podest in der Mitte drängte. Dort waren blaue und orangefarbene Leinwandbahnen aufgespannt wie ein riesiges Zelt. In seiner Mitte, auf einer Bühne etwa einen Meter hoch über den Köpfen der Menge, bemerkte Gleia eine buntschillernde Gestalt, die sich abwechselnd bewegte und stillstand. Es war ein Mann mit langem roten Haar, das in der leichten Meeresbrise flog. In der Luft über ihm schimmerte es blau auf, blau, blau, und dann golden, aber schon wieder stieg das Blau empor, aus weißgeschminkten Händen, und umkreiste das unbewegliche weiße Gesicht. Shounach! Er war zu weit von Gleia entfernt, als daß sie sein Gesicht hätte erkennen können, aber das mußte Shounach sein und kein anderer!

Sie bewegte ihre Hände, und die Ketten rasselten. Sie runzelte die Brauen und senkte den Blick. Zum Greifen nahe war ihr der Gaukler. Behutsam ließ sie die Augen herumwandern. Kein Mensch beachtete sie. Ohne Kette hätte sie über Bord springen können und verschwinden. *Ohne Kette.* So nah und doch so weit entfernt. Sehnsuchtsvoll starrte sie hinüber zu der kleinen buntglitzernden Gestalt, aber das Langboot glitt zwischen zwei hohe Barken, und der Gaukler unter seinem fröhlichen Zelt entschwand ihren Blikken.

Gleia saß auf einem Holzstuhl mit steifem Rücken in einem kleinen kahlen Zimmer, das nur von einem winzigen Fensterchen hoch oben in der Mauer erleuchtet wurde. Man hatte ihr die Kette vom Hals genommen, und nun war sie ohne jede Fessel, wenn man davon absah, daß sie eingesperrt war. Sie konnte das Zimmer nicht verlassen. Sie hatte erwartet – nein, sie hatte eigentlich nicht gewußt, was zu erwarten war. In Carhenas feierten die Schiffe, die neu in den Hafen kamen, ihren Sieg über die launische See stets mit großem Aufwand. Der Sklavenmarkt hier aber war anders, reich geschmückt und äußerst prächtig. Man hatte sie keineswegs nackt auf ein Podest gestellt. Hier gab es keine Auktion, bei der Käufer sie mit kalten Augen befühlen und prüfen dürften.

Der Kapitän wurde vom Meister des Marktschiffs wie ein alter Bekannter begrüßt. Dieser hatte die Ketten der Gefangenen überprüft. Er war ein kleiner nüchterner Mann, der den Kopf schüttelte, mit der Zunge schnalzte und hie und da ein Angebot murmelte. Ab und an hatte der Kapitän mit ihm gehandelt. Manchmal, aber nur selten, erhöhte sich der genannte Kaufpreis. Als der Marktschiffer am Ende der Schlange angekommen war, führte man die Sklaven weg, um sie zu waschen und neu zu kleiden.

Nun war sie sauber und hatte ihr feuchtes Haar trocken gerieben. Sie kämmte es aus der Stirne, und ein winziges Mariti-Sklavenmädchen reichte ihr einen frischen Kaftan mit schmalen weißen und schwarzen Längsstreifen. Das Material war rauh und kratzte auf der Haut; sie aber war froh, etwas Sauberes anzuziehen, und ärgerte sich gleichzeitig, als sie bemerkte, wie demütig sie schon geworden war.

In dem kleinen Raum saß sie schweigend auf dem Holzstuhl, während der Marktschiffer Mann auf Mann hereinführte, um sie und ihre Arbeiten vorzuführen. Die Männer schenkten ihr selbst keine weitere Beachtung, nur einen kurzen Blick; ihre Arbeit aber zog ihre Aufmerksamkeit auf sich. Sie war überrascht, als sie fühlte, welch tiefen Stolz sie darüber empfand.

Dann betrat der Marktschiffer den Raum mit einem Mann, den er mit ausgesuchter Hochachtung behandelte. *Despois Lorenzai*, nannte der kleine Kaufmann seinen Kunden. Dieser war ein großer untersetzter Kerl, der muskulös aussah wie ein Bergauerochse und auch etwas von dessen Brutalität zu haben schien. Der Bauch, der sich nackt aus den Falten seines Gewandes drängte, schien eher aus Muskeln denn aus Fett zu bestehen. Er wirkte kühl, sprach verhalten, aber als er sich Gleia zuwandte und sie sinnend betrachtete, als er dann seinen schweren Körper über sie beugte, um das Brandmal auf ihrer Wange genauer zu beäugen, empfand sie eine verborgene Wildheit, die er mit viel Energie zu unterdrücken schien, die aber unübersehbar und fühlbar von ihm ausging. Wollte sie ihn nach diesem kurzen Eindruck beurteilen, kam sie zu dem Ergebnis, daß er zu jenen Menschen gehörte, die entweder sehr erfolgreich im Leben stehen oder aber sich selbst mit unmöglichen Ansprüchen zerstören. Belustigt über ihre Gedankensprünge beobachtete sie den Mann, wie er ihre Kaftane in den Händen hin und her drehte. Das

Glitzern seiner Augen blieb ihr (und wie sie bemerkte, auch dem Marktschiffer) nicht verborgen.

Der schmächtige Kaufmann murmelte einen Preis. Gleia krauste angeekelt die Nase. Sie hätte ihren Kaufpreis gern gehört. Obgleich sie nicht beabsichtigte, Sklavin zu bleiben, hätte ein guter Kaufpreis doch ihrem lädierten Ehrgefühl wohlgetan und ihr später, wenn sie Shounach davon erzählte, Stoff zu Gelächter gegeben.

Lorenzai hob eine buschige Augenbraue und wandte sich zum Gehen. Eilig zupfte der Kaufmann ihn am Ärmel. Es folgte eine dringlich geflüsterte Unterhaltung. Der Kaufmann warf ihr über den Kopf des Kunden einen Blick zu, und das Lächeln, das er in ihrem Gesicht entdeckte, stachelte ihn dazu an, nun wirklich ernsthaft um sie zu schachern.

Sie wartete in dem kleinen Raum, bis Lorenzais Haushofmeister sie abholen kam. Er war ein kleiner braunhäutiger Mann, der Gleia kaum unters Kinn reichte. Sein Gesicht war rund und verschrumpelt und erinnerte an ein uraltes und böses Baby. Mit einem spöttischen Lächeln trat er neben sie und ließ das Sklaveneisen um ihren Nacken zuschnappen. Als sie sich erhob, betrachtete er sie übellaunig, ja bösartig, und stelzte hinaus, ohne sich darum zu kümmern, ob sie ihm folgen könnte.

Gleia unterdrückte behutsam ein Lächeln, als sie durch die engen Gänge zum Steg folgte, an dem ein Wassertaxi wartete. Sie würde sich niemals mit ihm vertragen können, dafür sorgte die Kopfeslänge, mit der sie ihn überragte.

Das Wassertaxi war ein schmales Boot mit eckigem Heck. Bunte, auf einen rechteckigen Rahmen gespannte Leinwand schützte die Passagiere vor der Sonne. Es gab drei Sitzplätze, einen im Bug, einen zweiten in der Mitte und einen dritten für den Bootsmann im Heck. Das Schiff stieß sanft vom Steg ab und glitt an den aufgereihten Werften vorbei. Gleia warf ihre Kapuze zurück und ließ den leichten Wind in ihrem schweißfeuchten Haar spielen. In dem kleinen Raum hatte es weder Luft noch Licht gegeben. Sie seufzte wohlig und kümmerte sich nicht darum, daß Ussuf sie hörte.

Hesh und Horli näherten sich dem Zenit. Hesh stand wie eine

kleine tiefblaue Perle neben Horli. Die Hitze stieg, und die morgendliche Betriebsamkeit des Marktes ebbte ab. Gleia starrte hinüber zu dem zweifarbigen Zelt, aber die Menge hatte sich zerstreut, und die Bühne stand leer. Sie war enttäuscht und erstaunt darüber, *wie* enttäuscht sie war. *Er ist fertig für heute, basta* – dachte sie. *Er kommt wieder, hoffe ich... noch haben wir nicht den Siebenunddreißigsten.*

Als der einäugige Bootsmann seinen angestammten Platz erreicht hatte, legte er das Boot an der Leiter an und wartete. Ussuf kletterte hinauf auf den Pier, warf dem Mann eine Silbermünze zu und stelzte von dannen. Gleia lächelte in sich hinein. Sie stülpte die Kapuze über und zog sich die Leiter hinauf. Sie eilte über die wurmstichigen Planken auf Ussuf zu, der sie schon mit Ungeduld erwartete. Er stand vor einer tiefen Rinne, die sich im schwarzen Gestein nach oben schlängelte.

Der Pfad stieg zu abrupt an, um ihn ohne Mühe erklimmen zu können. Ussuf wechselte immerfort das Tempo. Wenn er plötzlich langsamer ging, kam es zu Zusammenstößen, aber wenn er plötzlich losrannte, konnte sie ihm auf ihren schmerzenden Beinen kaum nachfolgen. Ihr Gleichmut schmolz dahin, und langsam fühlte sie eine heiße Wut in sich aufsteigen, die gut zu der Hitze paßte, welche das schwarze Gestein um sie her ausatmete. Sie strauchelte immer häufiger auf den kunstvoll aufgereihten Stufen. Oft mußte sie stehenbleiben und sich den Schweiß vom Gesicht wischen, da sie nicht mehr sehen konnte, wohin sie trat.

Als sie endlich den Gipfel erreichten, zitterte sie vor Wut und Erschöpfung. Keuchend und bebend sah sie ins Gesicht des Haushofmeisters, entdeckte seine kleinen erwartungsvoll glitzernden Äuglein und – lächelte. Sie war so wütend, daß sie kein Wort verlieren wollte. Seine Schadenfreude verschwand. Er hatte wohl Klagen und Beschimpfungen erwartet. Enttäuscht drehte er sich um und stapfte durch ein Tor in der Stadtmauer. Die Zipfel seines Burnus flatterten neben seinen Ohren wie Flügel. Gleia biß die Zähne zusammen und folgte ihm.

Ein Wachmann stand an die dicken vergoldeten Bohlen des Tors gelehnt. Gleia starrte ihn erschreckt an. Sein Lederkoller war über und über verziert, seine Augenbrauen vergoldet und sein Schnauzbart zu nadelspitzen Hörnern aufgedreht, die seitlich über den Kopfputz hinausstanden, welcher steife goldbestickte Flügel aufwies. Um seine Stirn war eine dicke goldene Kordel geschlungen, deren dichte Quasten über seinen Ohren baumelten und bei jeder Bewegung über seine Schultern strichen.

Ussuf wartete ungeduldig am Ende der engen Gasse, die durch ein Tor auf eine größere Straße führte. Sie hastete ihm nach, konnte sich aber nicht versagen, einen letzten Blick auf den Wächter zu werfen. Er machte ein stolzes Gesicht, als sich ihre Blicke trafen. Sicher glaubte er, er habe sie mit seinem Glanz geblendet. Gleia folgte Ussuf die breite Straße entlang und betrachtete mit Interesse die überladen dekorierten Häuserfronten, an denen sie vorbeikam. Die großen Gebäude waren aus demselben schwarzen Stein gebaut, aus dem die Klippen bestanden, und so kunstvoll gebildet, daß Gleia ihrer Bewunderung freien Lauf ließ. Wenige Menschen waren auf der Straße zu sehen, alle trugen das schwarz-weiß gestreifte Gewand der Sklaven. Gleia schüttelte den Kopf vor Erstaunen; sie fragte sich, ob die Thrakeshs nicht doch langsam degenerierten und ob es mit der berühmten Kraft, mit der sie prahlten, vielleicht nicht allzu weit her sei. Dieser lächerliche Wächter...

Gleia summte leise vor sich hin, als sie sich über den zarten Stoff beugte und mit geschickten Fingern die Nadel rasch und genau hin- und hergleiten ließ. Die Öllampe warf ihr ruhiges Licht auf die breiten Ärmelborten und die dichte verschlungene Stickerei aus olivgrünen und ockergelben Weinblättern. Eine fertige Borte lag neben ihrem Arbeitstisch, sie brauchte nun nicht mehr viel Zeit, um auch die zweite zu vollenden.

Sie gähnte. *Ich brauche eine kurze Pause,* dachte sie; sie legte die Arbeit beiseite und erhob sich. Sie durchschritt den schmalen Raum und rieb dabei ihr Brandmal auf der Backe. Sie lehnte sich an die Fensterbrüstung.

Der kleine Zeb war nur als schwaches Licht auszumachen, das im milchigen Nebel schwamm. Aab stand als opalene Sichel am Horizont wie ein abgeschnittener Fingernagel. Gleia seufzte und lockerte die Schultern, stützte den Kopf auf ihre gekreuzten Arme und blickte über den Hafen von Thrakesh hin.

Aab stieg höher und überzog die Wellenberge mit seinem Silber. *Skavin.* Gleia zog eine Grimasse und blickte über das schimmernde Wasser. *Morgen,* dachte sie. *Irgendwie komm' ich morgen raus und suche nach ihm.* Sie ließ ihre Augen über die dunkle Masse des Marktes gleiten und betrachtete die winzigen Lichtpunkte, die die Position der großen Schiffe angaben, welche im Brackwasser ankerten. *Möcht' wissen, wo er steckt.* Wieder seufzte sie und schob sich dann vom Fensterbrett weg.

Als sie sich erneut über ihre Arbeit beugte, stellte sie sich die reich verzierten Steinfassaden der Häuser vor. *Ich könnte an den steinernen Schnitzwerken hinunterklettern,* dachte sie. *Muß allerdings über die Mauer. Das wird nicht allzu einfach sein.* Sie lachte in sich hinein, als sie sich Lorenzais Reaktion auf ihre Kletterpartie vorstellte. Kein Mann, den man ohne weiteres abtun konnte – ihr neuer Herr! Sie zog die letzten Stiche fest und hielt die Bordüre unter die Lampe, um zu prüfen, ob noch etwas zu tun blieb. Ihr Herr duldete keine schlampige Arbeit; er ließ sich auch nicht übers Ohr hauen. Sie nickte. Gut gelungen! Einfach, aber dekorativ. Sie wickelte die Ärmel in ein Stück Musselin und legte sie beiseite. Dann erhob sie sich, streckte sich und gähnte. *Ein langer Tag.* Sie hob den Schirm, blies die Lampe aus und drehte den Docht herunter. In der Dunkelheit, die entstand, malte Aab ein silbernes Rechteck auf den Fußboden neben der Tür. Sie streckte Aab die Zunge heraus, legte sich auf ihr Bett und stöhnte. Später erhob sie sich wieder und öffnete die Tür einen Spalt. Kein Geräusch war zu hören, nichts, kein Zeichen, daß jemand draußen war. Sie schlüpfte hinaus.

Draußen brannte eine einzige einsame Öllampe, dort wo der Gang in einen weiteren Korridor mündete. Die Dämmerung war nur rund um die Lampe kreisförmig erhellt. Gleia runzelte die Brauen, schloß die Augen und versuchte in ihrer Erinnerung zu rekonstruieren, wie sie hier hergebracht worden war; dann richtete sie sich auf und stützte sich an die Wand. Ihre Finger tasteten Stein um Stein den Gang hinunter.

Langsam und behutsam arbeitete sie sich durch das Labyrinth

der Korridore, durch die Schlafsäle der Sklaven unter dem Dach und dann die enge Treppe hinunter in das untere Stockwerk. Eine dicke Eisengittertür versperrte ihr den Weg und wurde durch ein grobes Schloß gesichert. Sekundenlang stand sie da und betastete das Schloß; ihre Gedanken eilten zurück in ihre Kindertage und zu den Unterrichtsstunden, die ihr der Boß ihrer Kinderbande hatte angedeihen lassen. Es war alles viel zu lange her. *Wirklich? Hab' ich das Fingerspitzengefühl verloren? Ich besaß kein Werkzeug.* Sie seufzte und machte sich daran, wieder die Treppe hinaufzusteigen.

Jemand klopfte laut an ihre Tür, und sie fuhr noch halb im Schlaf in die Höhe. Sie ächzte und rieb sich die verklebten Augen. Im trüben roten Zwielicht stand sie widerstrebend auf und taumelte zu dem wackligen Tischchen am Fußende ihres Bettes. Mit beiden Händen hob sie den schweren Krug und goß Wasser in die Schüssel. Die Nacht hatte dem Wasser eine angenehme Kühle verliehen, und als sie sich das Gesicht benetzte, verschwand ihre Schläfrigkeit.

Als sie damit fertig war, schüttete sie das Wasser aus der Schüssel in den Eimer und setzte sich aufs Bett, um sich das Haar zu kämmen. *Hier oben ist nichts zu machen,* dachte sie. *Ich muß nach unten gelangen.* Der Kamm kratzte über ihren Sklavenring. Sie steckte einen Finger zwischen Ring und Hals und ließ ihn entlang der Innenkurve gleiten. *Man muß das Ding irgendwie loswerden.* Plötzlich fiel ihr der Ring ein, den die Thissiks im vergangenen Frühjahr um ihren Hals gelegt hatten. *Wenigstens wird dieser hier nicht explodieren,* dachte sie. *Möchte wissen, was du hier treibst, Gaukler! Ich wollt', ich könnte mit dir abhauen.* Ungeduldig riß sie den Kamm durch die letzten Strähnen, band das Haar mit einem Stofffetzchen zusammen und schlüpfte in den Sklavenkaftan. Sie wand sich hin und her, bis er faltenlos um ihre Hüften lag und machte sich dann zum Frühstück auf.

Wie sie fast erwartet hatte, verhielten sich die weiblichen Sklaven ihr gegenüber nicht anders als Ussuf. Sie wurde hier und da heimlich gestoßen und gezwickt oder auch nur böse angestarrt. *Ein kleiner Mann, der alle Menschen haßt, die größer sind als er,* dachte sie, *vor allem Sklaven mit gewissen Privilegien. Und die Frauen tun es ihm gleich*... Sie blickte um sich und über die mürrischen Gesichter hin, dann sah sie auf ihren Teller und aß den Brei mit einer Hingabe, die er schwerlich verdiente. Wieder umgab sie die Einsamkeit, auch hier war niemand, dem sie vertrauen, mit dem sie lachen, streiten und sich necken konnte. Sie biß in das Stückchen Quellafrucht neben ihrem Teller. *Langsam werde ich weich. Hab' doch nie Gesellschaft gebraucht. War zufrieden allein. Tetaki, Temokeuu-mein-Vater, Jevati, Shounach – ihr habt mich verwöhnt.* Sie wusch die Frucht mit einem letzten Schluck Tee hinunter, als wollte sie die Dornen der Einsamkeit mit fortspülen.

Nach dem Frühstück arbeitete Gleia viele Stunden in der ihr zugewiesenen Nähkammer. Sie entwarf neue Muster und wartete, bis man sie rief. Gegen Mittag schwebte ein zartes blondes Mädchen zu ihr herein und winkte ihr mitzukommen. Gleia bemerkte den Ring um ihren Hals und war sofort verstimmt. Das Kind erschrak sichtlich, als es den zornigen Blick auffing, aber Gleia hatte sich schon wieder in der Hand und sagte: »Was gibt's, Kleine?«

Das Kind berührte ihre Lippen, schüttelte den Kopf und winkte wieder.

Am Eingang des Labyrinths nahm sie ein alter Mariti-Sklave in Empfang. Er war zungen- und augenlos, wickelte weiche weiße Tücher um ihre Gesichter und führte sie durch das Labyrinth.

Das verhexte Labyrinth bestand aus großen Räumen, Vorzimmern, verschiebbaren Wänden und Sackgassen. Wenn Lorenzai es befahl, wurde die Route durch verschobene Wände verändert, die neue Räume öffneten oder schlossen. Nur durch das Labyrinth war es möglich, in die Gemächer des Herren zu gelangen.

Gleias Entschlossenheit erhielt durch ihre steigende Mißstimmung gleichsam Zunder. Sie verfügte über ein Talent, das sie geübt hatte, noch ehe sie laufen lernte: einen untrüglichen Sinn für Richtung, ein Gedächtnis für Orientierung, das sie nie im Stich ließ. Als der Stumme sie lautlos durch die Gänge führte, merkte sie sich jede Biegung und jede Kurve und zählte im stillen die Schritte mit. Sie kamen in einen großen leeren Raum am anderen Ende der verschlungenen Gänge an, und der Alte nahm ihnen das Tuch von den

Augen. Gleia aber wußte, daß sie den Weg wiederfinden würde, wann immer sie es wünschte.

Amrezeh, Lorenzais Frau, saß auf ihrem breiten Bett. Sie trug ein grünes Spitzenbettjäckchen. Ihr kleines spitzes Gesichtchen leuchtete vor Neugier. »Du bist also die Neue«, sagte sie.

Gleia neigte den Kopf. »Ja, Herrin.«

»Lorenzai erzählt mir, daß du sehr gut arbeitest. Er sagt, er habe dir gestern eine Probeaufgabe gestellt, um zu sehen, wie deine Stikkerei mir gefällt. Bist du fertig?«

»Ja, Herrin.« Gleia neigte wieder den Kopf und streckte ihr die beiden Ärmelbordüren hin.

»Bring sie hierher!« Als Gleia nähertrat, bemerkte Amrezeh die Narben auf ihrer Wange. Sie rang nach Atem und drückte ihre kleinen Händchen gegen die Lippen. Als sie sie sinken ließ, glitzerten ihre Augen vor Sensationslust. »Was ist mit deinem Gesicht passiert? Zeig her!« Sie berührte die Buchstaben, die in Gleias Backe gebrannt worden waren, mit samtenen Fingerspitzen. »Gebrandmarkt! Was bedeutet das?«

Gleia schwieg minutenlang. Die Brandnarben waren ihr Talisman, und sie sprach nur widerstrebend darüber. Es fiel ihr immer schwerer, die Rolle der Sklavin zu spielen. Sie schwieg zu lange, und Amrezehs Brauen hoben sich. Sie hatte es nicht gerne, wenn sie auf ihre Sklaven warten mußte. Gleia zwang sich, die Hand zu heben und das alte Mal zu berühren. »Das zeichnet mich als eine ertappte Diebin, die Knechtsdienst tun mußte, wohin man sie schickte, Herrin. Der Kadiff steckte mich zu einer Kaftanmacherin, die mir meine jetzigen Fähigkeiten einprügelte.« Sie berührte nun das zweite Mal. »Und die es mir dadurch ermöglichte, mich loszukaufen. Das Mal hier bedeutet: ›losgekauft‹.

»Und schon wieder Sklavin.« Amrezeh seufzte leise, aber ihre Äuglein glitzerten. »Sicher hast du tolle Geschichten auf Lager.« Sie zog ein Schmollmündchen. »Ich war im Hause meines Vaters eingesperrt und habe es erst verlassen dürfen, als ich hierherkam, um wieder eingesperrt zu werden.« Gleia bemerkte die leise Melancholie in diesen Worten und fühlte, daß Amrezeh die Wirkung ihrer Worte auf sie beobachtete und dann geschickt hinzufügte: »Ich will nicht sagen, Lorenzai wäre nicht nett zu mir. Es ist nur, daß ich mich hier so furchtbar langweile! Schluß damit!« Sie zog die Knie an und umschlang sie mit den Armen. »Laß mich die Borten genau betrachten. Hier, setz dich näher, damit ich nicht so schreien muß!« Sie wies auf einen niedrigen Schemel neben dem Bett.

Gleia ließ sich nieder, und Amrezeh untersuchte die Stickerei mit kritischen Augen. Sie strich mit ihren Fingern über die Stiche, um zu prüfen, ob sie klein, fest und dicht beisammen waren. Sie betrachtete das Muster als Ganzes. »Bist du heute damit fertig geworden?«

»Ein einfaches Muster, Herrin. Ich habe bis in die Nacht hinein gearbeitet. Der Herr befahl mir, die Arbeit fertigzumachen, ehe ich schlafen ging.«

»Hm.« Sie zog die Borten durch ihre weichen blassen Finger. »Einfach, aber bezaubernd. In einem Tag...« Sie sprach den Satz nicht zu Ende, sondern richtete ihre lebhaften blauen Augen auf Gleia. »Wie nennst du dich, Mädchen?«

»Gleia, Herrin.« Sie senkte die Augen und bewegte behutsam die Schultern. Es bereitete ihr körperliche Schmerzen im Rücken, die unterwürfige Sklavin zu spielen, es brannte hinter ihren Augen. Sie empfand Amrezehs Freundlichkeit verführerisch. Sie durchbrach damit ihre Verteidigung und verlockte Gleia dazu, ebenso warmherzig auf sie einzugehen. Aber sie hatte damals auf den Straßen von Carhenas gelernt, skeptisch zu sein und niemandem zu vertrauen, da dies Schmerzen oder gar Tod hätte bedeuten können. Das Pergamentpapier mit den Entwürfen knisterte unter ihrem festen Griff.

Amrezeh entdeckte die Entwürfe sogleich und rief: »Zeig mal, was du da hast!«

»Wenn es Euch gefällt... Herrin.« Gleia legte die Rollen in die ausgestreckte Hand. »Während ich darauf wartete, zu Euch gerufen zu werden, habe ich ein paar neue Entwürfe vorbereitet...«

Das feste Pergamentpapier knisterte laut, als Amrezeh die Zeichnungen auseinanderrollte. Der erste Entwurf zeigte Fische und Wellen, die sich abwechselten, stark stilisiert in der Darstellung, mit eckigen Umrissen. Farbproben waren in verschiedenen Tuscheschattierungen von perlgrau bis tiefschwarz angegeben. Das Muster hatte einen eigenartig wellenförmigen Rhythmus. »Oh, wie ungewöhnlich, wie hübsch!« Amrezeh lächelte Gleia zu. »Du hast wahrhaftig Talent.« Sie legte das Blatt zur Seite und griff nach dem nächsten.

Der zweite Entwurf zeigte ineinander verschlungene abstrakte Formen von unregelmäßigem Umriß, die in dem Schwarz und Grau der Tusche nicht allzu beeindruckend wirkten. Amrezeh trommelte nachdenklich mit den Fingerspitzen auf das Pergament und schloß dann die Augen. Auf ihrem hübschen Gesicht lag ein kleines Lächeln. Sie wandte sich abrupt Gleia zu und sagte: »Du schmeichelst mir.«

Gleia senkte den Kopf. Sie empfand Überraschung. Sie hatte keine Schmeichelei für Amrezeh im Sinn gehabt. Sie hatte nicht geglaubt, daß ein ungeübtes Auge irgend etwas Besonderes an diesem Entwurf würde erkennen können. Sie hatte ihn zu ihrem eigenen Vergnügen gezeichnet. »Nein, Herrin«, sagte sie leise. Hinter ihren Augen pulste der Schmerz. Sie ärgerte sich über sich selbst, weil sie die Entwürfe hergebracht hatte und damit diese demütigende Unterredung noch verlängerte.

Die kleine blonde Frau lächelte und legte den zweiten Entwurf beiseite. Auf den dritten brauchte sie nur einen Blick zu werfen. Eine einfache Kette von Frühlingsblumen, nicht besonders anspruchsvoll. Amrezeh griff nach den beiden ersten Entwürfen und betrachtete sie erneut, dann griff sie nach dem Klingelzug.

Das zarte blonde Kind wehte herein und sank vor dem Bett auf die Knie, bis ihre Stirn den Teppich berührte. »Geh ins Vorratshaus«, sagte Amrezeh mit lebhafter Stimme. »Bring mir blaugrünen Avrishum und weißen Katani, verstanden?«

Die flaumigen blonden Locken flogen, als das junge Mädchen mit dem Kopf nickte, mit gemessener Anmut aufstand und aus dem Zimmer ging.

Amrezeh griff nach dem Entwurf mit den Wogen und Fischen. »Den zuerst, glaube ich. Ich kann es kaum mehr abwarten, das gestickt zu sehen. Wie lange, glaubst du, wirst du brauchen, um den Kaftan fertigzustellen? Kannst du zuschneiden?«

»Herrin, ich weiß nicht genau, ich muß sehen, wie das Material ist, dazu brauche ich Zeit. Wenn Sie jemanden haben, der zuschneiden kann, ist es sicher besser, Sie geben ihm diese Arbeit. Ich habe nie gelernt, wie man zuschneidet.«

Die kleine Sklavin verschwand fast hinter den riesigen Stoffballen, als sie durch den Türrahmen stolperte. Sie zögerte dort und wartete auf die Erlaubnis, eintreten zu dürfen. Amrezeh lächelte freundlich und sagte: »Bring sie hierher, mein Kind. Leg sie da neben mir aufs Bett. So, nun wart bitte draußen, bis ich dich rufe!«

Der Avrishum war von grün-blauer Farbe und dort, wo das Licht ihn berührte, dunkelte er in sanftem Grau-Grün nach. Ein wunderschönes Material und sehr geeignet als Hintergrund für das Fischmuster. Gleia erschrak, als sie so nebenher einen Eindruck von Lorenzais Reichtum erhielt. Eine Körperlänge dieses Materials kostete mehr als das, was er für sie bezahlt hatte. Neben dem Avrishum sah der weiße Katani, der auch ein seltenes und teures Material war, fast gewöhnlich aus. Er war steif und unendlich fein gesponnen, so daß er fast durchsichtig wirkte.

»Ich glaube, der Avrishum paßt für die Wogen und Fische. Der Katani sollte gut mit dem abstrakten Muster aussehen.« Amrezeh wandte sich Gleia zu und hob fragend eine Augenbraue.

Gleia sah mit ihrem geistigen Auge bereits die hellen Farben und Formen, die mit dem durchsichtigen Stoff, dem weißen Katani, kontrastierten. Solch ein Kleidungsstück sähe sicher sehr extravagant aus. Sie warf Amrezeh einen Blick zu. *Vielleicht wär' das ein bißchen zu stark für sie,* dachte sie. *Nicht, daß ich sie gut kenne. Mich macht nur nervös, wie sie Theater spielt; ob sie das wohl für mich tut? Wenn ja, warum? Irgendeine innere Unruhe treibt sie an. Sie muß jeden Menschen, der in ihre Nähe kommt, für sich gewinnen, ehe sie ihn fallenläßt. Was kann es nur sein, das sie dazu bringt, ein so zurückgezogenes Leben zu führen? Oder ist es nicht so zurückgezogen?* Das Benehmen der Frau war wie eine kleine Botschaft für Gleia, die ihr mitteilte, daß unter ihrem freundlichen Wesen eine uneingestandene Schwäche lag, die sie verbergen wollte und die sie allzu stark kompensierte. Habbiba hatte so ausgesehen wie sie, wenn sie versuchte, noble Kunden zu beeindrucken. *Wie jung ich damals war, und doch konnt' ich's riechen, wenn Habbiba Theater spielte. Und jetzt kann ich's wieder riechen,* dachte sie.

Amrezeh ließ ihren Daumen über den Avrishum gleiten. »Du wirst Faden brauchen.« Sie schlüpfte aus dem Bett und ging barfuß hinüber zu dem überladenen Schminktisch unter dem Spiegel. Sie öffnete eine reichverzierte kleine Kassette, grub die Finger tief hinein und brachte eine Handvoll Goldmünzen zum Vorschein.

»Komm hierher, Mädchen!«

Gleia trat außen um das Bett herum und nahm die Münzen entgegen.

Amrezeh legte den Kopf schief und betrachtete Gleia von unten nach oben. »Hör mir zu. Ich möchte, daß du hinuntergehst zum Markt und den Faden kaufst. Außer dir würde ich wohl niemanden damit betrauen. Merk dir, ich wünsche Qualität, schachere nicht darum, wenn die Fäden gut sind. Auf der anderen Seite ist es auch nicht nötig, daß du besonders extravagant einkaufst. Was du da hast, wird dir reichen...« Sie hielt inne und runzelte die Brauen. »Nein, wart mal.« Sie drehte sich um und lief an Gleia vorbei durch eine kleine Tür, die Gleia vorher schon bemerkt hatte. Minuten später kam sie zurück und hielt einige Silberdrachs in der Hand. »Die brauchst du für den Bootsmann. Eine Drach genügt, um dich hin- und herzufahren. Laß dir nicht mehr abknöpfen. Sei bitte zurück zum Mittagessen.« Sie lächelte und zeigte dabei ihre schönen Zähne. Ihre blauen Augen zwinkerten. »Meine Liebe, ich rate dir, laß dich nicht in Versuchung führen. Es ist traurig, aber wahr, du hast nicht die mindeste Chance zu entwischen.«

Gleia ging an dem aufgetakelten Wachmann vorbei, der sich vor Stolz aufblähte und ihr ins Auge blickte, daß sie Lust hatte, ihm eine Ohrfeige zu verpassen. Sie stieg den Pfad durch die schwarzen Felsen hinunter und blieb auf halbem Wege stehen, um sich an die Steinwand zu lehnen und hinaus über die Bucht zu blicken. Sie konnte schon die Spitze des orange-blauen Zeltes erkennen, das drunten im Marktgetümmel über der Bühne gespannt war. Sie seufzte, wischte den Schweiß von der Stirn und machte sich wieder daran, den gewundenen Pfad zum Markt hinunterzusteigen.

Die Boote am letzten Pier waren nicht allzu neu und sahen heruntergekommen aus. Man konnte faulige Stellen in den Leinwandbespannungen sehen, Farbe blätterte vom Holz. Das Boot, das am schlimmsten aussah, stand halb unter Wasser. Die Bootsmänner paßten zu ihren Schiffen; es waren häßliche Männer, denen man nicht trauen konnte. Gleia wanderte weiter und blieb neben dem Boot des einäugigen Bootsmannes stehen. Sie zog eine Silberdrach aus dem Ärmel.

Der einäugige Mann schüttelte seinen Kopf gemächlich und sagte: »Zwei.«

Gleia hob eine Augenbraue und erwiderte: »Eine.«

»Zwei.« Der Bootsmann blickte höhnisch zu den heruntergekommenen Booten hinüber und fügte hinzu: »Aber vielleicht willst du schwimmen...«

»Eine. Zum Schwimmen habe ich keine Lust.«

Der Bootsmann grunzte und streckte ihr die Hand hin. Gleia warf die Münze in die Luft, und trotz seines fehlenden Auges fing er sie geschickt im Fluge. Er bewegte sich mit kleinen ruckartigen Bewegungen, ließ sich auf den Sitz fallen, wendete das Boot und trieb es parallel zum Dock.

Affengewandt kletterte Gleia die Leiter hinunter und ließ sich auf den Mittelsitz fallen.

»Zum Laden von Shahd, dem Fadenhändler!« rief sie lebhaft.

Als das Bootstaxi durch das offene Wasser fuhr, entdeckte sie, daß die Menschenmenge dicht unter dem großen Zelt stand und daß Shounach eine Vorstellung gab. Gleia hob eine Hand und sagte: »Warte, fahr mich dort hinüber!« Sie wies mit dem Finger.

Der Bootsmann gehorchte ihr schweigend. Er brachte sie zum Steg und wartete ruhig, bis sie ausgestiegen war. Gleia griff in ihren Ärmel und warf ihm eine zweite Drach zu. »Warte hier bis ich zurück bin! Danach will ich zu dem Fadenladen gefahren werden.«

Er hob die Schultern und rollte sich zum Schlafen ein, um zu warten, bis sie zurückkommen würde.

Gleia blieb stehen und betrachtete ihn einen Moment von oben. Ihre Finger streichelten abwesend das Wappen des Hauses, das man auf ihre rechte Schulter genäht hatte. Dieses Zeichen war es, was ihr die Höflichkeit der Leute eintrug. Auf eine seltsame Weise hatte sie die Macht der Lorenzais hinter sich. Sie rieb sich die Nase und wandte sich um, um die Menschenmenge zu begutachten, die um die Bühne stand.

Außen herum standen die Menschen nur vereinzelt, und es fiel Gleia leicht, sich einen Weg durch die Zuschauer zu bahnen. Es waren meistens Männer, und um sie her lachte und schrie es, einige klatschten auch in die Hände. Als sie sich der Plattform näherte, wurde die Menschenmenge dichter und schweigsamer. Es war hart, sich einen Weg zu bahnen. Sie stieß und wand sich durch die Leute, keiner kümmerte sich um sie, denn alle starrten fasziniert auf die Bühne. Endlich gelang ihr der Durchbruch, und sie trat dicht an die Bühnenrampe und blickte hinauf. Sie schloß ihre Hände um die hölzernen Leisten am Rand der Bühne, stützte sich ab und schob ihren Körper zurück, bis es ihr gelungen war, sich einen Platz zum Atmen freizuschaffen. Die Männer starrten auf die Bühne und wehrten sich nicht. Dann hob sie die Augen, sah hinauf und traf Shounachs Blick.

Sie mußte schlucken, in ihr wuchs die Erregung, sie warf die Kapuze zurück, um ihm ihr Gesicht zu zeigen, und ließ dann ihre Fingernägel gegen den Sklavenring um ihren Hals klappern.

Er nickte, sein bemalter Mund verzog sich kurz zu einem Grinsen, sein Auge zwinkerte. Und dennoch verfehlte er nicht ein einzigesmal eine der blauen Kugeln, die um sein weißbemaltes Gesicht kreisten.

Sie beobachtete ihn eine Weile. Nun fing er an, sich langsamer um sich selbst zu drehen. Er stand auf den Zehenspitzen, und während er sich drehte, verfehlte er keine aus dem Schwarm der blauen Kugeln, die glitzerten und einmal vielzählig, dann wieder nur einzeln durch die Luft zu fliegen schienen. Als er wieder mit dem Gesicht zu ihr stand, lösten sich die blauen Kugeln mit einemmal auf, wurden breiter, bis zur Größe eines Kopfes, verschwammen, glitzerten auf und verschwanden. Statt ihrer kreisten mit einemmal ein paar kleine goldene Drachen um das weiße Gesicht. Die Drachen schnauften, ringelten die Schwänze und streckten winzige flammende Zungen aus ihrem Rachen; sie stiegen und fielen wie Springbrunnen und umkreisten flatternd das maskengleiche Gesicht des Gauklers. Aber dann verwandelte sich ein Drache nach dem anderen in ein rotglänzendes Juwel mit vielen Facetten, in denen sich die Sonne fing und blutrote Strahlen über die Menge hinschickte und oben auf dem Leinendach tanzen ließ. Die Juwelen rundeten sich zu Bällen, hüpften und kreisten, vermehrten sich und nahmen ab. Der Gaukler stand auf seinen Zehen, ließ sich dann nieder und saß mit gekreuzten Beinen, während die Kugeln immer langsamer um ihn kreisten. Nun kreisten sie schneller, färbten sich lila, dann blau, waren kaum noch zu sehen, so schnell glitten sie durch seine Hände...

Gleia blinzelte und riß ihre Augen von dem Schauspiel los. Die Zeit verging, und sie konnte es sich nicht leisten, die Herrin warten zu lassen. Sie betrachtete den Himmel. Hesh lugte schon hinter Horli hervor, und beide waren zu einem Drittel über dem Osthimmel aufgestiegen. Sie seufzte und begann, sich einen Weg durch die Menge zu bahnen.

Der Bootsmann legte das Schiff quer zum Pier an und befestigte es an der Leiter. Gleia stieg auf. Sie drückte das Paket mit den Fäden an ihre Brust und schlenderte langsam und ohne große Hast das Pier hinunter und den aufsteigenden, schwarzen Steinklippen entgegen. Als sie die Augen hob und den gewundenen Pfad zur Stadt hinauf betrachtete, fühlte sie rebellische Gedanken in sich aufsteigen. Das morgendliche Theater, das sie mit der Herrin hatte erleben müssen, hatte ihre Nerven strapaziert. Sie wußte, daß sie dasselbe nicht noch einmal aushalten konnte, jedenfalls brauchte sie eine kleine Pause. Sie trat zur Seite, wandte sich um und ging zum Pier zurück. Ihre Augen strichen über das große Tor und blieben dort hängen. Hier gab es großes Getümmel. Wassertaxis schossen hin und her, Männer, die in Gruppen zusammenstanden, gestikulierten und schrien, Musikfetzen aus den Tavernen wehten herüber. Sie fing an, an den Werften entlangzugehen, um sich zu den Tavernen, die in der Mitte der Bucht lagen, zu begeben. Während sie ging, blickte sie um sich und warf neugierige Blicke in die kurzen Nebenstraßen. Hinter den großen Lagerhäusern lagen Haufen von Treibholz, Abfall und Tang, wie riesige Nester an die Steine gespült. Dort lagen auch hier und da betrunkene Männer und schliefen. Sonst gab es wenig Leute, die herumgingen oder arbeiteten.

Die Werften waren meist leer, die Schiffe, ausgeladen und ohne Fracht, lagen vor Anker. Im Brackwasser kostete der Ankerplatz weit weniger als in der Mitte der Bucht. Viele Kapitäne und Marktschiffer waren damit beschäftigt zu handeln, und das geschah in den gemieteten Barken am Rande des Marktplatzes. Die Schiffe hatte man hier zurückgelassen, sie schaukelten auf den Wellen und knarzten leise unter der sanften Brise, während schläfrige Wachen zusammengerollt in den wenigen schattigen Plätzchen an Deck lagen und schliefen. Es gab viele Diebe unter den Schiffbrüchigen, die in den Lagerhäusern verkrochen lebten. Sie waren gefährlich, denn die Verzweiflung brachte sie so weit, daß sie vergaßen, welche Strafe in dieser Stadt auf Diebereien stand: Diebe wurden zu Tode gefoltert.

Am Ende der Bucht lagen die Häuser verschlafen in der wachsenden Mittagshitze, und deshalb erschrak Gleia, als eine rauhe Stimme rief: »He da, Mädchen.«

Sie fuhr herum, einen Augenblick konnte sie nichts zwischen den Mauern entdecken, aber dann gewahrte sie eine winkende Hand. Ein großer fetter Mann lümmelte in dem schmalen Schatten eines Lagerhauses. Sein Gesicht war rund wie ein Mond, und Schweißperlen standen auf seiner Oberlippe. Zwischen seinen Bartstoppeln trug er ein breites, freundliches Grinsen, und seine blutunterlaufenen Augen zwinkerten. Um sein Gesicht stand weißes Haar, fettig und schmutzig, mit einem Kranz wie ein Heiligenschein. Als sich ihre Blicke trafen, wurde sein Grinsen noch breiter. Er hob sein Doppelkinn in ihre Richtung und rief: »Möchtest du 'nen Schluck?«

»Warum nicht?« Sie schlenderte über die wurmstichigen Planken und ließ sich in dem engen Schatten neben dem Lagerhaus nieder. Sie warf einen Blick über ihre Schulter und betrachtete die Sonnen. »Dein Hirn muß ja braten, wenn du hier ohne Hut sitzt.«

Er kicherte. »Nicht schlecht gesagt.« Er schlug sich auf sein fleischiges Knie und hob dann sein zerrissenes Kleidungsstück, so daß es für Sekunden wie ein Zelt um ihn her stand. »Schlimmer noch ist's, wenn ich mich bewege, dann geht mir aber echt der Saft aus.« Er reichte ihr die lederne Flasche und sah ihr beim Trinken zu. »Bist neu hier, was?«

Sie schob den Korken in den dünnen Flaschenhals und gab sie ihm zurück. »Vielen Dank. Ja, ich bin neu. Wie hast du das gewußt?«

»Hab' ich mir doch gedacht; drum hab' ich auch gerufen. Hier gibt's nur eine Sorte Frauen. Das weißt du natürlich noch nicht. Aber ich hab' gedacht, ich überlass' es dir zu entscheiden, was für ein Spiel du haben willst.«

Sie saß mit gekreuzten Beinen zu seinen Füßen und sah hinüber zum Scheitel der Bucht. Es kam ihr vor, als liefen dort immer mehr Leute zusammen. Es war ein Gewühle und Gedränge, daß sie schaudern mußte. »Vielen Dank für den Wein, alter Mann. Und das Spiel, von dem du redest, paßt mir nicht.« Sie fuhr zusammen und zwinkerte, als ein tiefer Gongschlag über das Wasser dröhnte. »Was soll das?«

Der alte Mann zog eine Grimasse und ließ einen Strahl roten Weins in seinen Mund spritzen. »Machen das große Tor auf«, grunzte er. Er zog die Nase hoch. »Schau hin, Mädchen, wirst was zu sehen kriegen.«

Gleia legte den Kopf schief und beschattete die Augen mit der Hand.

Die massiven goldenen Tore öffneten sich in der Mitte, und die beiden Türflügel drehten sich ganz langsam nach außen, bis die Tür völlig offen stand. Sie sah zu und staunte. Über dem Tor befand sich eine schwere, massive Holzkonstruktion, die sich plötzlich langsam bewegte und herüberschwang, während in dem Torbogen eine breite, hölzerne Plattform erschien. Die Plattform war reich geschnitzt und mit vergoldeten Geländern gesäumt. Wieder erklang der Gong, und als das Echo verflogen war, bemerkte Gleia ein paar dunkle Gestalten, von denen sie aus der Ferne nur den Umriß erkennen konnte und die hinter den vergoldeten Geländern der Plattform erschienen. Zwei dieser Gestalten griffen nach einer dritten, die in der Mitte stand, und warfen sie über das Geländer hinunter. Der Schrei hallte wider im ganzen Hafen, der Körper drehte sich und fiel auf die Gebäude im Scheitel der Bucht zu, tiefer und immer tiefer, bis ein kleines, abscheuliches Geräusch zu hören war und plötzliche Stille eintrat.

Gleia drückte ihre Hand gegen den Mund und schloß die Augen. »Warum?« Sie zog die Hand weg. »Sie haben ihn absichtlich heruntergestürzt, warum?«

Sie hörte, wie der Wein in der Flasche gluckerte, als er einen langen Schluck nahm. Sie sah zu ihm auf und bemerkte, wie er die halbleere Lederflasche gegen seine Brust drückte. Mit der freien Hand rieb er sein Gesicht, dabei entstand ein raschelndes Geräusch. »Ayandar schickt sich an herabzusteigen. Er läuft nicht wie ein gewöhnlicher Mensch. Er hat diesen Madar-verdammten Lift. Er traut ihm nicht. Er sagt, der Stein durstet nach Blut, und er möchte nicht, daß er sein Blut bekommt; und deshalb gibt er ihm schon vorher das Blut, das er braucht.«

»Das ist ja Wahnsinn!«

»Nun, das ist er wohl – wahnsinnig. Aber das darf man hier herum nicht allzu laut sagen.«

Er hob die halbleere Weinflasche in Richtung der Stadt auf der Klippe. »Er wird jeden Tag verrückter«, sagte er und betupfte sein schwitzendes Gesicht. »Jetzt hat er sich schon mit den Kaufleuten angelegt. Die nehmen viel ein, mag schon stimmen. Aber darum geht's nicht. Eines Tages werden sie ihn schnappen und ihn über die Klippe stürzen, genau wie den armen Hund vorhin.« Er winkte mit seiner breiten fleischigen Hand gegen den Markt hinüber. »Wenn du hörst, was sie da unten sagen...« Er hielt inne und nahm noch einen Schluck. »Die würden ihn lieber heut' als morgen runterstürzen, jawohl! Angst haben sie nur vor den Apartas – das sind die Leibwachen des Ayandar.«

Sie nahm ihm die Lederflasche ab. »Alter Mann – du redest zuviel.«

Er grinste sie vage an, freundlich, aber nicht mehr ganz bei sich. »Du wirst mich doch nicht verraten, süße Kleine?«

»Natürlich nicht.«

»Wie dem auch sei, wer paßt schon auf, was so ein altes Wrack wie ich schwätzt? Möchtest wohl noch mal trinken? Nein. Gib mir die Flasche zurück!«

Sie seufzte und reichte ihm den Wein. Sie griff in ihren Ärmel und zog eine Handvoll Münzen heraus, die ihr beim Kauf der Fäden übriggeblieben waren. Mit einem zweiten Seufzer warf sie zwei Silberdrachs auf den dicken hervorstehenden Magen des alten Mannes. »War schön, mit dir zu sprechen.« Sie erhob sich, streckte sich und gähnte. »Wird Zeit, daß ich heimgehe.«

Er suchte die Münzen aus den Falten seines Gewandes. »Mädchen, die ziehn dir die Haut ab, wenn du heimkommst und kein Geld zurückbringst. Hier!«

Sie stieß seine Hand zurück. »Die Herrin hat überhaupt nicht abgezählt. Behalt das verdammte Geld! Besser du hast es als sie, alter Mann.« Sie lachte und hüpfte an den Werften entlang.

Sie machte sich daran, durch die schwarzen glatten Klippen zur Stadt hinaufzusteigen. *Es wird nicht lange dauern, und der ganze Ort fliegt in die Luft*, dachte sie. *Bei Madar! Ich muß von hier fort. Ich brauche Geld. Oder etwas, was ich zu Geld machen kann. Heute nacht. Heute nacht werde ich mir darüber den Kopf zerbrechen.*

Es war schon spät, als Gleia in dieser Nacht das Stück Avrishum, an dem sie gearbeitet hatte, zur Seite legte und sich die Augen rieb. Sie erhob sich und trat ans Fenster. Sie lehnte sich an die Brüstung und sah hinaus. *Dichter Nebel, heute nacht*, dachte sie.

Aab schwamm wie ein Geist hinter vielen schimmernden Wolkenvorhängen. Das Wasser sah aus wie schwarzer Samt, nur hier und da bestickt mit den glitzernden Lichtpunkten der Schiffe. Wieder dachte sie über Shounach nach. Was hatte er in Thrakesh verloren? *Gaukler! Sicher wartest du nicht auf mich, Mistkerl!* Neugier kitzelte sie fast körperlich zwischen den Schulterblättern. Es irritierte sie, daß sie sich an dieser Stelle nicht kratzen konnte. Sie seufzte tief und wandte sich vom Fenster ab: *Hör bloß auf, an Shounach zu denken. Mach dich an die Arbeit.*

Sie suchte in ihren Sachen und fand die lange Webnadel, die sie im Nähzimmer stibitzt hatte. *Die Tür – jawohl, das würde gehen.*

Sie schritt durchs Zimmer und befingerte das Türblatt. *Hart. Klein gemasert. Tauglich.* Sie öffnete die Tür einen Spalt und schloß sie, indem sie die Nadel in den Spalt hielt. Sie lehnte sich mit dem

Gewicht ihres ganzen Körpers gegen die Tür und bog dabei die Nadel zu sich herüber. Sie war aus weichem Metall gemacht und ließ sich willig biegen. Sie mußte noch ein paarmal drücken, ehe die Nadel die richtige Biegung hatte. Sie war zufrieden und betrachtete das Stück Metall, indem sie es gegen das helle Fenster hob. Zwei weitere Nadeln, die sie ebenfalls hatte mitgehen lassen, bog sie auf dieselbe Weise krumm.

Am Nachmittag hatte sie ein Stück Musselin zu einem einfachen Schultersack zusammengenäht. Sie schob sich die Schlaufe über die Schulter, drückte sich den Stoff gegen die Hüfte und strich ihn glatt. *Zurück zum Start! Einmal ein Dieb, immer ein Dieb. Los geht's!*

Sie schob die drei Dietriche in ihren Ärmel und schlüpfte geräuschlos aus dem Zimmer. Ihr Weg führte durch die Gänge, bis sie an der Treppe zu der schweren Gittertür kam. Es war erstaunlich, wie gut sie sich an ihre frühere Fingerfertigkeit erinnern konnte. Ihr Geschick war groß, und alles, was ihr entfallen war, kam ihr wieder in den Sinn. Sie bewegte die Dietriche hin und her, jedes Widerstandes gegenwärtig, bereit zu drücken, wann es nötig war. Nach fünf Minuten hatte sie das Tor aufgeschlossen, und nach nur noch zwei Minuten hatte sie es hinter sich wieder versperrt.

Sie atmete schwer und rannte die Treppen hinunter. Am Ende der Treppe preßte sie die Hände auf ihre Brust, um sich zu beruhigen.

Als sie sich gefaßt hatte, holte sie eine Kerze aus ihrem Sack und zündete sie an einer der Wandleuchten an. Die Gänge in diesem Stockwerk waren weitaus besser beleuchtet als die, aus denen sie kam. Sie wickelte einen Lumpen um die Kerze, um kein Wachs auf den Boden zu tropfen. *Und jetzt sind wir im heiligen Stockwerk der Familie!* Ihre Neugier trieb sie fast ebenso stark vorwärts wie ihr Verlangen, Geld zur Flucht aufzutreiben.

Sie wanderte durch lange Gänge und streckte ab und zu den Kopf in die angrenzenden Zimmer. Es waren stets große, strenge und leere Räume, die nur dafür gedacht waren, Bittsteller zu beherbergen, die für kurze oder längere Zeit hier zu warten hatten, bis sie mit Lorenzai sprechen konnten. Endlich gelangte sie an Lorenzais öffentliches Büro. Sie trat ein und stellte fest, daß nichts in dem Raum interessant oder wertvoll war und daß er sie genauso enttäuschte wie die lange Reihe der Warteräume. Sie öffnete mehrere Türen zu Nähzimmern, und auch sie glichen einander wie ein Ei dem anderen. Sie waren kahl und uninteressant. Nun schlenderte sie zurück in den Hauptgang und mußte sich eingestehen, daß sie verärgert und leicht deprimiert war. Sie bog um eine Ecke.

Die Tür zu dem Vorraum, der am Eingang zum Labyrinth lag, war eine große Nische, die nicht einmal mit einem Vorhang verschlossen war. Sie blieb davor stehen, ohne gleich zu begreifen, wo sie sich befand. Dann gefror das Blut in ihren Adern, aber siehe da, der stumme Sklave war nicht darin. Der Raum war leer. Sie blieb stehen, bis ihr Herz wieder normal schlug und ihr Atem sich beruhigt hatte. Sie blies die Kerze aus und rannte auf Zehenspitzen in den kleinen Raum, um in das Labyrinth einzudringen. Sie schloß die Augen und begann, ihre Schritte zu zählen. Sie verließ sich völlig auf das Gedächtnis ihres Körpers, das ihr wie ein Blindenhund den Weg wies.

Licht flimmerte über ihre Augenlider. Sie blieb abrupt stehen und öffnete die Augen. Der Ausgang des Labyrinths war nahe, noch eine Ecke galt es zu nehmen, und sie würde im Vorraum auf der anderen Seite stehen. Sie horchte. Kein Laut war zu vernehmen. Sie lehnte sich gegen die Wand und hielt den Atem an. Sie lauschte mit geschlossenen Augen und mit all der Konzentration, die sie aufbringen konnte. Nichts. Behutsam schob sie sich um die Ecke.

Der Raum war leer. Rechterhand bemerkte sie einen schmalen Alkoven. Der stumme Wächter lag auf einer kleinen Couch, seine Augen waren geschlossen, und er atmete ruhig. Eine dünne Decke war über die Beine bis hinauf zum Oberkörper gebreitet.

Sie wagte nicht zu atmen und tappte leise quer durchs Zimmer in den nächsten Gang. Ihre Beine bebten, ihr Herz klopfte wie rasend, in ihren Schläfen pochte das Blut. Sie lehnte sich gegen die Wand und stieß die angehaltene Luft aus ihren Lungen.

Sie wartete, bis sie sich beruhigt hatte, und wanderte dann auf leisen Sohlen den mit Teppich ausgekleideten Gang hinunter. Behutsam öffnete sie alle Türen, die ihr in den Weg kamen. Eine oder zwei von ihnen waren versperrt, auf denen Pergamentrollen lagen. Eine Weile sah sie sich in den großen Regalen um, aber in der Dunkelheit konnte sie fast nichts erkennen, und sie wagte nicht, die Kerze abzustellen, aus Angst, eine verräterische Wachsspur zu hinterlassen. Sie verließ die Bibliothek und stand nun wieder im Korridor; angstvoll äugte sie um die nächste Ecke. Sie wußte, daß Amrezehs Schlafzimmer dort lag. Sie rieb mit den Fingern die Narbe auf ihrer Wange, schauderte und machte sich auf den Weg.

Amrezehs Schlafzimmer. Die Tür stand einen Spalt weit offen. Drinnen brannte eine Lampe. Sie konnte den rötlichen Schein von draußen erkennen. Sie ließ sich auf den Bauch fallen, kroch zur Tür und öffnete sie ein wenig mehr. Sie hielt den Atem an und schob ihren Kopf durch den Spalt, bis sie den Raum überblicken konnte. Der Raum war leer. Das Bettzeug war aufgeschlagen, und die kleine Tür, die sie schon am Vormittag gesehen hatte, stand offen, so daß man ein Stück in den nächsten Raum einsehen konnte, in dem ein helles Licht brannte. Immer noch auf dem Bauch liegend schob sie sich ins Zimmer.

All ihre Sinne waren gespannt, ihr Magen verkrampfte sich und entkrampfte sich wieder, sie robbte rasch durch den Raum und erhob sich, als sie das Schatzkästchen erreicht hatte. Sie durchsuchte es geschickt und kümmerte sich nicht um die ausgefalleneren und reichgestalteten Stücke. Sie griff sich zwei Hände voll von den kleinen Goldmünzen und schob sie in ihren Schultersack; mehrere Goldketten, die ineinander verstrickt waren wie eine dicke Schlange, landeten auch bei ihren Beutestücken.

Die halboffene Tür beunruhigte sie. Nervös trat sie von einem Fuß auf den anderen, ihre Augen flogen hin und her. Ihre Neugier war stärker. Sie fühlte sich hin- und hergerissen zwischen dem Wunsch, sich in Sicherheit zu bringen, und dem Wunsch, zu erkunden, was hinter dieser Türe lag. Sollte sie jetzt gehen? Sie schnappte nach Luft, wirbelte auf Zehenspitzen herum und drückte sich an die Wand direkt neben der offenen Tür. Sie lauschte in den nebenanliegenden Raum hinüber. Nichts. Sie strich über die Narben auf ihrer Backe, sog tief den Atem ein, ließ sich auf den Bauch fallen und schob den Kopf langsam in den engen Türspalt.

Wieder ein Schlafzimmer – und wieder leer. Ein einfacher Raum mit massiven Holzmöbeln und in den nüchternen Farben gehalten, mit denen sich auch Lorenzai zu kleiden pflegte. Das war sein Zimmer! *Eine Art Selbstdisziplin,* dachte sie. *Er tut das mehr, um sich unter Kontrolle zu halten, als darum, die anderen Leute an der Nase herumzuführen.* Sie ließ die Luft aus ihren Lungen entweichen, machte sich schlapp und lag auf dem Teppich, das Kinn auf ihre Faust gestützt. Sie versuchte nicht zu kichern. *Schicht um Schicht um Schicht. Vielschichtig, dieser Mann!* Ihr Atem kam in kleinen Stößen aus ihrer Nase. Sie nahm ihre Hände vom Mund und drückte ihr Gesicht in den weichen Teppich, um den Ton ihres Gelächters zu ersticken.

Als sie den Lachanfall überwunden hatte, seufzte sie und kroch wie eine Schlange in den angrenzenden Raum. Sie stellte sich auf die Füße, stützte die Hände in die Hüften und betrachtete ihre Umgebung. Mit einemmal hielt sie inne. Sie hörte Stimmen, gedämpfte Stimmen. Die Laute kamen hinter den schweren Vorhängen an der einen Seite des Raumes hervor. *Muß noch ein Raum anschließen,* dachte sie. Wieder auf Zehenspitzen näherte sie sich behutsam dem schweren Vorhang und lauschte. Die Stimmen wurden nun lauter. Es waren Lorenzais und Amrezehs Stimmen, die miteinander stritten, oder kurz davor waren, sich zu streiten. Behutsam zog sie die übereinanderhängenden Vorhänge auseinander und spähte durch den Schlitz.

Der Raum, in den sie blickte, war mit reichgeschnitzten Holzpaneelen verkleidet. Breite lederne Sessel standen locker umher. Ein Regal mit Pergamentrollen an der Wand, und in der Mitte des Raumes ein Tisch – ein schwerer polierter Holztisch, der im Schein der Lampe leuchtete. Auf dem Tisch stand an einer Ecke ein rundes Metalltablett mit einem leeren Teetopf und zwei gebrauchten Näpfen. Neben dem Tablett lag zusammengesunken ein weicher Ledersack.

Lorenzai schwieg jetzt. Er stand hinter dem Tisch und beugte sich über ein kleines hölzernes Kästchen, dessen Deckel er geöffnet hatte. Was auch darin sein mochte, es gab einen schwachen Lichtschein ab, der sein Gesicht in eine Masse von schwarzgeäderten Mustern und Linien verwandelte. Wenn er sich bewegte, glitten helle Lichtpunkte über seine glänzende Haut.

Amrezeh stolzierte auf und ab. Sie knurrte und murmelte, ihr reichbestickter Morgenrock bauschte sich um sie. Mit ihren kleinen nackten Füßen stampfte sie wütend auf dem dichten Teppich einher. Ab und zu hob sie die Augen und starrte ihn böse an. Dann stelzte sie weiter, kaute an den Gelenken ihrer Finger, ihre Augen glitzerten dabei, und das blonde Haar hing ihr ins Gesicht. Mit einemmal fuhr sie herum und schlug beide Handflächen laut klatschend auf den Tisch. »Wie lange noch?« Sie stützte sich mit ihrem ganzen Gewicht ruckartig auf ihre Arme, die unter dem Druck bebten; man konnte die Muskeln an ihren Handgelenken sehen. »Wie lange noch wollt ihr dasitzen und nichts weiter tun als reden? Du – und deine verdammten Kaufleute, sag es mir? Wie lange noch muß ich dasitzen und lächeln, lächeln, lächeln und diesen gemeinen Hündinnen erlauben, mich zu behandeln, als ob ich...«

»Als ob ich Ayandars uneheliche Tochter wäre, die er von einer verhaßten Konkubine bekommen hat?« Lorenzai hob die Braue und warf ihr einen ärgerlichen Blick zu. Dann wurde sein Gesicht weich. »Rezeh, setz dich. Gib Ruhe und laß mich arbeiten.«

Hinter dem Vorhang unterdrückte Gleia einen Ausruf des Erstaunens. *Ich scheine gerade im richtigen Moment dazugekommen zu sein!* dachte sie. *Der alte Mann hatte recht.*

Amrezeh raufte sich mit beiden Händen das Haar und zerrte an ihren Locken. Ihr Atem war als ein rauhes Keuchen zu hören. Noch einmal ließ sie die Fäuste auf die Tischplatte niedersausen und schrie: »Er soll verrecken!«

Als er keine Antwort gab, warf sie die Arme in die Höhe und zischte: »Warum zum Teufel habe ich dich überhaupt geheiratet?«

Lorenzai erhob sich mit erstaunlicher Geschwindigkeit, so daß sein massiver Körper in der Bewegung den Tisch vor sich herschob. »Dein dich liebender Vater«, brüllte er, »dein dich liebender Vater ist schuld, er wollte, daß sein Bastard ihm aus den Augen käme, die Tochter, von der er fürchtete, sie könnte einen Skandal heraufbeschwören, der selbst für ihn zuviel wäre.«

Sie kreischte auf und machte einen Satz auf ihn zu. Sie zielte mit ihren Fingernägeln nach seinen Augen.

Er gab ihr einen Stoß, aber Gleia war erstaunt, als sie bemerkte, daß er sie in Richtung einer der großen weichen Ledersessel stieß.

Amrezeh prallte zurück und blieb dann zitternd sitzen. Sie starrte zu ihrem Mann auf, Tränen rannen ihr aus den Augen und rollten über ihre Wangen. Ihre Brust hob und senkte sich unter den keuchenden Atemzügen. Gleia konnte den rauhen Ton ihres Keuchens in der neu entstandenen Stille des Raumes deutlich vernehmen. Lorenzai beobachtete sie, sah zu, wie sie sich aufsetzte und ihren Morgenmantel zurechtzog. Sein Gesicht war ernst und nüchtern. »Atme einmal tief durch, Rezeh«, sagte er. »Wir haben Zeit, wir haben viel Zeit.« Sein Ärger schien bereits verflogen, und er hatte sich wieder unter Kontrolle.

Sie ließ ihren Kopf zurücksinken. »Ja«, sagte sie mit müder Stimme. »Viel zuviel Zeit.«

Lorenzai ließ sich wieder in seinem Stuhl nieder und setzte sich zurecht. Er zog den Tisch zu sich herüber. Es gab ein eigenartiges Geräusch, als er ihn über den Teppich zog. Mit einem raschen Blick zu Amrezeh hinüber schob er die Hand in das kleine Kästchen und zog einen kleinen eiförmigen Kristall hervor. Er ließ ihn von einer Hand zur anderen springen und rief: »Rezeh! Schau mich an. Hier. Und vorsichtig damit sein!« Er warf ihr den Kristall zu und lächelte, als sie ihn in ihren Schoß rollen ließ. »Morgen muß man ihn zum Ayandar bringen. Seit Monaten plagt er mich mit der Bitte, ihm ein solches Auge zu beschaffen. Aber sei vorsichtig und mach es geschickt. Es geht um deinen Hals – und um den meinen.«

Sie nickte abwesend und starrte auf den Kristall in ihrem Schoß. Hinter ihrem Vorhang konnte Gleia beobachten, wie sich ihr Gesicht mit Faszination und gleichzeitig mit Abscheu überzog. Amrezeh berührte den Kristall und zuckte zurück. Wieder berührte sie ihn, und dann begann sie ihn zu streicheln. Sanfte Farbschleier schimmerten um sie her und verdichteten sich zu spinnwebdünnen Formen und Gestalten.

Mit einem Schrei des Entsetzens sprang Lorenzai auf. In seiner Eile warf er fast den Tisch um. Er entwand ihr das Auge und warf es auf den Teppich neben ihren Stuhl. Sie versuchte sich unter ihm hervorzuwinden, aber er kämpfte sie nieder und hielt sie auf dem Stuhl fest, bis sie sich nicht mehr rührte.

Sie blinzelte. Ihre Lippen bewegten sich tonlos. Dann hob sie die

Hände und strich sich mit beiden nacheinander über ihr Gesicht. Sie zitterte.

»Madar!« Sie schüttelte sich. »Lorenzai…«

Er hob sie aus dem Stuhl auf und preßte sie an seine Brust. Behutsam drehte er sich um und setzte sich, ohne sie loszulassen, selbst in den Stuhl. »Ich dachte, du wärst klug genug«, sagte er leise. Er streichelte ihr Haar, ihren Nacken und ihren Rücken. Immer wieder. Er streichelte sie, bis sie nicht mehr bebte. Dann kroch er unter ihr hervor und setzte sie im Stuhl zurecht. Noch einmal streichelte er ihre Wange, trat dann zum Tisch und lehnte sich gegen die Platte. »Alles wieder gut?«

Sie lächelte. Ihr Lächeln wurde breiter und entwickelte sich zu einem Gähnen. In ihren Augen glitzerte es erneut auf. »Der liebe Papi, er wird es nicht mehr aus der Hand lassen können. Wie lange mag es dauern, ehe es ihn verzehrt hat?«

Lorenzai zuckte mit den Schultern. »Du hast ja selbst gefühlt, welche Macht es hat. Zwei, drei Tage, würde ich sagen. Maddib und Chayl haben es so arrangiert, daß die Apartas in drei Tagen ein paar Sklavenmädchen geschickt bekommen, die ihnen ›Augen‹ bringen sollen. Sadh-Mahar ist im Moment dabei, die Mädchen soweit zu bringen, daß sie für uns arbeiten und versprechen, das Getane später zu vergessen. Wenn erst einmal die Apartas die Augen haben, ist es Zeit zum Zuschlagen.« Er schloß das Kästchen mit einem lauten Knall und hob den Ledersack auf. »Du fragst mich, wie lange noch. Nun, vier Tage würde ich sagen. Bist du jetzt zufrieden?« Er warf Amrezeh den Ledersack zu. »Halt das mal einen Augenblick fest.« Er griff hinter sich und hob das Kästchen auf. Er stieß sich vom Tisch ab, schritt durchs Zimmer und trat an die getäfelte Wand. Dort drückte er auf eine der Salzblumen, die in die Holzverkleidung geschnitzt waren. Es war eine der Blumen aus einem verschlungenen Kranz von vier oder fünf weiteren Blumen, die ihr glichen. Eine kleine viereckige Tür schnappte auf und enthüllte eine dunkle Öffnung. Lorenzai schob das Kästchen hinein. Nachdem er das Türchen hatte zuschnappen lassen, trat er zu Amrezeh, nahm ihr den Sack ab und ließ das Raganauge hineingleiten. Er zog an der ledernen Kordel und schloß das Säckchen, dann hielt er es ihr hin. »Hör, Rezeh, das ist wichtig! Mag sein, daß der Ayandar verrückt ist, dumm aber ist er nicht. Wir müssen ihn loswerden, ehe wir den nächsten Schritt planen.«

»Ich werde es ihm bringen.« Sie griff nach dem Säckchen und setzte sich auf die Armlehne seines Stuhles. »Er haßt all seine Töchter, er traut keiner von ihnen über den Weg. Mißtrauisch ist er, er glaubt, wir würden ihn alle vergiften. Am meisten fürchtet er sich vor der Ayandara. Es gibt nur einen Grund, warum er mich toleriert, und der ist: Er glaubt, ich hätte keine Möglichkeit, ihm zu nahe zu kommen.« Sie kicherte und brach abrupt ab, als ihr Kichern immer schriller wurde. »Der Narr!«

Lorenzai griff nach ihrer Hand und hielt sie fest. »Nun wird es nicht mehr lange dauern, mein Liebling. Hab Geduld!«

Mit der freien Hand berührte sie seine Wange. »Da wird er Augen machen. Er selbst hat sich die Sache eingebrockt, als er mich mit dir verheiratete, statt mich über die Klippe zu stürzen. Ich weiß, daß er auch daran dachte, damals. Wüßte gern, was seine Sinnesänderung bewirkte!« Mit ihren Fingern wühlte sie abwesend in seinem Haar, streichelte seine Ohren und ließ die Fingerspitzen über sein Gesicht gleiten. Sie berührte seine Lippen. »So ein lieber Papi.«

»Du hattest Glück, was deine Mutter betrifft.« Sie wurde rot und versuchte, ihre Hand wegzuziehen, aber er hielt sie fest. »Sei nicht blöde, Rezeh, denk doch nur eine Minute an deine Halbschwester Lahalla. Sie ist jetzt Ayandara, aber nur deshalb, weil sie ihre verrückte Mutter vergiftet hat. Wärst du denn gern diese halb irrsinnige Hündin, die nichts weiter im Leben braucht als die Leidenschaft halbwüchsiger Knaben?« Er lachte und stand auf. Er streckte seine Arme über den Kopf. Er lachte noch immer und keuchte ein wenig, als er die steifgewordenen Schultern schüttelte, um sie zu lockern. Er ließ die Arme sinken und grinste Amrezeh an. »Sei froh, daß du bist, wie du bist.« Er trat einen Schritt zurück und setzte sich halb auf den Tisch. »Zurück zum Geschäft. Zuwayl bringt morgen die letzte Schiffsladung. Er kommt zur Flutzeit. Er hat mir versprochen, daß er die restlichen Augen, die wir noch brauchen, bringt und die restlichen Waffen. Noch vier Tage, und du kannst die von dir geliebten Halbschwestern von der Klippe stoßen, wenn es dir Spaß macht.« Er lächelte. »Zufrieden?«

Sie gähnte, zog die Knie unters Kinn und rollte sich im Stuhl zusammen wie ein schläfriges Kätzchen. »Ja. Ich würde gar zu gern sehen, wie Lahalla unten aufschlägt.« Sie öffnete die Augen plötzlich weit und sprang aus dem Stuhl. Sie rannte zu ihm. »Nein.« Sie ließ ihre Hand über seinen Körper gleiten und preßte sich an ihn. »Komm zu Bett!«

Gleia zuckte zurück und machte sich zum Sprung bereit, um aus dem Zimmer zu rennen. Lorenzais Antwort hielt sie davon ab. »Laß uns hinuntergehen«, sagte er mit heiserer Stimme. »Komm, laß uns hinuntergehen in die Waffenkammer!«

Gleia beugte sich ein wenig vor, um besser zu sehen. Er hatte Amrezeh an der Hand gegriffen und führte sie zur einen Wand des Zimmers. Ihr Gesicht war nachdenklich, aber dann nahmen ihre Augen einen eigenartigen Ausdruck an, und ihr Mund öffnete sich leicht. Der Gedanke, zwischen Speeren und Schwertern ihrem Mann beizuliegen, schien sie zu erregen. Gleia zitterte. *Er kennt sie verdammt gut.* Sie schüttelte den Kopf und legte ihr Auge wieder an den Spalt.

Amrezeh hüpfte ungeduldig von einem Fuß auf den anderen, während Lorenzai eine Blume der Wandverkleidung drückte. Ein langer schmaler Schlitz im Holzpaneel öffnete sich lautlos, und Lorenzai schlüpfte hinein, gefolgt von Amrezeh, die sich an seinem dichten Gewand festhielt.

Gleia zögerte minutenlang und strich dann durch die Vorhänge. Sie warf einen Blick auf den offenen Spalt in der Wandverkleidung, der sie magisch anzuziehen schien. Sie ging um den Tisch herum und eilte zu der Stelle, wo Lorenzai das Kästchen verstaut hatte. Nachdem sie die Wandpaneele ein wenig befingert hatte, gelang es ihr, das kleine Türchen zu öffnen. Sie hob die Kassette heraus und öffnete den Deckel.

Rangaaugen. Sie leckte sich nervös die Lippen. Ihr Zauber wirkte. Es kitzelte sie am ganzen Körper. Ihr ganzes Ich reagierte auf den seltsamen lockenden Ruf, den sie so gut kannte. Sie drückte die Kassette an ihre Brust und betrachtete die Kristalleier, die dort eingebettet lagen. Behutsam und zögernd berührte sie mit den Fingerspitzen der freien Hand eines der glatten Kristalle; sie weckte damit das Auge, und feine Farbschleier begannen vor ihren Sinnen zu tanzen. Sie fühlte eine brennende Sehnsucht nach jener Welt der Schönheit und der Leichtigkeit, die sie einmal gesehen hatte. Sie wollte wissen, ob ihr das Auge die tanzenden Schmetterlingsmenschen zurückbringen könnte, die unter der buttergelben Sonne über die Wiesen voller Maßliebchen und unter den Bäumen tanzten. Durch ihre Finger wurde der Kristall warm und noch glatter als zuvor. Sie legte ihre Handfläche auf die Steine und hob dann einen heraus. Als er sich zärtlich in ihre Handfläche drückte, vernahm sie die kleinen flüsternden Stimmen, und die Farbschleier verdichteten sich zu Umrissen.

»Nein!« Sie schlug mit dem Handrücken hart gegen die Wand. Der Schmerz zerstörte den Zauber. Sie ließ das Auge zurück in die Kassette fallen, zählte hastig die Kristalleier, schlug den Deckel zu und stellte die Kassette zurück in die Höhlung. Fünfzehn Augen! Fünfzehn Seelen, die aus ihrem Körper gesaugt werden sollten! Sie ließ das Türchen zuschnappen und rieb die Hand, als sie hinübertrat zu der geheimen Tür. Drinnen war es dämmrig, und sie konnte eine Wendeltreppe erkennen, die hinabführte. Ihre Neugier drängte sie hinunterzugehen, und sie machte einen Schritt auf der Treppe. Ihr Fuß tastete nach den Stufen, aber dann schüttelte sie den Kopf und trat zurück.

Nun stand sie mitten im Zimmer und drehte sich im Kreis, um alles genau zu betrachten. Wieder schüttelte sie den Kopf. *Nein,* dachte sie. *Ich gehe nicht in den geheimen Gang. Mit diesem Mann ist nicht zu spaßen. Bei Madar! Er wird Rangaaugen verwenden, um einen Staatsstreich auszuführen!* Sie kicherte und rannte durch die Schlafzimmer, um ihren Weg aus dem Labyrinth in ihr eigenes Bett zu suchen.

Mit der Kerze in der Hand schlüpfte sie in ihr Zimmer. Sie summte ein fröhliches Lied, als sie die Tasche von der Schulter gleiten ließ und sie aufs Bett warf. Sie lachte leise in sich hinein, als sie die Goldmünzen klimpern hörte. Sie trug die Kerze hinüber zur Lampe, die am Nähtisch stand, hob den gläsernen Deckel und zündete den Docht an.

Und wieder hörte sie das Geräusch der Goldmünzen. Sie fuhr herum. Shounach saß am Fußende des Bettes und entleerte den Inhalt der Tasche auf die Decke. Er hob den Kopf und grinste. »Eifriges kleines Mädchen, das muß ich sagen!«

»Idiot! Du hast mir wirklich einen Schrecken eingejagt.«

Er stand vom Bett auf und trat zu ihr. Er griff nach dem Sklavenring um ihren Hals und schob seine Finger zwischen den Ring und das Fleisch ihres Nackens. »Du sitzt in der Tinte, Mädchen«, sagte er und ließ seine Knöchel über ihre Haut gleiten.

Sie trat zurück und machte sich los. Sie setzte sich in ihren Nähstuhl und lehnte sich zurück. Sie versuchte sich zu entspannen und beobachtete ihn, wie er im Zimmer herumging. Er warf einen raschen Blick aus dem Fenster und setzte sich dann wieder an das Fußende des Bettes.

»Überhaupt nicht.«

»Wie bitte?« Er hob seine Beine aufs Bett und streckte sie aus. Sein Kopf lag auf seinen verschlungenen Händen.

»In der Tinte, ich? Oh, diese Männer! Ich glaube, sie können mit Frauen nur auf zwei verschiedene Arten umgehen. Entweder müssen sie sie vergewaltigen oder zu Sklaven machen. Oder beides. Am besten natürlich beides.«

Er sah sich in dem kleinen behaglichen Raum um und sagte: »Diesesmal scheinst du ja nicht allzu hart liegen zu müssen.«

»Wenn man es aus dem Sklavenring heraus betrachtet, kommt es einem nicht mehr so weich vor.« Sie klopfte mit den Nägeln an den Metallreifen. »Wie bist du überhaupt hereingekommen?«

»Nun, ich habe mit den Flügeln geschlagen und bin durchs Fenster geflogen.« Seine wandelbaren Augen leuchteten hellgrün vor Heiterkeit.

»Seltsamerweise, Gaukler, glaube ich dir. Warum nur?« Sie warf einen Blick auf seine grünen glitzernden Augen und fügte hastig hinzu: »Ich dachte, du hättest mich aufgegeben. Warum machst du dir die Mühe herzukommen?«

»Warum hast du Cern Vrestar so plötzlich verlassen?«

»Ah, du hast mit Tetaki gesprochen.«

»Ich fragte mich schon, ob du Angst vor mir gekriegt hättest und weggerannt wärst.«

»Nein!«

»Gleia, ich weiß, was du für eine bist.«

Sie hob die Hand und rieb über die Brandmale auf ihrer Wange. »Nein«, sagte sie. Nun war ihre Stimme fester geworden. »Ich wollte nicht gehen. Aber ich pflege meine Schulden stets zu bezahlen.«

»Kamerad«, sagte er sanft. Seine Augen wurden kühl und silbergrau. Er sah sie an und hielt ihren Blick fest.

Sie rutschte ungemütlich hin und her. »Ich...« Sie konnte den Satz nicht zu Ende sprechen.

»Ich dachte, das war ein Versprechen.« Seine silbernen Augen glitzerten wie Eis.

Sie schluckte und fühlte dann, wie sie langsam böse wurde. »Was hast du dir erwartet! Jevati hat mich gebraucht. Du... Gaukler, du brauchst nie irgend jemanden.« Sie warf ihr Haar zurück und drückte ihre Handballen gegen ihre brennenden Augen. »Bei Madar! Shounach, das war ein langer, harter Tag für mich. Was willst du hier?«

»Dich rausholen. Wenn du willst. Willst du?«

Sie starrte ihn ein paar Minuten an. »Nein«, sagte sie und überraschte sich selbst und ihn damit. »Noch nicht gleich.« Dann warf sie den Kopf zurück und sah ihm in die Augen. »Meinst du vielleicht, ich kann mich nicht selbst befreien, wenn ich es will?«

»Immer noch störrisch!« Er entspannte sich, ein leises Lächeln kräuselte seine Lippen und hob seine Mundwinkel. »Jetzt muß aber ich fragen. Warum?«

Gleia sprang auf und trat rasch ans Fenster. Sie lehnte ihre Schultern an die Brüstung. Ohne etwas zu sehen, starrte sie hinaus in die Nacht und versuchte, Ordnung in ihre Gedanken zu bringen. Etwas wollte sich formen, aber noch lief alles verwirrend durcheinander. Der Staatsstreich, Shounach, der Ayandar und seine verrückten Ideen, Amrezeh und Lorenzai, aber vor allen anderen die Rangaaugen. Plötzlich fühlte sie neue Energie durch ihre Adern strömen; mit einem Ruck rutschte alles wie bei einem gelungenen Puzzle an seinen richtigen Platz. Sie ließ sich neben Shounach aufs Bett fallen und legte ihre eine Hand auf die harten Muskeln seiner Brust, die aus dem Schlitz der bunten Seidenjacke hervorblitzten. »Wie lange kannst du bleiben? Ich glaube, ich habe eine Geschichte, die dich interessieren wird.«

Als Gleia erwachte, fühlte sie sich seltsam glücklich. Sie bewegte die Glieder und glaubte, Shounachs Körper neben sich zu spüren. Aber das kalte Laken im Bett, das nun so groß schien, zeigte, daß sie allein lag.

Er stand am Fenster, und im schwachen Licht der Sterne leuchteten die Flächen in seinem Gesicht hell wie Silber, und die schwarzen Schatten, die von der Nase zum Mund führten, schienen eingegraben wie zwei schwarze Linien. Er sah traurig aus und so, als sei er weit weg und damit beschäftigt, in sich hineinzuhorchen auf einen uralten Schmerz.

»Shounach?«

Er fuhr herum und trat zu ihr. Er beugte sich über sie und zeichnete mit den Fingerspitzen sanft die Umrisse ihrer Wange nach. »Es ist Zeit, daß ich gehe, Kamerad. Die Augen der Katze stehen schon hoch, und Horli-Aufgang ist nahe.«

Sie griff nach seiner Hand und hielt sie zwischen ihren beiden Händen fest. »Shounach, warum willst du die Rangaaugen haben?«

Er richtete sich auf und entzog ihr die Hand. »Ich will sie nicht haben.«

»Warum bist du dann so hinter ihnen her?«

Diesmal schwieg er so lange, daß sie glaubte, er würde ihr überhaupt nicht mehr antworten. Endlich sagte er leise: »Ich suche nach der Quelle, verstehst du.«

»Und?«

Er senkte die Augen, und seine Hände schlossen sich zu Fäusten. »Ich werde die Quelle zerstören, ich werde alles diese... ich werde sie auslöschen.«

Er wandte sich um und war in zwei Schritten durchs Zimmer.

Ohne innezuhalten, stürzte er sich kopfüber vom Fensterbrett und verschwand.

Gleia kümmerte sich nicht darum, wie kalt es im Zimmer war, sondern sprang aus dem Bett und rannte zum Fenster. Der Nebel lag wie eine wollige Decke über dem Wasser. Als sie den flatternden Körper des Gauklers endlich entdeckt hatte, war er nur noch ein dunkler Punkt, der im weißen Nebel verschwand. Sie starrte ihm nach und schüttelte den Kopf. »Ich kann's nicht glauben, ich seh's, und ich kann's nicht glauben.«

Sie blieb am Fenster stehen, bis ihre Zähne so laut klapperten, daß sie es nicht mehr überhören konnte. Sie machte einen Hechtsprung ins Bett und kroch unter die warme Decke. Sie rollte sich zusammen und zog ihre Knie an die Brust, aber es dauerte lange, bevor sie wirklich warm wurde, und noch länger, ehe sie einschlief.

Der Morgen schleppte sich dahin. Sie arbeitete an dem Kaftan und versuchte ihre immer stärker werdende Ungeduld zu unterdrücken. Das Vorderteil war bereits fertig bestickt, und sie arbeitete nun an den Borten am Saum des Gewandes. Der Avrishum streichelte ihre Finger und schien den Faden hungrig aufzusaugen, so daß sie immer wieder verblüfft und entzückt war.

Um die Mitte des Vormittags steckte sie die Nadel in den Stoff und setzte sich zurecht. Sie streichelte das Material und ließ es durch die Finger gleiten. »Wie dumm. Das kann ich nicht...«

Mit einem schiefen Lächeln trug sie den Kaftan vor den langen Spiegel. Sie schüttelte ihn aus und hielt ihn vor ihren Körper. Sie kicherte über ihre eigene Albernheit, schlüpfte aber dann rasch aus dem Sklavenkleid und zog sich das Avrishumgewand über den Kopf. Sie streifte ihn an ihrem Körper glatt und bebte vor Entzükken, als das Material ihre nackte Haut berührte. Später, wenn der Saum aufgenäht war, würde ihr der Kaftan zu kurz sein. Auch die Ärmel waren zu kurz. Im Augenblick aber hatte man viel Stoff für den Saum übriggelassen, die Ärmel reichten ihr bis über die Handknöchel und in der Länge schleifte sie den Saum am Boden hin. Mit einer raschen Bewegung riß sie das Tuch aus ihrem Haar und schüttelte die weichen Locken, so daß sie um ihr Gesicht fielen. Sie breitete die Arme aus und betrachtete sich im Spiegel.

Sie schnappte nach Luft. Wie groß sie aussah! Ein roter Kupferglanz spielte in ihrem Haar. In ihren Augen spiegelte sich der Glanz des Avrishums und verwandelte sie von einem gewöhnlichen Braun in ein warmes Haselnußbraun. Sogar ihr Gesicht hatte sich verändert, und die Narben auf ihrer Wange wirkten mit einemmal wie exotische Tätowierungen. Sie streichelte mit ihren Händen über ihre Brüste, ihre Hüften und hinunter an den leichten Kurven ihrer Schenkel. Sie war entzückt, wie das Material die Berührung aufnahm und an ihre Haut weiterleitete. Es war fast, als berührten andere Hände sie und nicht ihre eigenen. Sie wandte sich behutsam um und verdrehte den Nacken, um sich nicht aus dem Auge zu verlieren. Die sanfte Bewegung des Stoffes streichelte ihren ganzen Körper.

Widerstrebend zog sie den Kaftan wieder über den Kopf. Nach dem seidigen Avrishum fühlte sich das rauhe schwarz-weiße Material des Sklavenkaftans hart und kratzig auf ihrer Haut an. Als sie wieder am Nähtisch saß, zuckte sie ein paarmal ärgerlich mit den Schultern unter dem Stoff. Sie nahm die Nadel und dachte: *Wenn ich fortgehe, nehme ich diesen Kaftan mit*. Sie maß den Abstand der Borte bis zum Ende des Stoffes. *Wenn ich den Saum herunterlasse, mache ich die Borten breiter*, dachte sie. Sie rieb sich die Augen und beugte sich wieder über die Arbeit.

Am späten Nachmittag hob Gleia den Kopf, als sie vor der Tür Geräusche und Stimmen hörte. Etwas ging draußen vor. Sie hörte Schritte und helles Lachen und dazwischen Stimmen, die ihr fremd waren. Die Tür ging auf, und eine schlanke blonde, sehr groß gewachsene Frau trat ein. Sie war elegant und in einer arroganten Weise linkisch. Man merkte ihr an, daß sie von Natur aus daran gewohnt war, aristokratisch zu sein und sich darüber keine Gedanken machte. Hinter ihr kamen ein paar andere Frauen, die wie einfache Kopien der ersten wirkten. Eilig sprang Gleia auf die Füße.

Auch die anderen Frauen waren großgewachsen, schlank und biegsam und zeigten jenen fast unschuldsvollen Stolz der edlen Rasse. Ihre Ähnlichkeit untereinander war nicht zu übersehen.

Amrezeh trat als letzte ins Zimmer und stand abseits, steif und verlegen. Als sie die Augen hob und Gleia den Haß in ihnen glitzern sah, wußte sie, mit wem sie es zu tun hatte. *Die Ayandara.* Gleia betrachtete die Frauen eine nach der anderen. *Und das sind Amrezehs Halbschwestern und Kusinen.* Sie blickte rasch von Amrezeh zu den anderen und wieder zurück. *Madar, ich war noch nie so froh, das zu sein, was ich bin, wie jetzt,* dachte Gleia. *Ein Leben unter solchen Zwängen – wie furchtbar!*

Die Ayandara glitt auf sie zu, und ihr Hofstaat folgte ihr mit flatternden Bewegungen. Sie senkte ihren eisblonden Kopf und warf einen prüfenden Blick auf Gleias genarbtes Gesicht. »Wie häßlich«, murmelte sie. Sie bebte vor Ekel, als sie mit ihren langen Fingernägeln über Gleias Brandmal streifte. »Knechtsfrau aus dem Norden, wie?« Sie trat zurück. »Ach ja, aber du hast ja gesagt, daß der Kaufmann sie nicht ihrer Schönheit wegen gekauft hat.« Ein perlendes Gelächter drängte sich über ihre Lippen, und hastig taten die anderen Frauen ihr gleich und lachten mit ihr. Sie aber fuhr fort: »Allerdings könnte ein brünstiger Stier, wie Lorenzai einer ist, auch an diesem entstellten Ding seinen Gefallen finden. Du behältst sie besser im Auge, Amrezeh.« Sie ließ ihre rosige Zungenspitze über ihre Lippen gleiten, und ihre Augen wirkten milchig und abwesend. Dann wandte sie langsam den Kopf und sah Amrezeh ins Gesicht. Ihre dünnen Lippen wurden breit, als sie lächelte.

Das macht ihr Spaß, dachte Gleia plötzlich. *Sie weiß ganz genau, was sie Amrezeh mit diesen Worten antut.*

»Und was macht sie? Ich hab's vergessen.«

Amrezeh schloß die Augen. Nach einer unmenschlichen Anstrengung gelang es ihr, ihre Wut zu kontrollieren, und sie sagte leise: »Sie entwirft Stickereien und führt sie aus, Ayandara.«

»So. Und woran arbeitet sie jetzt?«

»Halt deine Arbeit hoch, Mädchen. Zeig sie der Ayandara.« Amrezeh war ruhig und wirkte resigniert.

Gleia raffte den Kaftan zusammen und hielt ihn hoch, so daß er in eleganten Falten über ihre Hände hinunterhing und die bestickte Vorderseite gut zu sehen war.

»Ei, ei!« Die Ayandara war mit einemmal ernst und betrachtete das bestickte Vorderteil. Sie riß Gleia den Stoff aus der Hand und hielt die bestickten Borten dicht vor ihre kurzsichtigen Augen. Ihre Fingerspitzen befühlten die Stiche. »Ein Schatz! Rezeh, gib sie mir!« Sie ließ den Kaftan auf den Boden fallen, als sie sich gebieterisch zu ihrer Halbschwester umwendete. Gleia hob ihn wortlos auf. »Ich muß sie haben!« wiederholte die Ayandara, und ihre Stimme klang laut.

Gleia hielt den Atem an, der Avrishum glitt aus ihren Händen auf den Tisch. *Bloß nicht jetzt. Ich kann hier nicht weg. Nicht vor heute nacht.*

Amrezeh sank in einem tiefen Hofknicks zusammen, so daß ihr Kopf fast den polierten Boden berührte. »Obgleich Despois Lorenzai dieses Mädchen für mich gekauft hat, gehört sie nicht mir. Lorenzai ist der Herr dieses Hauses. Ich wage nicht, etwas ohne seine Zustimmung wegzugeben, das zu diesem Haus gehört.«

Gleia fühlte, wie sie sich entspannte, und im Geist jubelte sie Amrezeh zu. In gewisser Weise zeigte die kleine blonde Frau Rückgrat. Sie antwortete immer wieder mit demselben Satz, der eine Verweigerung war, der ihr aber selbst von der arroganten Ayandara nicht angelastet werden konnte.

Die hochgewachsene Blonde war es nicht gewöhnt, daß man ihren Wünschen Widerstand leistete. »Wir sind verärgert«, sagte sie eisig. »Wir fangen an zu glauben, daß man uns diese Sklavin nicht lassen will.«

»Ich muß nur um Erlaubnis bitten«, erwiderte Amrezeh eilig und demutsvoll. »Ich bin sicher, er will sie auch gern geben und euch damit ehren, Ayandara, ebensogern wie ich es möchte. Das Mädchen wird euch morgen geschickt.«

Die Ayandara blieb stehen, und ihre Unterlippe zitterte trotzig. »Wir sind ernsthaft verärgert.« Sie eilte der Tür zu, und ihre Frauen folgten ihr auf den Fersen. Unter der Tür wandte sie sich noch einmal um, und die Frauen öffneten hastig eine Gasse. Sie sandte Amrezeh einen bösen Blick zu. Ihre Augen waren dabei hart und glitzerten. Sie sah so ganz anders aus als vorher in ihrer eleganten Nonchalance. »Wir werden noch mehr sein als nur verärgert, wenn wir diese Sklavin nicht morgen früh zu unserer Verfügung haben.«

Sie segelte hinaus, und die Frauen folgten ihr. Sie schwiegen, aber in ihren Gesichtern stand Zustimmung, und mehr als eine wandte sich um und warf einen verachtungsvollen und auch etwas erschreckten Blick auf die kleine störrische Person, die in der Mitte des Nähzimmers auf dem Boden kniete.

Als sie fort waren, erhob Amrezeh sich taumelnd und nahm Gleia den Kaftan aus der Hand. Sie betastete zärtlich die Stickereien. »Mach weiter!« sagte sie abrupt und verließ den Raum.

Gleia arbeitete noch immer an der Stickerei. Sie saß am Nähtisch in ihrem Zimmer und blickte auf, als Shounach fast geräuschlos durchs Fenster hereinglitt. Er warf seinen Sack auf den Boden und knurrte: »Du wirst dir noch total die Augen verderben.«

Sie legte den Avrishum zusammen, wickelte ihn in Musselin und stopfte ihn in ihren Beutelsack. Dann wählte sie verschiedene Nadeln mit Fäden aus und gesellte auch die zum erbeuteten Gold. Sie lächelte ihn an. »Dieser Sack wird mich bei der Flucht in Balance halten«, sagte sie. Sie schob sich den Riemen über die Schulter und glättete den Sack an ihrer Seite.

»Ich wäre verrückt geworden, hätte ich auf dich gewartet, ohne etwas zu arbeiten. Ich hatte Schwierigkeiten heute nachmittag. Die Ayandara begehrte mich und wäre fast mit mir auf und davon gegangen. Ja, wenn Amrezeh sie nicht daran gehindert hätte, hätte sie mich mitgenommen.« Sie schauderte. »So, jetzt laß uns abhauen.«

Am Eingang zum Labyrinth griff sie nach seiner Hand. »Möge Madar schicken, daß sie nicht die Route verändert haben«, flüsterte sie. Dann schloß sie die Augen und begann die Schritte und Abzweigungen zu zählen.

Als sie auf der anderen Seite hinaustraten auf den Gang, schritt Gleia mutiger aus. Sie dachte, daß Lorenzai für das, was er in dieser Nacht vorhatte, keine Zeugen brauchte. Vor der Tür von Amrezehs Schlafzimmer ließ sie sich auf den Bauch fallen und gab Shounach ein Zeichen, das Schloß zu heben und die Tür zu öffnen. Als sich erwies, daß der Raum leer war, sprang sie auf die Füße und glitt hinein.

Shounach grinste sie an, als er ihr durch den Eingang nachschlenderte und sah, wie sie die Tür zu Lorenzais Zimmer öffnete. Gleia hielt ihn am Ärmel fest. »Warte!« zischte sie.

»Da ist niemand im Zimmer.«

»Woher willst du das wissen?«

»Keine Fragen, Kamerad.« Er runzelte die Brauen. »Willst du das dein ganzes Leben tragen?« Er berührte ihren Sklavenring. »Halt ruhig!«

Sie hörte das leise Klickern, als er mit seiner Sonde das Metall berührte. Sie war sich seiner starken und nervösen Hände nur allzu bewußt, als seine Finger über ihren Hals und ihre Schultern strichen. In diesem Augenblick schnappte das Schloß. Er öffnete den Ring und zog ihn ihr ab. Sie rieb ihren Nacken, und er ließ den Ring zu Boden fallen und trat ihn unter Amrezehs Bett. Sie seufzte vor Erleichterung, als er verschwand, und sah dann zu Shounach auf, als er sie an den Schultern faßte. Er küßte sie ganz leicht und weich auf die Lippen, drehte sie dann herum und schob sie zur Tür. »Beweg dich!«

Als sie durch den Vorhang in Lorenzais Raum traten, blieb er neben dem Tisch stehen. »Die Rangaaugen. Wo sind sie?«

Gleia ging durchs Zimmer und blieb vor der Wand stehen. Sie betrachtete die geschnitzten Eisblumen und stellte fest, daß es schwieriger war, als sie gedacht hatte, die richtige zu finden. Sie tastete mit behutsamen Fingern über die Schnitzereien und gab einen leisen Seufzer der Genugtuung von sich, als das Türchen aufschnappte.

Shounach griff mit langem Arm über ihre Schulter und nahm die Kassette an sich. Sie fuhr zusammen, denn sie hatte ihn nicht kommen hören. Er öffnete den Deckel und starrte auf die Rangaaugen. »Sagtest du nicht, es waren fünfzehn?«

Sie streckte sich und sah über seinen Arm. »Haben gut gearbeitet«, sagte sie. »Fünf fehlen.« Sie zuckte die Schultern. »Immerhin sind noch zehn von den Dingern da. Warum läßt du sie nicht hier?«

»Du weißt, warum.« Er ließ die Kassette zuschnappen und schob sie in seinen Sack. »Wie kommen wir jetzt raus?«

Sie seufzte und tastete sich an der Wand entlang. Sie suchte nach der Eisblume, mit der sich die geheime Tür öffnen ließ.

»Brauchst du Licht?«

»Lorenzai brauchte kein Licht... ah, hier!« Geräuschlos öffnete sich die Tür. Sie atmete tief und trat in den Durchgang.

Nach sechs Windungen der Treppe ging die Dunkelheit langsam in Dämmerung über. Sie zögerte und fühlte den beruhigenden Griff von Shounachs Hand auf ihrer Schulter. Sie streichelte seine Finger leicht und ging dann weiter. Die Wendeltreppe verschwand in einem tiefen Loch. Knotige Pilze wuchsen in Flecken an der Wand und gleißten in einem kalten grünen Licht. Es war trügerisches Licht. Bald merkte sie, daß sie stolperte und unsicher ging. Es war schwierig, ohne das Vorhandensein von Schatten die Entfernung abzuschätzen. Sie griff nach der Wand, um sich am Fallen zu hindern, und ihre Finger strichen über die Pilzwucherungen. Sie fühlte die warme gummiartige Konsistenz unter ihren Fingern und schauderte, weil sie an lebendes Fleisch dachte. Sie wischte ihre Hand, so fest sie konnte, an ihrem Ärmel ab und blickte dann über ihre Schulter zurück. Shounach bückte sich, als die Treppe zu Ende war und sie in den engen Tunnel traten. Er war zu groß, um in diesem beengenden Wurmgang stehen zu können. Mit einem etwas schiefen Lächeln winkte er ihr weiterzugehen.

Sie nickte. Sie wollte so schnell wie möglich aus dieser Enge heraus. Sie lief, so schnell sie konnte, und fragte sich, wie Lorenzai mit seinem dicken Körper an diesem engen Ort einer Bewegung fähig sein mochte.

Der Tunnel arbeitete sich durch schwierige Biegungen und um Ecken, und während sie sich entlangtastete, stieg ihre Erregung, und ihr Herz schlug ihr bis zum Hals. Sie war dabei, sich aus der Falle zu befreien, und sie brauchte dazu Verstand und Glück. Es sollte ihr gelingen, diesen Mann zu übertölpeln und die Umstände für sich zu zwingen. Sie fühlte sich leichtherzig und voller Begeisterung. *Armer Lorenzai. Steht da unten und wartet auf sein Schiff.* Sie kicherte. *Dabei wartet er eigentlich auf uns, und er weiß es nicht. Wir werden ihm eins über die Rübe geben und ihn dort verstauen, wo ihn Zuwayl nicht sehen kann, wenn er kommt – und werden an seiner Stelle einsteigen...* Sie kicherte wieder und runzelte die Brauen. Nach ein paar weiteren Biegungen und nachdem sie beim Stolpern gegen die Wand gefallen und sich wieder aufgerichtet hatte, bemerkte sie einen leisen süßen Geruch. Die Pilze. Sie taumelte weiter und wischte sich mit zitternden Händen das Gesicht. Sie kämpfte darum, Verstand und Körper wieder unter Kontrolle zu bringen.

Der Tunnel, der ihr vorkam wie ein Gang, in den sich ein großer Wurm gebohrt hatte, wand sich abwärts und weiter abwärts. Mit einemmal mischte sich ein tiefer seltsamer Ton in das fast unhörbare Tappen ihrer Füße. Der Ton schwoll rasch an und wurde lauter und lauter und dann zu einem rhythmischen Brausen, das in dem kleinen Loch echote und sie fast taub machte. Und plötzlich endete der Tunnel, und sie taumelte hinaus auf einen schmalen Felsvorsprung, den man in die Außenwand einer riesigen Luftblase im Stein geschlagen hatte, wo das Echo sich brach und deren oberes Ende sie nicht erkennen konnte, weil es im Schatten lag. Zu ihren Füßen, weit unten, füllte das Meer die große Luftblase im Gestein, das Wasser war schwarz und wellig. Hier wuchsen die Pilze dicht und in großen Flecken über der Mauer, denn die Luft war feucht und salzig. Der Saumpfad war so breit, daß zwei ausgewachsene Männer nebeneinander gehen konnten. Es gab kein Geländer; der Pfad führte in engen Serpentinen den Fels hinab, wo er an einem kurzen breiten Steg endete. Die Flut war eben am Sinken, und die Holzplanken des Stegs glitzerten vom Salzwasser. Gleia trat an den Rand des Pfades und sah hinab. Das schwarze Wasser leckte tief unten gegen die zerklüfteten Steine. *Mindestens fünfzig Meter*, dachte sie. Sie fühlte, wie ihr schwindelte, als sie so in die Tiefe blickte und nichts da war, woran sie sich festhalten konnte. Sie trat zurück und stieß mit Shounach zusammen, der hinter sie getreten war.

Er lachte leise und legte seine Arme um sie. Leichtfüßig wand er sich an ihr vorbei und ließ sie wieder los. Nun lief er behende den Saumpfad entlang, seine Stiefel machten kein Geräusch auf dem Stein.

Gleia drückte ihre Hand gegen ihren Mund und biß, so fest sie konnte, auf ihre Finger, um ihren Ärger zu unterdrücken. Er war dabei, ihr ihre Flucht aus der Hand zu winden. *Er* wollte die Führung übernehmen. Sie sah ihn den Saumpfad hinunterflitzen, eine absurde Gestalt in seiner hellroten Hose und der blauen seidigen Jacke, die offenstand und ihr goldenes Futter entblößte. Mit einem widerwilligen Lächeln machte sie sich daran, ihm zu folgen.

Als sie behutsam einige Serpentinen hinter sich gelassen hatte, gewahrte sie in der Ferne unter sich ein Licht. Im trügerischen kalten Schein der Pilzwucherung entdeckte sie einen dunklen Schatten, einen massiven, großen, dunklen Umriß, der auf dem Steg dahinglitt und die kleine Flamme bei sich trug. Sie hörte schwere dumpfe Fußschritte auf den mit Salzwasser getränkten Planken des Stegs. Dann leuchtete eine Fackel auf. Die Kerzenflamme glitt weiter zur anderen Seite des Piers, und eine zweite Fackel erwachte zum Leben.

Gleia blinzelte. Die plötzliche Helligkeit der Fackelflammen tötete den schwachen Glanz der Pilzgewächse. Gleichzeitig konnten ihre Augen, die an die Dunkelheit gewöhnt waren, das helle Licht nicht ertragen. Die Höhle schien auf einmal in tiefes Schwarz getaucht, und nur die kleine Aureole, in der Lorenzai stand, die Ellbogen von sich gestreckt, schwere Fäuste in die Seiten gestemmt, war noch zu sehen. Er starrte hinaus in die Dunkelheit. Gleia schloß die Augen und wartete einen Augenblick, bis sie sich an die neuen Lichtverhältnisse gewöhnt hatte. Während sie weiter den Saumpfad entlangkroch, sah sie, wie Shounach unten auf den Steg trat und auf Lorenzai zulief.

»Lorenzai!« Der Schrei zerriß das Schweigen, und das Echo schoß an der großen Gesteinsblase hin und her. »Lorenzai renzai zai ai ai ai.«

Gleia fuhr herum. Amrezeh kam waghalsig den Saumpfad herabgerannt. Ihr Gesicht war wutverzerrt. *Sie muß die ganze Zeit dort oben gewesen sein... sie ist uns gefolgt...* Gleia fuhr zurück, aber Amrezeh sprang sie an, biß und kratzte und winselte in ihrem Eifer, Gleia zu bestrafen und zu verletzen. Ihre scharfen Fingernägel fuhren über Gleias Wange. Sie versuchte, ihre Augen zu erreichen, und Gleia gelang es, sich ihr zu entwinden. Sie bückte sich und schlug Amrezeh mit aller Kraft die Faust in den Magen. Der Stoß trieb sie zurück. Sie würgte und keuchte, stolperte und fiel endlich hart auf ihr Hinterteil.

Amrezeh zappelte verzweifelt und fing ihren Fall ab, noch ehe sie mit dem Kopf gegen die Steine schlug. Ihre Augen überzogen sich mit Eis, ihre Hände wurden zu Klauen, schon stand sie wieder auf den Beinen und rannte gegen Gleia an. Der Aufprall warf Gleia gegen die Wand und quetschte sie an ein dichtes Pilzgewächs, so daß die schleimige und stinkende Masse durch Gleias Haar und den Stoff ihres Kleides an der Schulter drang.

Gleia blutete aus den Kratzern an der Wange, und von dem Gestank der Pilze und der Gewalt des Angriffs wurde ihr übel. Sie hob die Knie, setzte ihren Fuß vor Amrezehs Magen und stieß, ohne zu überlegen, mit aller Kraft zu. Ein paar unendliche Sekunden balancierte Amrezeh am Rand des Saumpfads. Sie taumelte. Ihre Augen waren weitgeöffnet. Ihr Mund zu einem tonlosen Schrei geöffnet. Dann fiel sie nach hinten, überschlug sich und verschwand in der Tiefe. Ein kurzer markerschütternder Schrei, ein Aufklatschen, als sie die Wasseroberfläche erreichte. Stille.

Gleia betupfte ihr Gesicht mit den Ärmeln ihres Gewandes. Ihr Magen brannte. Ihr Haar war schwer von breiiger Pilzmasse. Sie kroch zum Rand des Saumpfads und sah hinunter. Das schwarze Wasser drunten leckte geruhsam gegen die Steine. Die Oberfläche hob und senkte sich wie die Brust eines riesigen, keuchenden Untiers. »Nein, nein, das wollt' ich nicht...«, flüsterte sie. Sie ließ sich auf die Knie fallen und erbrach sich. Später kniete sie und zitterte vor Erschöpfung und Kummer.

»Gleia?« Das war Shounachs Stimme. Das Echo weckte sie wieder und brachte sie zurück in die Realität. Unsicher erhob sie sich und blickte hinab.

Shounach beugte sich über einen dunklen Umriß am Boden, sein Körper war gespannt. Er seufzte erleichtert auf, als er ihrer ansichtig wurde, und rief, um sicherzugehen, noch einmal: »Gleia?« Das Echo zerbrach das Wort in lauter kleine Splitter. Sie zuckte zusammen und versuchte, die Pilze aus ihrem Haar zu streifen.

»Ich bin es, Gaukler.« Sie versuchte, mit ihren Ärmeln ihr Gesicht sauberzuwischen und hob dann den Stoff auf ihrer Schulter, der mit der stinkenden Pilzmasse durchtränkt war. Langsam und unsicher suchte sie ihren Weg den Saumpfad hinunter. Ein paar Minuten später trat sie neben Shounach auf den Steg.

»Du stinkst, Kamerad.« Er rümpfte die Nase und trat einen Schritt von ihr ab.

Sein Gesichtsausdruck brachte sie dazu, kurz aufzulachen, und das überraschte sie. »Das weiß ich selbst, Gaukler. Ich bin näher dran als du.«

Sie drückte eine Strähne ihres Haares zwischen Daumen und Zeigefinger, beugte sich dann vor, kniete sich auf die Planken und ließ ihre Haare ins Wasser neben dem Steg hängen. »Ist er tot?« Sie nickte zu Lorenzais Körper hinüber.

»Nein.« Er stieß Lorenzai mit den Zehen an. Der Körper rollte herum und blieb mit eigenartig ausgestreckten Armen und Beinen liegen. »Er ist nicht bei Besinnung. Er hat sich aufgeführt wie ein Verrückter, als Amrezeh über die Klippe fiel.«

Gleia entspannte sich und fühlte große Erleichterung in sich aufsteigen. Die Brust des Mannes hob und senkte sich; sie konnte seinen keuchenden Atem hören. *Er ist nicht tot. Dank Madar ist er nicht auch tot.*

Shounach schnüffelte. »Erinnere ich mich recht daran, daß du gut schwimmst?«

Sie blickte zu ihm auf. »Ja, warum?«

»Schwimmen scheint jetzt das richtige zu sein.« Er grinste sie an. »Ich glaube, vom Melodramatischen haben wir genug, mein Liebes.« Er zog eine angeekelte Grimasse, hob sie auf, ehe sie sich wehren konnte, trat an die Längsseite des Stegs und ließ sie in das eiskalte Salzwasser fallen.

Nach einer halben Stunde stand sie rosig vor Sauberkeit mit nassem Haar und feuchtem schlaffen Kaftan neben Shounach und beugte sich über den breiten gefesselten Körper Lorenzais, aus dessen Mund ein Knebel ragte. Sie fuhr zurück, als sie die Wut in seinen Augen las, und wandte sich zum Gaukler um. »Wohin transportieren wir ihn jetzt?«

»Darüber denke ich gerade nach.« Er begann, mit dem Säckchen Gold zu spielen, das er aus Lorenzais Kleidern genommen hatte, und warf es von Hand zu Hand, so daß es einen Bogen in der Luft beschrieb. Von irgendwoher zog er den großen, rohgearbeiteten Schlüssel zur Waffenkammertür und begann, mit ihm und dem

Sack zu jonglieren. Es schien, als gelinge es ihm mühelos, mit den beiden verschieden geformten Objekten fertigzuwerden.

Gleia beobachtete ihn aufgebracht. »Mußt du ausgerechnet jetzt deine Tricks vorführen?«

Er hob eine Augenbraue und sagte: »Warum so ernsthaft, lieber Kamerad? Das Leben ist dann grauenhaft, wenn du es dazu machst. Entspann dich doch!«

Er schnappte sich das Lederbeutelchen und den Schlüssel und ließ beides in seine Tasche gleiten. »So, jetzt nimmst du seine Füße, und ich packe ihn an den Schultern. Wir tragen ihn dort hinauf.« Mit dem Kinn deutete er den Pfad hinauf zu der Stelle, wo der Tunnel sich in die große Gesteinsblase öffnete. »Dort wird ihn nicht so schnell jemand suchen.«

Obwohl er vom Kampf sehr geschwächt war, bemühte sich Lorenzai, ihnen den Weg so schwer wie möglich zu machen. Er wand und sträubte sich. Aufatmend ließen sie ihn am Eingang des Tunnels auf den Stein fallen und blieben neben ihm stehen, um wieder zu Atem zu kommen. Gleia lehnte sich an Shounach und lächelte hinunter auf den am Boden Liegenden. »Wir werden uns darum kümmern, daß du deine Waffen kriegst, Lorenzai«, sagte sie. »Es tut mir leid wegen Amrezeh.« Sie schloß ihre Augen minutenlang und fühlte Übelkeit in sich aufsteigen, als sie noch einmal Amrezehs Bild beschwor, ehe sie am Abgrund taumelte und sich ihr Gesicht vor Entsetzen zu einer Maske verzog. »Wir wollten niemandem Böses tun«, sagte sie. »Es ist leider schiefgelaufen.« Sie schüttelte sich, als wollte sie die plötzlich aufsteigende Mutlosigkeit abstreifen, und trat einen Schritt von Shounach weg. »Wir lassen deine Schmuggler die Waffen vor der Tür deiner Waffenkammer stapeln. Deinen Staatsstreich kannst du noch immer ausführen. Mich geht das nichts an, und ich glaube, du wirst das Volk von Thrakesh besser leiten als diese verrückten Ayandari.« Sie lächelte gewinnend, aber der Zorn auf dem dunkelroten Gesicht des Kaufmanns verschwand keinen Augenblick. Er warf sich hin und her, ächzte und erhob sich halb und fiel dann keuchend zurück gegen die Steinwand.

Shounach warf ihm den Schlüssel der Waffenkammer zu. Er prallte an seinem Körper ab und blieb neben seinem Arm liegen.

»Vergiß ihn.« Er nahm Gleia am Arm. »Du wirst ihn jetzt nicht erreichen. Komm schon, die Zeit verstreicht.«

Eine Stunde später standen sie zusammen zwischen den Fackeln und sahen zu, wie eine Reihe kleiner Boote in den Lichtkreis glitt. Gleia zupfte am Stoff des immer noch feuchten Kaftans und warf Shounach von unten einen fragenden Blick zu. Er runzelte die Brauen, und seine Augen eilten über die Gestalten der sechs Ruderer zu dem Mann, der im Bug des ersten Bootes saß. Sie zupfte ihn am Ärmel. »Zuwayl?«

»Anzunehmen.«

»Du kennst ihn?«

»Nein.«

Sie blickte wieder auf die sich nähernden Boote. »Fünf Boote, Shounach. Viele Männer, die da kommen!«

»Wir haben nicht vor, mit ihnen zu kämpfen. Worte, meine liebe Gleia, Worte werden uns viel weiter bringen als jedes Schwert.«

Gleia betrachtete den Mann, den sie für Zuwayl hielt, genauer. »Halt deine Zunge im Zaum, Gaukler.«

Zuwayl trat aus dem Boot auf den Steg. Er betrachtete die beiden und sah dann an ihnen vorbei, den leeren Steg entlang. Seine Augenbrauen hoben sich, als er sein Gesicht Shounach zuwandte und fragte: »Und wer seid ihr?«

»Passagiere.«

»Wie? Davon weiß ich nichts. Ihr müßt mich überzeugen.«

Shounach warf ihm fünf Pentoboloi zu, einen nach dem anderen. »Die hier sollen Euer Ohr geneigt machen.«

Zuwayl grinste und ließ die Münzen in seiner linken Hand klappern. »Ihr habt eine süße Zunge, mein Freund. Willkommen an Bord!« Er wies mit dem Daumen auf die Boote, die am Ende des Stegs im Wasser schaukelten. »Hatte ein Geschäft hier zu erledigen.«

»Das Geschäft steht immer noch. Ein Freund, den wir nicht nennen wollen, gab mir das Geld für Eure Fracht. Laßt Eure Männer die Waffen abladen, hier vor der Tür der Waffenkammer.«

Zuwayls Mund weitete sich zu einem breiten Grinsen, und die

Haut seiner Wangen runzelte sich wie Leder. Seine Augen waren in den Hautfalten fast nicht mehr zu sehen. »Ihr seht aus wie ein ehrenhafter Mann, Freund.« Er schnippte mit Daumen und Zeigefinger in der Luft. »Aber ich, ich muß mich vorsehen, um nicht meine eigene Haut zu verkaufen. Das Gold, Freund!«

Shounach griff in seinen Beutel und holte das Goldsäckchen hervor. Er warf es Zuwayl zu.

»Das nenn' ich Lebensart.« Zuwayl fuhr herum und wandte ihnen den Rücken zu. »Jorken, bring die Passagiere hinaus aufs Schiff. Heller, ihr anderen fangt an auszuladen. Macht schnell, sonst kommt die Flut, noch eh' wir fertig sind.«

Gleia stieg ins Boot und ließ sich nervös zwischen zwei Galgenvögeln von Ruderern nieder. Shounach blieb zurück, um ein paar gemurmelte Worte mit Zuwayl zu tauschen und sich dann hinter sie zu setzen.

Die steinernen Wände der großen Blase verengten sich zu einem weiteren Tunnel, an dessen Rändern Schleim und Algen wuchsen. Rasch durchfuhren sie den kurzen Tunnel und kamen unter dem offenen Himmel heraus. Draußen im Nebel lag der große dunkle Umriß eines Schiffes. Gleia blickte neugierig um sich.

Nun waren sie aus dem Brackwasser heraus und steuerten in die offene See. Sie sah sich um und hinauf, und noch einmal leuchteten die vergoldeten Dächer von Thrakesh im Sternenlicht auf. Sie zuckte ungeduldig mit den Schultern. Dieser Teil ihres Lebens war unwiederbringlich vorbei. *Vorbei.* Sie lachte leise, als sie sich an den mörderischen Zorn erinnerte, den sie in Lorenzais Augen beobachtet hatte. *Besser machen wir, so schnell wir können, daß wir fortkommen.* Sie sah sich um und betrachtete die Männer, die sich über die Ruder beugten und sie im geübten Takt bewegten. Das Boot glitt über die Wellen auf das Schiff zu, das im tiefen Wasser vor Anker lag. *Wir müssen schnell und weit weg. Alle beide.*

Sie wollte sich nach dem Gaukler umsehen, entschloß sich aber im letzten Moment anders. *Dafür ist später Zeit. Später werde ich herausfinden, wer er ist und was er vorhat. Shounach, der große Gaukler. Der Hüter der Thissiks hat ihn damals Sternenfuchs genannt. Jetzt macht er Jagd auf die Quelle der Rangaaugen. Klingt*

– nicht schlecht – kann ungemütlich werden, aber auch sehr interessant. Als der lange Bootskiel durch die Wellen schritt und sich dabei hob und senkte, fühlte sie dasselbe Steigen und Fallen in ihrem Inneren.

Sie strich sich mit der Hand durchs Haar und hob die Nase in den Wind. Südwind, wieder Südwind. *Südwind.* Sie lachte laut, so daß die Ruderer ihr erstaunte Blicke zuwarfen. *Südwind, meine Mutter, wieder bin ich auf Fahrt. Wieder stürze ich mich ins Dunkle. Wer weiß, was mir diesmal zustoßen wird...*

Aus dem Amerikanischen übersetzt von Keto von Waberer

UM RÜCKFRAGEN ZU VERMEIDEN

Wir veröffentlichen die Anzeigen für die HEYNE SF-BÖRSE in der Reihenfolge des Eingangs. Bitte beachten Sie aber, daß der technische Vorlauf, also die Zeit zwischen Redaktionsschluß und Erscheinungstermin, 4 Monate beträgt. Sie werden Ihre Anzeige also jeweils frühestens in der übernächsten Nummer des Magazins finden, wahrscheinlich aber erst in der Nummer darauf.

Bitte beachten Sie auch, daß wir **keine Werbeanzeigen** für Fanzines und dergleichen veröffentlichen.
Und noch eine Bitte: Versehen Sie Ihre Anzeige mit Namen und vollständiger Anschrift. Die Angabe auf dem Kuvert genügt nicht, weil die Post auf der Poststelle des Verlags aufgeschnitten wird und das Kuvert nicht selten verlorengeht. Wir konnten einige Anzeigen leider nicht veröffentlichen, weil die Anschrift fehlte oder unzureichend war. Bitte denken Sie in Zukunft daran. Danke!

SUCHE:
Philip K. Dick, Mozart für Marsianer, LSD-Astronauten (Insel, Leinenausgabe)
Heinz J. Baldowé, Kirchfeldweg 4, 4040 Neuss 23

SUCHE:
Heyne SF: J. Norman, 3455, 3559; Jack Vance, 3563, 3580; Katherine Kurtz, 3576; The Magazine of Fantasy and SF 1, 2, 3, 4; Titan 3, 5; A. B. Akers 3476, 3496, 3534
Marc Mazur, Mühlenfeldstr. 14b, 1000 Berlin 28

SUCHE:
Terra-Nova Heftromane Nr. 76/77, 82, 86. Biete DM 10,— für ein Romanheft und DM 15,— für Doppelbände
Klaus Lechelmayer, Breitweg 1, 8930 Schwabmünchen

SUCHE:
Heyne SF Nr. 39, 58, 66, 90, 139, 149, 166, 177, 231, 241, 254, 260, 266, 272, 278, 293, 299, 3034, 42, 43, 46, 49, 66, 75, 82, 88, 94, 95, 3105, 3202, 10, 20, 36, 79, 3303
Gerhard Meister, Königsberger Str. 55, 5883 Kierspe II

SUCHE:
Heyne SF: James Tiptree, jr., Beam uns nach Haus; Philip K. Dick, Träumen Roboter von elektrischen Schafen?, Irrgarten des Todes, Mozart für Marsianer; Harlan Ellison, Die Puppe Maggie Moneyeyes; Cordwainer Smith, Herren im All, Sternträumer; Robert Sheckley, Die Menschenfalle, Der grüne Jademond; Titan 3, 4, 5
Erwin Kruttschnitt, An der Trift 36, 6600 Saarbrücken

VERKAUFE:
Alte und ältere SF-Bücher, Taschenbücher, Hefte, Leihbücher etc.
Liste gegen Rückporto von
R. Meyer, Wiesendamm 134, 2000 Hamburg 60

SUCHE:
Heyne SF Nr. 3377, 3038, 3029, 3368, 3318, 3278, 3407, 3477, 3016, 3528, 3425, 3301, 3228, 3544, 3071, 3399, 935
Goldmann SF Nr. 0146, 0147, 0226, 0122
UTB Nr. 2839, 2981, 2931
Bastei SF TB Nr. 21056
MvS Bücher: Ehrbare Kaufleute, Pohl; I.N.R.I., Moorcock, Ursa Major, Hoyle; . . . Gott zu sein, Strugatzki; Planet der Ogy, Lengyel; Einstein, Orpheus, Delany. Zahle Höchstpreise bei gutem Zustand
Uwe Peters, Mandelring 25, bei Frau Voigt, 6730 Neustadt a. d. Weinstraße

---

SUCHE:
Sun Koh-Taschenbuch Nr. 5. Zahle DM 20.– für gut erhaltenes Exemplar
Klaus Lechelmayer, Breitweg 1, 8930 Schwabmünchen

SUCHE:
Heyne Science Fiction Nr. 3030, 3031, 3032, 3033, 3034, 3035, 3036, 3038, 3040
Martin Habel, Breslauer Straße 41, 8390 Passau

SUCHE:
Heyne SF: Alan Burt Akers 3459, 3476, 3488, 3496, 3504, 3534, 3547; Jane Gaskell 3508, 3516; John Norman 3355, 3379, 3391, 3401, 3455, 3472, 3559; Fritz Leiber 3331, 3339, 3501; Robert E. Howard 3202, 3263, 3295, 3303
Hardy Pönisch, Mühlheim

SUCHE:
Robert E. Howard, Conan; H. G. Wells, Stern der Vernichtung
Andreas Klein, Stettiner Str. 20, 2080 Pinneberg

SUCHE:
Sämtliche verlagsvergriffene SF-Taschenbücher von John Brunner, Philip K. Dick, Michael Moorcock sowie von Arthur C. Clarke die Romane: Die Erde läßt uns los, SF-Stories 37, Komet der Blindheit
VERKAUFE:
Robert A. Heinlein (alles 1. Auflage): Utopia 2300, Unternehmen Alptraum, Welten, Der Mann, der den Mond verkaufte, Nächste Station Morgen; 2. und 3. Auflage: Revolte auf Luna, Das geschenkte Leben, Bewohner der Milchstraße, Die sechste Kolonne, Doppelleben im Kosmos; außerdem diverse verlagsvergriffene Bücher der Reihen Heyne SF, Goldmann, Bastei; Comics der Reihe Planet der Affen (nur komplett abzugeben); des weiteren Terra Astra, Perry Rhodan, Atlan.
Preisliste gegen Rückporto
Rainer Wölzlein, Dombachstr. 111, 8800 Ansbach

SUCHE:
SF-Taschenbücher (Heyne, Goldmann, Pabel u. a.), SF-Bücher, SF-Heft-Romane als Einzelstücke, in großen Mengen oder als komplette Sammlungen; außerdem utopische und phantastische Literatur. Auf Wunsch Verkaufsliste
F.-J. Rockel, Breslauer Str. 9, 4400 Münster

VERKAUFE:
Fantasy-Romane: C. J. Cherryh, Das Tor von Ivrel; P. J. Farmer, Lord Tyger; P. J. Farmer, Meister der Dimensionen; Mark S. Geston, Das Sternenschiff; Mark S. Geston, Der Stern der Hoffnung; Mark S. Geston, Die Ruinenwelt; Stuart Gordon, Der Krähengott; Henry Kuttner, Lord der dunklen Welt; Tanith Lee, Vazkor; C. L. Moore, Jirel, die Amazone; Esther Rochon, Der Träumer in der Zitadelle; Clifford D. Simak, Marc Cornwalls Pilgerfahrt; Donald A. Wollheim, Bruder des Schwerts; DM 2,– je Band (in Briefmarken) plus Rückporto
Richard Klausing, In den Büschen 15, 4520 Melle 1

SUCHE:
Heyne SF: 3001, 3002, 3003, 3005, 3007, 3008, 3010, 3011, 3012, 3013, 3015, 3016, 3017, 3018, 3019, 3020, 3021, 3023, 3024, 3025, 3027, 3028, 3029, 3702, 3706, 3712
Galaxis: alle Ausgaben sowie alte Hefte des Pabel und Moewig Verlags (kein PR!); Perry Rhodan Nr. 1, 1. Auflage
VERKAUFE:
Ältere und neuere US-Comics (SF-Fantasy etc.)
Frank Ebeling, Eulenstr. 49, 2000 Hamburg 50

SUCHE:
E. E. Smith, Die Ersten der Galaxis (3152); Michael Moorcock, Inri oder: die Reise mit der Zeitmaschine (3399), Michael Moorcock, Die Zeitmenagerie (3492); Alan Burt Akers, Die Sonne von Scorpio (3476), Die Schwertkämpfer von Scorpio (3488), Die Armada von Scorpio (3496), In der Arena von Antares (3534); Brian W. Aldiss, Das unheimliche Raumschiff (3076), Palast der Unsterblichkeit (3257), Fahrt ohne Ende (1970 erschienen)
Philipp C. Schnidrig, Stapfenstr. 45/48, CH-3018 Bern/Schweiz

---

SUCHE:
Gut erhaltene CONAN-Taschenbücher
Uwe Roeder, Breitestr. 6, 5650 Solingen 17

SUCHE:
Alfred E. van Vogt: Palast der Unsterblichkeit (3257), Kinder von Morgen (3278), Das unheimliche Raumschiff (3076), Die Welt der Null-A (3117), Der Krieg gegen die Rull (3205)
Ingeborg Varol, Alsterkrugchaussee 385 a, 2000 Hamburg 63

VERKAUFE:
Ca. 500 Perry Rhodan-Romane sowie ca. 150 Atlan-Romane; Liste anfordern (0,60 Rückporto)
Klaus Kindenberg, Janusstr. 22, 2420 Eutin

SUCHE:
Piers Anthony, Makroskop (3452)
Joachim Molzko, Martin-Luther-Str. 6, 2000 Hamburg 11

SUCHE:
Jane Gaskell: Der Drache (3516), Im Reich der Atlantiden (3530)
Stefan Jürgens, Bernhauserstr. 1, 7000 Stuttgart 70

SUCHE:
Roger Zelazny: Corwin von Amber (3539), Die Gewehre von Avalon (3551), Im Zeichen des Einhorns (3571); Alan Burt Akers: Die Sonnen von Scorpio (3476), Der Prinz von Scorpio (3504)
Herbert Roth, Schubartweg 9, 7902 Blaubeuren

SUCHE:
Alan Burt Akers: Transit nach Scorpio (3459), Der Schwertkämpfer von Scorpio (3488), Die Armada von Scorpio (3496), In der Arena von Antares (3534), Die Flieger von Antares (3547)
Walter Klesing, Hohenrhein 53, 5420 Lahnstein

SUCHE:
Zur Vervollständigung meiner Sammlung alte TERRA, T. Extra, T. Nova, T. Sonderbände und T. TBs sowie neuere Atlan, Orion und T. Astra; außerdem alte Artikel aus dem PR-Service
Erich Herbst, Oberföhringer Str. 238, 8000 München 81

SUCHE:
Keith Laumer, Das große Zeitabenteuer (Terra TB 143)
Dieter Beckhusen, Ofenerdieker Str. 12, 2900 Oldenburg

SUCHE:
Clive Staples Lewis, Jenseits des schweigenden Sterns, Perelandra, Die böse Macht (3499, 3511, 3524); Kurt Vonnegut, Das höllische System (3029)
Walter Arweiler, Lerchesflurweg 37, 6600 Saarbrücken

SUCHE:
Alan Dean Foster, Die Eissegler von Tran-ky-ky (Heyne 3591), Eando Binder, Anton York der Unsterbliche (Terra Astra 5)
Rüdiger Maibaum, Koppertzgasse 15, 5172 Linnich-Gereonsweiler

---

SUCHE:
RTB Nr.: 26, 28, 29, 30, 33, 34, 37, 39, 40, 41, 46, 53, 54, 56, 62, 63, 64, 66, 70, 71, 72, 73, 74, 78, 79, 80, 84, 85, 88, 91, 94, 95, 97, 100, 101, 104, 110, 118, 137, 140, 142, 145, 148, 151, 152, 154, 155, 157, 160, 163, 165, 167, 168, 173, 174, 175, 179, 180
F. Schilling, Fasanenweg 18, 7022 Leinfelden

SUCHE:
Heyne SF, 1. Auflage: 3028, 3029, 3050, 3058, 3077, 3096, 3103, 3104, 3107, 3112, 3116, 3141, 3170, 3171, 3172, 3196, 3259, 3260, 39, 58, 66, 90, 166, 236, 241, 248, 260, 286, 299
Heyne SF, 2. Auflage: 3001–3013, 3015, 3017–3025
A. Hennig, Bismarckstr. 13, 6732 Edenkoben

SUCHE:
Gut erhaltene SF-Taschenbücher gegen bar oder Briefmarken; ab 25 Taschenbüchern 50% Paketportobeteiligung
Uwe Schade, Triebweg 119, 7000 Stuttgart 30

SUCHE:
Heyne SF: 3168, Mars-Odysse; 3394, Die tausend Träume von Stellavista; 3427, Durchstieg ins Irgendwann; 3430, Einsteins Gehirn; 3475, Die Stimmer der Delphine
Goldmann TB: 88, Aufbruch ins All; 95, Die Superwaffe; 110, Die Menschenfalle; 186, Eine Handvoll Sterne; 203, Der Schatten dunkler Flügel
Ullstein TB: 3293, Report über Probabilität A; Terra Sonderband 67; Terra TB: 254, 288, 289, 309, Galaxis 7, 12; Pabel TB 249; Utopia Kriminalmagazin 21; Utopia Magazin 2, 3, 4, 5, 6
Günter Döge, Bernoullistr. 4/14/25, A-1222 Wien

SUCHE:
Pabel: Isaac Asimov, Mord unter fremder Sonne, Der Schützling des Planeten (592)
Terra Sonderband: Ende der Dinosaurier (289), Landung ohne Wiederkehr (291), Und die Finsternis wird kommen (207), Der Todeskanal (209), Vergangene Zukunft (211)
Heyne SF: H. G. Wells, Stern der Vernichtung
Siegfried Dietz, Ringstr. 2, 8441 Salching

SUCHE:
Heyne SF: Jane Gaskell, Turm der Göttin (3508), Der Drache (3516), Im Reich der Atlantiden (3530), Land der Affenmenschen (3543); Katherine Kurtz, Geschlecht der Magier (3576); A. E. van Vogt, Welt der Null-A (3117)
I. Blankenburg, Horster Allee 5, 4010 Hilden

SUCHE:
Bastei TB 21073; Fischer TB FO 40; Heyne TB 248, 5124; König TB 7, 14, 16, 19, 29; Terra TB 185, 265; Ullstein TB 3096, 3097
Emil Kugler, Treustr. 92/6/8, A-1200 Wien

SUCHE:
Alan Burt Akers, Transit nach Scorpio (3459), Sonnen von Scorpio (3476), Schwertkämpfer von Scorpio (3488), Armada von Scorpio (3496); Fritz Leiber, Schwerter von Lankhar (3339); Jack Vance, Mann ohne Gesicht (3448); Alan Dean Forster, Die Eissegler von Tran-ky-ky (3591); John Norman, Gor – die Gegenerde (3355), Geächtete von Gor (3379), Priesterkönig von Gor (3391), Nomaden von Gor (3401), Meuchelmörder von Gor (3412), Piratenstadt von Gor (3432), Sklaven auf Gor (3455), Jäger von Gor (3472), Marodeure von Gor (3521), Stammeskrieger von Gor (3559)
Hans Horak, Galgenbergstr. 29, 8490 Cham

SUCHE:
Katherine Kurtz, Das Geschlecht der Magier (H 3576)
Alexandra Volk, Schloßstr. 2, 7804 Glottertal

VERKAUFE:
Komplette SF- und SF-Fantasy-Sammlung, 1970–80, ca. 800 Titel gegen Höchstgebot, teils alte Ausgaben
P. U. Stolz, Bahnhofstr. 10, 7994 Langenargen

SUCHE:
Gateway, von Frederik Pohl (Goldmann TB)
Stephan Escher, Münchner Str. 52, 8910 Landsberg

SUCHE:
Heyne SF 3337, Flug nach Murdstone
Dr. W. Hürlimann, Freiburgstr. 57, CH-3008 Bern/Schweiz

SUCHE:
Titan 1 bis 5 (Heyne SF) gegen Barzahlung oder Tausch von SF-Taschenbüchern
Peter Hübner, Querstr. 10, 3282 Steinheim

SUCHE:
Perry Rhodan-Romane 400–650 und 780–900 (möglichst größerer Posten)
Heyne SF: 3049, 3043, 3170, 3179, 3251, 3270, 3277, 3285, 3336, 3358, 3481, 3436, 3448,3480, 3563, 3580
Hartmut Voltermann, Heidkruger Weg 85, 2870 Delmenhorst

VERKAUFE:
Science Fiction (z. B. Heyne komplett); Liste gegen DM 1,–
K. Oetzmann, Cheruskerstr. 141, 4800 Bielefeld

SUCHE:
Alle Romane von Robert Koch, insbesondere: Das Reich der Tiefe (keine Taschenbuchausgabe!)
VERKAUFE:
Zahlreiche vergriffene Heyne TB, Goldmann und Fischer-Orbit TB (auch im Tausch)
Gerd Heybutzki, Im Weidenauel 13, 5064 Rösrath

SUCHE und TAUSCHE:
SF-Hefte und SF-Bücher (auch Kauf und Verkauf)
Volker Kussin, Föhrenweg 1, 2190 Cuxhaven

SUCHE:
Heyne SF: Story Reader 2, 4, 5, The Magazine of Fantasy & SF 3011 (214), 3013 (244), 3015 (236), 3017 (248), 3019 (260), 3025 (299), 3027, 3053, 3056, 3064, 3073, 3081, 3097, 3110, 3122, 3131, 3145, 3165, 3186, 3204, 3219, 3237, 3272, 3305, 3320, 3337, 3353, 3369, 3385, 3402, 3418
Bernd Mayer, Arndtstr. 17, 6520 Worms

VERKAUFE:
Ständig Riesenauswahl an neuer und älterer, vergriffener SF-Literatur (z. B. Heyne: ca. 90%). Bitte Liste anfordern
Medienservice Udo Hösterey, Rennbaumer Str. 32, 5600 Wuppertal 12

SUCHE:
Alte Heyne TB und Hefte der Reihen Terra, Terra Sonderband, Terra Nova und Galaxis
VERKAUFE:
SF-Taschenbücher und SF-Romane
Thomas M. Gruber, Fuhrmannstr. 6, 8490 Cham

SUCHE:
Heyne SF 3000 bis 3400; Bastei-Lübbe 1 bis 2190; Terra-Taschenbücher 100 bis 300
Jürgen Specker, Manggasse 4, 8860 Nördlingen

SUCHE:
Heyne SF: 3502, 3364, 3442, 3523, 3553
Heyne Krimi: Ellery Queens Magazin 57
Peter Siegler, Goltzstr. 35, 1000 Berlin 30

Liebe Leser,

vielen Dank für die überraschend rege Teilnahme am ersten »Urteil des Lesers«. Hier die Ergebnisse:

Jaygee Carr, DIE FREISTATT	Note 3.7931 (5. Platz)
Milton Rothman, DAS ERSTE VERBRECHEN	Note 3.4712 (4. Platz)
Barry B. Longyear, DU, MEIN FEIND	Note 1.1954 (1. Platz)
Tanith Lee, DIE FRAU, DIE AUS DER KÄLTE KAM	Note 3.4137 (2. Platz)
Herbert Somplatzki, EIN KUSS AUS STERNENSTAUB IM SALZ DES MEERES	Note 3.4252 (3. Platz)

Eine erste Auswertung gab die exakt gleiche Punktzahl für die Erzählungen von Jaygee Carr, Tanith Lee und Herbert Somplatzki. Inzwischen haben sich die Ergebnisse differenziert, liegen aber noch dicht beieinander. Während sich die Story von Barry B. Longyear von Anfang an deutlich positiv abhob (sie wurde mit dem diesjährigen HUGO AWARD ausgezeichnet) und die von Milton Rothman leicht zurückfiel, dann aber wieder aufholte und nun den vorletzten Platz belegt. Besonders freut uns das relativ gute Abschneiden des deutschen Autors Herbert Somplatzki gegen die angelsächsische Konkurrenz mit einem guten Platz im Mittelfeld.
Zum Schluß noch eine Bitte: Wir mußten leider eine ganze Menge Einsendungen als ungültig aussortieren, bei denen die Leser sich nicht an das Benotungsschema gehalten haben, weil sie sich nicht entscheiden konnten und die 2 etwa zwei Erzählungen verliehen. Also bitte: 1 für die Story, die Ihnen am besten gefiel, 2 für die zweitbeste, 3 für die drittbeste, 4 für die viertbeste usw. Und vielen Dank schon im voraus für die Teilnahme an diesem Rennen!

Wolfgang Jeschke

DAS URTEIL DES LESERS

- ☐ Silbervögel
- ☐ Das Geschenk eines Taugenichts
- ☐ Im Zeichen des Äskulap
- ☐ Die Angst des L. vor den Steinen
- ☐ Südwind, meine Mutter

Geben Sie der Erzählung, die Ihnen am besten gefallen hat, eine 1; der, die Ihnen am zweitbesten gefallen hat, eine 2 usw.

Trennen Sie die Seite heraus und senden Sie sie an den

Wilhelm Heyne Verlag
Science Fiction-Redaktion
Türkenstr. 5–7
8000 München 2

Das Ergebnis wird im übernächsten Magazin veröffentlicht.